K. T. Milner

Ritter RELOADED

Die Tafelrunde kehrt zurück

Mit besonderem Dank an
Kathryn Borg

MIX
Papier aus verantwortungsvollen Quellen
FSC® C083411

www.kerle.de

Titel der Originalausgabe: Knight

Covergestaltung: Veronika Preisler, München
Layout und Satz: Sandra Hacke, Dachau
Druck: CPI books GmbH, Leck
Printed in Germany

ISBN 978-3-451-71295-1

K. T. Milner

Ritter RELOADED

Die Tafelrunde kehrt zurück

Aus dem Englischen übersetzt
von Ulrike Seeberger

Illustrationen von Timo Grubing

KeRLE
Freiburg · Wien · Basel

1

Der Tag, an dem man mir beinahe die Seele aus dem Körper gerissen hätte, fing in einer Limousine an. Genauer gesagt in einem weißen Bentley, auf dessen Kühlerhaube Bänder flatterten. Ich saß in der Nobelkarosse mit Edwin, meinem zukünftigen Stiefbruder, und seiner Bande von idiotischen Freunden fest.

Ein kleiner Tipp, wenn ihr euch je in dieser Lage befinden solltet: Schenkt denen niemals Drinks aus der Minibar ein, weil ihr hofft, dass sie dann die Klappe halten. Das funktioniert nämlich nicht. Nach den Wodkas wurden sie nur noch lauter und sehr viel weniger komisch. Und dann fingen ihre Freundinnen auch noch an zu kichern und die Arme um mich zu legen und mich niedlich zu finden und mit Babystimmchen zu säuseln, sie liiiiiiebten meine Sommersprossen.

Ich wünschte, ich wäre zu Fuß zum Hotel gegangen. Ein langsamer Fußmarsch zum zweitschlimmsten Augenblick meines 14-jährigen Lebens.

Die Limousine glitt vor dem Claridges Hotel zum Halt. Dort stiegen schon Horden von laut redenden Männern in weißen Smokings und Frauen in Designerklamotten aus chauffeurgelenkten Autos aus und hauchten einander Küsschen an der Wange vorbei. Neben den herrschaftlichen Säulen am

Eingang stand ein Portier in Uniform stramm. Ich machte schnell ein Bild mit meinem Handy und schickte es an Gavin, meinen besten Kumpel. Der musste jetzt gerade nachsitzen, weil ihm in der Hauswirtschaftsstunde ein kleines Missgeschick mit unserer Todessoße passiert war. Eigentlich sollte ich mit ihm dort sitzen, aber ich war wegen meines vorher ausgemachten Termins entschuldigt. „Ich Glückspilz", dachte ich und musste grinsen. Doch dann sah ich das große Schild mit der Schnörkelschrift, und mir drehte sich der Magen um:

Claridges gibt sich die Ehre,
die Gäste zur Hochzeit von Hector Boomgardt
und Beth Veryan zu begrüßen.

Da stand es in Gold und Weiß. Meine Mum würde den guten alten Onkel Heck heiraten. Für mich ab jetzt nur schlicht Hector.

Man erwartete wohl von mir, dass ich aus der Limousine aussteigen würde, aber stattdessen starrte ich auf einen Obdachlosen, der auf der anderen Straßenseite auf dem Bürgersteig hockte. Ich glaube, er bildete sich ein, so eine Art Straßenzauberer zu sein: Er wirbelte Spielkarten herum wie ein Profi, aber niemand interessierte sich für ihn. Die Mütze, die vor ihm lag, schien leer zu sein. Na toll! Mir war sowieso schon übel, wenn ich bloß an die Hochzeit dachte, und jetzt musste ich auch noch ein schlechtes Gewissen haben, weil mein Smoking wahrscheinlich mehr gekostet hatte, als der Typ da drüben in einem ganzen Jahr einnimmt. Mein Handy piepste.

Eine Antwort von Gav: *Ohren steifhalten, Kumpel. Immer noch besser als Strafarbeiten.*
Ich grinste vor mich hin und versuchte mit einem Finger, meinen viel zu engen und viel zu steifen Kragen ein bisschen zu lockern. Ich schwöre, die hatten mir das Hemd eine Größe zu klein gegeben; wahrscheinlich würde es mir noch während der Zeremonie die Luft abdrücken.
„Michael!“ Edwins Stimme brach dröhnend in meine Gedanken ein, und seine fleischige Riesenpranke zerrte mich vom Sitz. „Grins nicht so blöd. Wir warten auf dich!“
Edwin ist achtzehn und sieht aus, als hätte man ihn aus Corned Beef gebacken. Zu meinem persönlichen Pech hat er zudem die Statur eines Gorillas. Außer dass Gorillas ja ziemlich friedliche Tiere sind. Ich kletterte also auf den Bürgersteig raus und kratzte mich an der rechten Hand, die aus irgendeinem Grund wie verrückt juckte.
Ich sah mich um, während ich weiterkratzte. Was hatte ich hier verloren? Niemand beachtete mich, außer ein paar Männern in Jeans. Die starrten aber alle Leute der Reihe nach an. Ich wusste, wer die waren – Hectors private Sicherheitsleute. Mein Dad hat immer gesagt, dass man Sicherheitsleute in Zivil an ihren wachsamen Augen erkennen kann und daran, dass sie niemals lächeln. Zwischen ihnen stand Hector Boomgardt, der Mann, der gleich mein Stiefvater werden würde.
Er hatte sich neben der Tür postiert, damit er Leute begrüßen und Hände schütteln konnte. Es war leicht zu erkennen, woher Edwin seinen massigen Körperbau hatte. Hector wirkte eher wie ein Angreifer im Rugby als wie ein milliarden-

schwerer Energiebaron. Er sah mich und winkte mir. Ich hätte ihn wirklich gern gehasst, aber der Kerl gab nicht mal einen anständigen Bösewicht ab. Er war immer für unsere Familie da gewesen und hatte mir nie absichtlich wehgetan – außer natürlich, dass er sich mit meiner Mutter verlobt hatte.

Das Problem war, dass es ihn nur im Doppelpack gab. Wenn man einen Hector nahm, kriegte man kostenlos einen Edwin dazu.

Ich konnte gar nicht mehr mit dem Kratzen aufhören. Inzwischen breitete sich ein grellroter Fleck quer über meine ganze Handfläche aus.

„Was ist denn mit dir los?", knurrte Edwin. „Hast du Flöhe?"

Seine unterbelichteten Freunde prusteten vor Lachen.

„Nein, ich bin auf dich allergisch", antwortete ich. Ich starrte auf sein Riesenkinn und überlegte, wie gern ich meine Faust da hineinrammen würde. Ich wette, damit würde ich das Jucken sofort los. Schade nur, dass ich mir dabei wahrscheinlich auch die Hand brechen würde.

Edwin packte mit seinen Schweißpfoten meine Revers und reckte sein Gesicht vor, bis es nur noch Zentimeter von meinem entfernt war.

„Wenn du irgendwas sagst oder tust, das meinen Daddy ärgert, bist du tot, okay?"

Er ließ mich los, zog einen Zehn-Pfund-Schein aus der Brieftasche und stopfte mir den Schein in die Brusttasche, als wäre ich sein Bediensteter. Seine Kumpel und die Mädchen kicherten. „O ja, und danke für die Drinks, Barmann", höhnte Edwin.

Ich zerknüllte den Zehner in der Hand und wollte ihm den Schein hinterherwerfen, als mir der Obdachlose einfiel. Während Edwin mit seinen Freunden davonstolzierte, rannte ich über die Straße zu dem Mann.

Aus der Nähe betrachtet, bot er einen seltsamen Anblick. Er trug eine Trainingshose, dazu einen braunen Pullover und ein zerlumptes blaues Hemd, das er sich wie ein Cape um den Hals gebunden hatte. Sein Gesicht war hager, die Nase schmal und gebogen, die Augenbrauen schräg, und darüber prangte grelloranges Haar mit schwarzen Strähnen. Es stand ihm wie Stacheln vom Kopf und sah aus, als hätte er es mit einer stumpfen Schere selbst geschnitten. Er roch auch nicht besonders gut. Der Gestank erinnerte mich an die toten Mäuse, die wir in dem Wildpark, wo ich zweimal im Monat ehrenamtlich mitarbeite, an die Raubvögel verfüttern.

„Hier, bitte!“ Ich hielt ihm den Schein hin und versuchte, nicht einzuatmen.

Ich dachte, er würde mir das Geld aus der Hand reißen, aber er blickte nicht mal hoch. Seine langen dünnen Finger ließen weiter die Spielkarten tanzen.

Ich versuchte es noch einmal. „Äh, Geld.“

Immer noch keine Regung. Dann verschwanden die Spielkarten mit einer einzigen Bewegung seiner mageren Finger, und er starrte mich lang und eisig an.

„Sehr großzügig“, sagte er und nahm den Schein. Das Geld verschwand mit einer weiteren Drehung seiner Hand. Ich stand da und kratzte mich. Er bemerkte es und lächelte selbstgefällig, als belustigte ihn das.

„Gern geschehen“, murmelte ich und ließ ihn damit stehen. Komischer Kauz.

Als ich wieder über die Straße zurückging und dabei den Limousinen auswich, die weitere Hochzeitsgäste absetzten, sah ich, dass Hector mir wieder vom Eingang aus zuwinkte.

„He, Michael!“

Er ignorierte ein paar Gäste und kam mit besorgter Miene zu mir herüber. Er legte mir eine Hand auf die Schulter und drückte sie sanft.

„Wie geht’s dir, Mike? Großer Tag für uns alle, was?“

„Irgendwie schon“, antwortete ich. „Ich bin es einfach nicht gewöhnt, mich so zu verkleiden.“

„Du siehst sehr elegant aus“, meinte Hector und ließ seine Hand von meiner Schulter gleiten. Nach einer kleinen Pause fügte er hinzu: „Hör mal, ich weiß, dass das heute für dich nicht einfach ist. Dein Dad war ein wunderbarer Freund … mein bester Freund …“

„Schon in Ordnung“, sagte ich, und meine Stimme schien von einer anderen Person zu kommen. „Ich vermisse ihn auch.“

„Gut.“ Er lächelte. „Es wird alles gut. Und jetzt gehst du besser rein.“

Nun gab es kein Entrinnen mehr.

2

Champagner?"

Ich nahm ein Glas von dem Tablett, das mir der Kellner hinhielt. Der in Weiß und Gold geschmückte Empfangssaal war voller Leute, die nicht wussten, was sie mit mir reden sollten, und das war in Ordnung, denn ich wusste auch nicht, was ich mit ihnen reden sollte. Also stand ich allein da und vermied jeden Blickkontakt, bis Edwin neben mir auftauchte. Er riss mir das Glas aus der Hand.

„Nichts für kleine Jungs", sagte er und kippte es in einem Zug herunter. Obwohl er behauptete, er könnte nicht mal meinen Anblick ertragen, stürzte er sich doch immer wieder auf mich. Jetzt stolzierte er kichernd davon.

Als Nächstes hielt mir jemand ein silbernes Tablett mit kleinen Knabbereien vor die Nase. Die junge Frau, die es servierte, zwinkerte mir zu und lächelte mich freundlich an. Ich glaube, sie hatte mitbekommen, wie Edwin mich gepiesackt hatte. „Nimm dir gleich eine Handvoll. Eines ist ja gar nichts. Die sind so winzig."

Ich befolgte ihren Rat. Zumindest eine Person war auf meiner Seite. Hätte ich bessere Laune gehabt, so hätte ich mir ein ruhiges Eckchen gesucht und Gavin ein Video geschickt, auf dem ich ihm bewies, wie viele von den Dingern ich mir auf einmal in den Mund stopfen konnte.

„Schon besser“, sagte die Kellnerin. „Du hast ausgesehen, als würde dir gleich übel.“

„Das wird's mir vielleicht noch“, erwiderte ich.

Aber vor der Hochzeit hatte ich noch etwas zu erledigen, und das war wichtiger, als mich unter Hectors Freunde zu mischen. Hier gab es nur eine einzige Person, an der mir etwas lag.

„Können Sie mir sagen, wo das Ankleidezimmer der Braut ist?“, fragte ich die Kellnerin.

Sie führte mich durch einige weitere Empfangsräume, die ebenfalls mit weißen Rosen geschmückt waren. An den Wänden prangten große Spiegel, in denen ich mich sehen konnte: Blass und elend steckte ich in diesem blöden Anzug. Mein blondes Haar war nach hinten gegelt, und ich ging mit hängenden Schultern, wie ein Gefangener, den man in seine Zelle führt.

Endlich blieb die Kellnerin am Ende eines Korridors stehen und deutete mit dem Finger den Flur entlang. „Dritte Tür links.“

Ich dankte ihr und ging mit leisen Schritten über den dicken Teppich. Ein Wachmann stand draußen vor der Tür und starrte mich an, als hätte ich eine Kalaschnikow unter der Smokingjacke versteckt.

„Tut mir leid“, sagte er. „Mrs Boomgardt möchte nicht gestört werden.“

Der Name ließ mich zusammenzucken. „Gerade eben war sie noch Mrs Veryan“, antwortete ich. „Und ich bin ihr Sohn.“

Nach einem kleinen Zögern trat er zur Seite und erlaubte mir einzutreten.

Die Tür führte in eine Suite, die gestopft voll war mit Rüschenkleidern auf einer Kleiderstange und noch mehr weißen Rosen. Ihr Duft hing schwer in der Luft. Ich hasse Blumenduft – er erinnert mich an Beerdigungen. Aber dem Filmstar, der am Frisiertisch saß, schien er nichts auszumachen. Eine junge Frau rannte eifrig mit einem Make-up-Pinsel um die Frau herum.

Ich hüstelte nervös. Der Filmstar drehte sich um und verwandelte sich in meine Mum.

„Hallo, Mikey!“, rief sie fröhlich.

So begrüßte sie mich immer. Wir grinsten einander an.

„Also, Donnerwetter, Mütterlein, du siehst wirklich hinreißend aus“, sagte ich mit meiner vornehmsten Stimme.

Mum lachte leise. „Ach, hör doch auf!“

Die Make-up-Frau starrte uns an. Mum drehte sich zu ihr um. „Lassen Sie uns ein paar Minuten allein, Sarah, seien Sie so gut, Schätzchen.“

Als die junge Frau gegangen war, hing ein Schweigen im Raum. Ich glaube, wir warteten beide darauf, dass der andere zuerst sprechen würde.

Beth Veryan, die schon bald Elizabeth Boomgardt sein würde. Meine Mum. Wie immer sie auch hieß, sie sah einfach umwerfend aus. Ihr Kleid bestand aus fantastisch vielen Metern Seide und Spitze. Wahrscheinlich hatte es auch fantastisch viel Geld gekostet, bei Hector wusste man das nie. Mir gefiel sie besser, wie sie vor einem Monat ausgesehen hatte, als wir noch in unserem alten Haus wohnten. Da war sie Yoga-Lehrerin. Das klingt ja eigentlich friedlich und sanft, aber da

kennt ihr meine Mum schlecht. Ihr Yoga war die Wahnsinnssorte, von der man Muskeln wie Bruce Lee und eine unerschütterliche Ruhe bekommt.
„Das ist alles völlig abgefahren“, sagte ich.
Sie warf mir ein mitfühlendes Lächeln zu. „Ich hoffe, du fängst jetzt nicht wieder an zu schreien.“
„Nein.“ Ich legte die Hand aufs Herz. „Die Tobsuchtsanfälle sind vorbei. Versprochen.“
Sie reichte mir ein kleines dünnes Päckchen von ihrem Tisch. „Es ist ein Geschenk von Hector. Zur Erinnerung an die Hochzeit. Er denkt immer an dich.“
Ich machte es auf. Es war einer von diesen schicken Füllern mit Goldfeder, die Sorte, bei der man immer vergisst, Tinte nachzufüllen, sodass man schließlich doch mit dem Kuli schreiben muss. Eingraviert waren die Worte: *Für Michael, willkommen in der Familie Boomgardt.*
Ich drehte den Füller in den Fingern und tat so, als bewunderte ich ihn. „Mmm. Glänzender Füller. Super.“
Mum unterdrückte ein Lachen. „Ach, hör auf! Es ist ein wunderschönes Geschenk.“
„Vielleicht werden damit meine Hausaufgaben besser. Zumindest verleiht er ihnen einen goldenen Schimmer“, sagte ich und steckte das Ding in die Tasche. Insgeheim dachte ich, dass ich auf gar keinen Fall in der Schule damit schreiben würde.
Als ich aufblickte, starrte mich Mum an. „Freu dich für mich, ja, Mikey?“, bat sie.
Ich war nicht sicher, ob ich das schaffen würde. Ich vergrub die Hände in den Hosentaschen und sah Mum nicht an.

Ich musste immer an das Foto denken, das in unserem alten Haus auf dem Kaminsims stand. Sie und Dad an ihrem Hochzeitstag, lachend, weil sie sich eine Stunde vom Lernen für die Abschlussprüfung an der Uni freigenommen hatten, um rasch zu heiraten. Hector war ihr Trauzeuge, verglichen mit heute eine schäbig gekleidete, langhaarige Bohnenstange. Mum hatte einen Knopf in der Nase, und sogar mein Dad hatte Piercings in den Ohren. Als er Rechtsanwalt wurde und vor Gericht Schwerverbrecher anklagte, musste er die rausnehmen. Man sieht ja, was ihm das gebracht hat.
„Dein Dad würde es verstehen", sagte Mum. Meine Gedanken waren wohl nicht sonderlich schwer zu lesen. Ich wollte antworten, dass ich ihr das nicht abnahm. Ich wollte sagen, dass seit dem schlimmsten Tag meines Lebens erst achtzehn Monate vergangen waren. Damals hatten wir auf dem Friedhof von St. Marys gestanden und uns von Dad verabschiedet. Er war gestorben, während er tat, was er liebte – Hubschrauber fliegen. Pilotenfehler, hatten sie bei der Gerichtsverhandlung entschieden.
„Ich weiß", sagte ich. „Ich freue mich für euch beide. Ehrlich."
Mum stand auf. Sie strich mir das Haar zurück. Sie versuchte, Blickkontakt mit mir aufzunehmen, aber ich sah sie nicht an. Plötzlich schienen mir meine glänzenden schwarzen Schuhe das Interessanteste im ganzen Zimmer zu sein. „Heck hat uns geholfen, vergiss das nicht", sagte sie leise. „In den schrecklichen Wochen nach dem Absturz. Er war für mich da."
„*Ich* hätte mich um dich gekümmert."

Sie nahm mich beim Kinn und zwang mich, ihr in die Augen zu sehen. „Du versuchst immer, dich um alle zu kümmern! Dein Dad wäre stolz auf dich." Sie blinzelte ein paar Mal. „Aber ich bin keine ach so schwache Maid aus dem letzten Jahrhundert. Ich kann schon für mich selbst sorgen."

Ich holte tief Luft und merkte, dass ich rot wurde. Aber ich musste es einfach fragen. „Bist du eigentlich … du weißt schon … in Hector verliebt?"

„Natürlich!" Sie wich meinem Blick aus, zog aus der am nächsten stehenden Vase eine weiße Rose und steckte sie mir ins Knopfloch meines Smokings.

„Da. Und jetzt raus mit dir." Sie schob mich sanft in Richtung Tür. „Du bist ein zäher Bursche, Mikey. Du wirst es überleben. Und eines Tages verstehst du es."

„Was?", fragte ich.

„Dass ich alles nur für dich mache, Babe."

Aus irgendeinem Grund lief es mir kalt den Rücken herunter, aber ich brachte mit Mühe ein lahmes Grinsen zustande. „Tausend Dank, Ma." Ich verneigte mich förmlich. „Dein liebster Sohn verlässt dich jetzt, damit du dich fertig machen kannst."

Auf dem Weg nach draußen ließ ich den Kopf hängen, damit ich ihr nicht noch einmal in die Augen schauen musste. Jetzt drückte mir nicht nur der Kragen meines Hemdes die Luft ab, sondern auch der Kloß, den ich im Hals hatte.

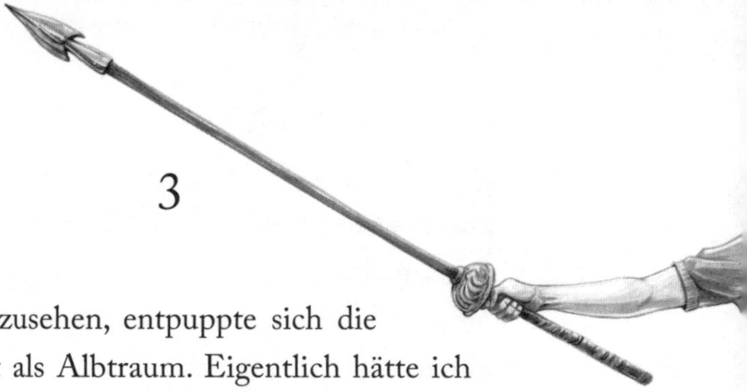

3

Wie vorauszusehen, entpuppte sich die Hochzeit als Albtraum. Eigentlich hätte ich in dem prunkvollen Ballsaal in der ersten Reihe neben Edwin sitzen und sie mir ansehen sollen, aber als die Zeremonie anfing und die Musik aufbrauste, reichte ein Blick auf Mum, die in ihrem atemberaubenden Kleid den Mittelgang entlangkam, und ich hielt es nicht mehr aus. Ich brauchte frische Luft. Ich verdrückte mich vom Ende der Reihe und ergriff die Flucht.
Ich machte mich auf den Weg zum Seiteneingang des Hotels. Als ich durch die Schwingtür rannte, krachte ich mit einem Mädchen mit leuchtend grünen Haaren zusammen. Es waren keine grünen Strähnchen oder Strähnen, sondern das Haar war durch und durch grün wie gerade gegossenes Gras. Als wir uns beide wieder gefangen und von dem Aufprall erholt hatten, starrten wir einander an. Auch ihre Augen waren grün.
„Wo ist er? Wo ist Hector Boomgardt?", wollte sie wissen.
„Er ist … äh … er heiratet gerade. Meine Mum, meine Mutter. Ich bin sein … äh … Stiefdings."
Großartig! Genau der richtige Moment, um sich in einen stotternden Trottel zu verwandeln.
Sie schwenkte ein Plakat und wedelte mir damit vor dem Gesicht herum. Darauf stand: „SOS! Rettet unsere Seevögel!"
Jetzt wusste ich, zu wem sie gehörte. Man hatte mich vor den Protestierern gewarnt. Boomgardt Energy, Hectors Un-

ternehmen, wollte in der kommenden Woche vor der Küste von Cornwall eine Ölbohrinsel in Betrieb nehmen. Die Umweltschützer waren wirklich sauer deswegen.

„Du kannst nicht mitten in die Hochzeit platzen“, murmelte ich. „Mir liegen die Vögel auch am Herzen, aber ich kann dir nicht helfen …“

„Warum?“, wollte sie wissen, und ihre Edelsteinaugen sprühten Funken.

Ich zögerte. Wie sollte ich ihr erklären, dass ich jetzt zur Familie Boomgardt gehörte und um Mums willen das Spiel mitmachen musste? Obwohl ich das wirklich nicht wollte? Doch ich bekam gar keine Gelegenheit, irgendwas zu sagen. Einer von Hectors Wachmännern tauchte hinter ihr auf und packte sie bei den Schultern.

„Lass mich los!“, schrie sie, ließ ihr Plakat fallen und trat nach ihm. Ich schaute zu, wie sie weggeschleift wurde, während mein Mund auf- und zuklappte, als wäre ich ein gestrandeter Fisch. Als ich meine Sinne wieder beisammen hatte, folgte ich ihr.

Draußen stand eine Wand aus schwarzen Anzügen, dahinter wurden Plakate geschwenkt. Sprechchöre riefen: „Was, was, was? – Boomgardt raus! Wann, wann, wann? – Heute noch!“

Ich quetschte mich zwischen den aufgereihten Wachmännern zum Bürgersteig durch und bahnte mir einen Weg durch die protestierende Menge. Während ich nach dem Mädchen suchte – ich wollte den Sicherheitsleuten sagen, sie sollten es nicht so grob behandeln –, packte mich plötzlich eine Hand am Arm. Eine Sekunde lang meinte ich, ich hätte das

Mädchen gefunden, aber der starke Gestank nach toter Maus belehrte mich eines Besseren.
Der Obdachlose war wieder da. Ein Teil von mir dachte: „Mann, ich hab dir schon einen Zehner gegeben."
„Geh wieder rein", sagte er in bestimmtem Ton. „Hier draußen ist es nicht sicher."
Ich schüttelte seine Hand ab. „Die sind harmlos", erwiderte ich und warf einen Blick zurück auf die Protestierenden. „Die haben es nicht auf mich abgesehen."
Er seufzte ungeduldig. „Die doch nicht. Hier gibt es ganz andere Gefahren."
Ich runzelte die Stirn. „Ich komm schon klar, danke", sagte ich und schob mich an ihm vorbei.
Der Verrückte versuchte mich noch einmal zu packen, aber diesmal war das Glück auf meiner Seite. Gerade kam eine Gruppe von Hotelgästen an, und ein ganzes Team von Hotelpagen schob Wagen mit teuren Gepäck-Sets vor sich her. Rasch sprang ich vor ihnen auf die andere Seite. Der Obdachlose war nicht so schnell. Er blieb hinter ihnen stecken.
„Immer das Gleiche", hörte ich ihn murmeln. „Ich weiß nicht, warum ich mir überhaupt die Mühe mache."
„Dann lass es doch", rief ich ihm zu.
Ich gab den Versuch auf, das Mädchen zu finden, und beschleunigte meine Schritte. Ich wollte einfach nur weg von allem. Am Ende der Straße bog ich in die Oxford Street ein. Hier musste ich langsamer gehen, weil sich jede Menge Touristen und Einkaufslustige auf den Bürgersteigen drängten. Immer wieder stieß ich mit Leuten zusammen. Nach ein paar

Minuten hielt ich es nicht mehr aus und ging in einer Nebenstraße weiter. Ich bog nach links, dann nach rechts ab.
Schon bald war ich ganz allein. Mit den hohen, fensterlosen Bürogebäuden zu beiden Seiten wirkte diese schmale Straße wie ein Canyon. Meine Schritte hallten laut, und ein kalter Windstoß wehte eine Cola-Dose und Fast-Food-Behälter durch den Rinnstein.
Irgendwas stimmte hier nicht. Mir standen die Nackenhaare zu Berge. Ich machte kehrt, um wieder zur Hauptstraße zurückzugehen – und blieb stehen. Drei Männer in Kapuzenshirts kamen nebeneinander auf mich zu. Die Köpfe gesenkt, alle im perfekten Gleichschritt, mit im Takt schwingenden Armen. Es war gruselig, als wäre es eigentlich nur eine einzige, dreimal wiederholte Person.
„Reiß dich zusammen", ermahnte ich mich. Vielleicht gingen die immer so, vielleicht interessierten sie sich überhaupt nicht für einen Jungen im Smoking, der ganz allein hier unterwegs war. Ich trat zur Seite. Sie schwenkten ebenfalls ab und bewegten sich weiter schnurstracks auf mich zu. Oh, oh. In meinen Taschen waren nur mein Handy und Hectors Erinnerungsfüller, aber das konnten die drei ja nicht wissen.
Links von mir war eine schmale Gasse. Rasch bog ich dort ein und hoffte, dass sie mich aus den Augen verlieren würden. Typisch für mich – es war eine Sackgasse! Mit klopfendem Herzen machte ich auf dem Absatz kehrt, betete, dass sie vorbeigehen würden, dass sie mich doch nicht überfallen wollten. Keine Chance. Da standen die drei und versperrten mir den Weg aus der Gasse.

Sie hatten ihre Kapuzen so tief heruntergezogen, dass ich ihre Gesichter nicht sehen konnte. Zu beiden Seiten hingen weiße, zottelige Haarsträhnen heraus. Noch seltsamer: Ich bemerkte, dass ihre Kleidung klatschnass und völlig verdreckt war. Ihre schlammigen Schuhe patschten. Aus zehn Metern Entfernung wehte mir ein widerwärtiger Gestank nach faulen Eiern entgegen. Wo waren die hergekommen? Aus der Kanalisation?

„'tschuldigung, darf ich mal vorbei?“, fragte ich und bemühte mich nach Kräften, nicht mit Kieksstimme zu sprechen.

Unter den Kapuzen hervor war ein Zischen zu hören. Ich streckte die Hände aus und zuckte die Achseln. „Hört mal, ich hab kein Geld dabei.“

Mein Herz pochte wie wild, als ich ein paar Schritte auf die drei zu machte. Einer von ihnen schob sich mit einer geschmeidigen Bewegung direkt vor mich. Ich konnte nur seine verdreckte Kapuze, die schmutzigen Haarsträhnen und widerliche weiße Hände mit schwarzen Fingernägeln sehen. Erst die Limousine und Edwin, dann die Hochzeit meiner Mutter – und jetzt das hier. Konnte mein Leben noch schlimmer werden?

Der Anführer warf mit einem gemeinen Kichern seine Kapuze zurück, und ich erblickte sein Gesicht.

Ich würgte. Ja, es konnte noch schlimmer werden.

4

Sein Kopf sah aus, als hätte man einen Totenschädel mit der pulsierenden, durchscheinenden Haut einer Made überzogen. Sein Kiefer klaffte unglaublich weit auf und war mit nadelspitzen Zähnen bestückt. Kleine, unmenschlich schwarze Augen glitzerten in tiefen Höhlen, und die Nase dieses Geschöpfes bestand nur aus zwei Schlitzen als Nasenlöchern.

Als auch die beiden anderen ihre durchnässten Kapuzen zurückstreiften, hob sich mir von dem Gestank nach faulen Eiern der Magen.

Das waren keine Straßenräuber. Das waren nicht einmal Menschen.

Einer stieß ein gurgelndes Flüstern aus: „Er erinnert sich nicht mehr an uns."

„Ich – ich glaube, ihr verwechselt mich mit jemandem", stammelte ich.

„Nein, du bist es!", röchelte ein anderer.

„Ich zuerst", hauchte der Letzte und sabberte.

Er schaute mich gierig an, während sich die anderen beiden mit einem enttäuschten Zischen zurückzogen. Eine lange dünne Zunge schnellte zwischen seinen Zähnen hervor.

„Meine Kumpel sind nur um die Ecke", bluffte ich. „Macht besser, dass ihr wegkommt."

„Bei dir ist überhaupt niemand. Du bist ihm entwischt“, zischte das Monster. Seine totenbleichen Finger schossen vor und packten mich beim Handgelenk. Ich schrie auf, als ich die kalte, schleimige Berührung spürte. Es fühlte sich an, als wären die Knochen in meinem Arm zu glibberigem Gelee geworden. Eine Woge der Müdigkeit schwappte über mich hinweg.
Befreie dich oder stirb, flüsterte eine Stimme in meinem Kopf. Leichter gesagt als getan! Alle Farbe wich aus der Welt, machte die trostlose Straße noch grauer. Ich schwöre, ich merkte, wie sich mein Herzschlag verlangsamte. Eine ausgefranste Schwärze drang vom Rand meines Gesichtsfeldes immer weiter vor.
„Er spürt schon die Schwächung“, flüsterte die Kreatur.
Mein Körper sagte *schlafen,* aber die kleine Stimme in meinem Kopf sagte *kämpfen.* Meine Muskeln erwachten mit einem Ruck wieder zum Leben. Es war, als bewegte ich mich durch dicken Sirup, aber nun brachte ich meinen anderen Arm nach vorn und schlug dem Kerl ins Gesicht.
Er lachte zischend und packte mein Handgelenk noch fester. Ich trat und schlug mit aller Kraft um mich, während die anderen beiden um uns herumgingen. „Saug ihn aus!“, flüsterte der eine.
Ich fiel auf ein Knie und versuchte noch weiterzukämpfen, aber langsam raubte mir dieser eisige Klammergriff jeden Willen zum Widerstand. Irgendwo in meinem immer leerer werdenden Schädel drängte mich die kleine Stimme, mir eine Waffe zu suchen, egal welche. Aber es war nichts da, kein Stock oder Stein, den ich erreichen konnte, und in meinen

Taschen hatte ich nur ein Telefon und einen Füller. Moment – der Füller! Ich kramte in meiner Tasche danach.
„Wehr dich nicht", schlabberte mir das Monster ins Ohr. „Du weißt, dass es nichts nutzt."
Die Müdigkeit klatschte wie eine Welle gegen mich. Mit verschwommenem Blick sah ich das triumphierende Lächeln des Ungeheuers. Er pflückte mir die Blume aus dem Knopfloch und hielt sie mir vor die versagenden Augen.
„Keine Hochzeit mehr für dich!" Dann warf er die Rose weg. Die weiße Rose ließ das Gesicht meiner Mum deutlich vor meinem inneren Auge erscheinen. Ich würde sie niemals wiedersehen. Nach meinem Vater würde sie nun auch mich verlieren. Ich erinnerte mich daran, wie sie mir die Blume ins Knopfloch gesteckt hatte. Ihre Stimme hallte in meinem Kopf wider: *Du bist stark, Michael. Du kannst das hier überstehen.* Von irgendwo kam auf einmal neue Energie.
Ich zog den Füller aus der Tasche, hebelte die Kappe ab und stach mit letzter Kraft damit wie wild auf das Geschöpf ein. Die scharfe Metallspitze traf mit einem Quatschen auf die Madenhaut am Hals der Kreatur. Ein Schrei, und dann wehte mir eine Woge stinkender Luft ins Gesicht. Der Klammergriff an meinem Arm lockerte sich, und die Farben fluteten in die Welt zurück. Das Geschöpf sackte neben mir zusammen. Es war kein Aufprall zu hören, als seine Knie auf den Bürgersteig auftrafen, nur ein knochenloses Quatschen. Es lag da und krümmte sich und verging vor meinen Augen wie eine mit Salz bestreute Nacktschnecke. Seine Schultern sackten nach unten, und das Kapuzenshirt zerknitterte, als sein Kopf und

sein Körper dahinschmolzen. Noch ein paar Sekunden, und ich starrte nur noch auf einen Haufen stinkender, nasser Kleider und eine Schleimpfütze. Ich hatte das Ding umgebracht!
Sein Kumpel versetzte mir einen Schlag vor die Brust und warf mich platt auf den Rücken. Ich war wie am Boden festgenagelt. Das grausige Gesicht des Kerls schwebte über mir, weil er auf meinem Brustkorb hockte.
„Jetzt bin ich dran!" Spucke sabberte aus seinem weit offen stehenden Maul.
Ich zielte erneut mit dem Füller, aber er war darauf vorbereitet und schlug ihn mir aus der Hand. Verzweifelt streckte ich die Hand nach dem Füller aus, der über den Asphalt rollte. Die dritte Kreatur stieß ein zischendes Lachen aus und kickte den Füller noch weiter weg.
„Hm. Jetzt kriegen wir seine leckere Seele", höhnte der Kerl, der auf meiner Brust saß.
Seine Hände glitten um meinen Hals, und die Finger verströmten Kälte. Die Welt wurde wieder grau, während mir der Hals, der Kopf und dann sogar das Gehirn einzufrieren begannen. Ich packte seine Hände und zerrte, aber der Schleim quoll mir zwischen den Fingern hervor. Ich konnte meine Finger nicht bewegen. Meine Hände gruben sich weiter ein – hatte der Kerl keine Knochen?
Irgendwo hinter diesem grässlichen Kopf bemerkte ich etwas am Himmel. Einen kleinen schwarzen Punkt ganz weit oben. Ich konzentrierte mich mit aller Kraft darauf. Ich wusste, wenn mir jetzt die Augen zufielen, würde ich sie nie wieder öffnen.

Die Lider wurden mir schwer.

Iiiiiick! Über mir kreischte gespenstisch die Todesfee.

Der Punkt wurde größer. Und größer. Er nahm Gestalt an. Eine schwarze Silhouette. Die Flügel waren geschwungen, der Schweif aufgefächert, während er reglos über mir in der Luft stand. Dieser Umriss war unverwechselbar: ein Falke!

Der Vogel hing einen Augenblick lang in der Luft. Dann legte er die Flügel an.

Er stürzte sich herab.

Zweihundert Meilen in der Stunde – so schnell ist ein Falke im Sturzflug, er ist das schnellste Lebewesen auf Erden. Mit ausgestreckten Krallen kam er herabgesaust. Flatsch! Er krachte geradewegs in die Kreatur, und es klang, als hätte man mit dem flachen Spaten auf einen Wackelpudding geschlagen. Die Krallen des Falken packten den Madenkopf. Einen Moment lang sahen mich die bösartigen kleinen Augen der Kreatur voller Hass an. Dann traten sie dem Geschöpf wie Murmeln aus dem Kopf. Und dann explodierte es in einem Schwall von Schleim, der mich mitten ins Gesicht traf.

Ich rollte mich zur Seite und erhob mich taumelnd, wischte mir Teile des Schleimwesens aus den Augen und zwinkerte wie verrückt. Ich erwartete, dass mich jeden Moment eine weitere glibberig kalte Hand packen würde. Stattdessen hörte ich von der Straßenmitte ein Schleifen. Metall auf Metall. Ich wirbelte herum und sah gerade noch, wie das dritte Geschöpf in einem offenen Abwasserschacht verschwand und den Kanaldeckel hinter sich zuzog.

Was zum Teufel war hier gerade passiert? Die drei waren weg, und ich lebte noch! Die zwei Schleimflecken auf der Straße verschwanden allmählich wie trocknende Pfützen. Benommen hob ich die zerzauste weiße Rose vom Gehsteig auf und steckte sie in die Überreste meiner Jackentasche. Der Smoking sah schlimm aus, er war völlig verdreckt, und ein Ärmel war zerrissen. Mein Handgelenk und mein Hals schmerzten wie verrückt, wo diese Kreaturen mich gepackt hatten. In dem Augenblick konnte ich nur einen Gedanken fassen: Das glaubt mir Gavin nie im Leben!

Ich glaubte es ja selbst nicht.

Ein Krächzen ließ mich herumfahren. Der Falke saß mitten auf der Straße und blitzte mich mit wilden Augen an. Er hatte keinen Ring am Fuß, es musste also ein wilder Falke sein. Aber der natürliche Lebensraum eines Falken ist doch der Wald, nicht die Stadtmitte von London. Ich streckte den Arm aus und pfiff leise, wie es die Falkner in den Tierparks machen. Der Vogel starrte mich weiter an, und einen Augenblick lang dachte ich, er bereitete sich darauf vor, diesmal *mich* zu attackieren.

Stattdessen sagte er: „Na, das ist ja eigentlich ganz gut gelaufen, unter den Umständen."

Ich machte vor Schreck einen Sprung zurück. „Das kann doch jetzt nicht wahr sein!"

Der Vogel begann zu beben und … *sich zu verändern.*

Er schwoll an. Sein Umriss verzog sich, die schwarz und golden getupften Federn explodierten zu einer Punkfrisur, die blaugrauen Schwingen reckten sich und wurden zu einem

Hemd, das sich ein Mann um den Hals gebunden hatte. Die fedrigen Beine wuchsen nach unten, und die Krallen verwandelten sich in ramponierte Turnschuhe.

Der Obdachlose stand vor mir.

Er schüttelte sich wie ein Vogel, der sein Gefieder richtet, und fixierte mich mit Augen, die genauso scharf waren wie die des Falken. Dann deutete er mit einer schmalen Hand auf die Schleimpfützen.

„Das nächste Mal hörst du vielleicht auf mich, hmm?", sagte er.

Meine Beine wollten losrennen und nicht eher stehen bleiben, bis ich ganz weit weg war. Aber der Rest von mir wollte Antworten. Ich fand die Sprache wieder.

„Wie hast du das gemacht?", platzte es aus mir heraus. „Hat Edwin dich dazu angestiftet?"

Der Mann verschränkte die Arme. „Was meinst du?", fragte er zurück.

Ich kramte mein Handy aus der Tasche. „Ich rufe die Polizei."

Der Mann zog eine Augenbraue in die Höhe. „Wirklich? Das wäre interessant. Ich bin mir sicher, dass die Bobbys in London bestens über die Geh-Abruki Bescheid wissen."

„Wie bitte?" Es hörte sich an, als hätte er geniest.

Er kickte die Kleidung der Monster in den Rinnstein. „Geh-Abruki. Seelenfresser. Sie leben wie die Nacktschnecken in der Friedhofserde. Nachts graben sie sich aus und bewegen sich durch die Kanalisation, um ihre Opfer zu finden."

Das war's! Edwin hatte die Knabbereien vergiftet, und jetzt hatte ich Wahnvorstellungen.

„Nein, hast du nicht“, sagte der Mann.

Ich zuckte zusammen. Ich hatte nicht laut gesprochen.

„Die wollten deine Seele“, fuhr er fort und begann, in schnellem Tempo die Straße hinunterzugehen. „Wenn es ihnen gelungen wäre, dann wäre deine Verbindung zur Tafelrunde verloren gegangen.“

Ich rannte hinter ihm her und streckte die Hand aus. „Was hast du gesagt?“

Der Mann blieb stehen. „Wir müssen uns unterhalten. Hast du Hunger?“

Wie konnte er nach allem, was geschehen war, über Essen sprechen? Dann knurrte mein Magen. Ich hatte heute nicht einmal gefrühstückt.

„Ich habe auch Hunger“, meinte er. „Die Fliegerei verbraucht Tausende von Kalorien.“ Er zwinkerte mir zu. „Und Mäuse können einfach mit einem Hamburger nicht mithalten.“ Er ging weiter die Straße entlang. „Komm schon“, rief er mir über die Schulter zu.

Ich blieb wie angewurzelt stehen. „Wer bist du?“, schrie ich.

Er drehte sich um und ging rückwärts weiter.

„Wer *du* bist, das ist wichtig.“

5

Ich bin Michael Veryan."

Wir saßen im Burger King an der Oxford Street beim Fenster. Ich hatte mein Jackett und meine Krawatte abgelegt und versuchte, mir mit einer Serviette den Schleim von der Hose zu wischen, aber die Leute schauten immer noch, besonders die beiden jungen Frauen am Nebentisch. Wir hatten jeder einen Hamburger verschlungen, die – peinlich genug – er bezahlt hatte.

„Ja und nein", meinte er.

Er saß mir gegenüber und ließ eine Ein-Pfund-Münze von einem Finger zum anderen tanzen, hin und her, vor und zurück. Es machte mich wahnsinnig.

„Was soll das denn heißen?", fragte ich.

Er fixierte mich mit seinen scharfen Augen. „Was weißt du über die Ritter der Tafelrunde?"

Na großartig! Er wollte über Mythen und Sagen reden. „Die Ritter von König Artus?", fragte ich, um ihn bei Laune zu halten. „Camelot und Heiliger Gral und Excalibur?"

„Das findest du komisch?", fragte er.

„Na ja, wenn man an Zauberschwerter und Märchen glauben möchte …"

„Schon mal ein Zauberschwert gesehen?", fragte er brüsk. „Nein? Dachte ich mir. Das Schwert Excalibur ist aus reinstem Stahl geschmiedet und tausendmal gefaltet und geschlagen worden. Seine Schneide ist so scharf, dass es ein einzelnes in die Luft geworfenes Haar von einem Ende zum anderen spalten könnte."

„Ja, gut …", setzte ich an. Aber plötzlich wirbelte vor meinem geistigen Auge das Bild eines Schwertes, dessen Stahlklinge schimmerte und dessen Griff mit Smaragden verziert war, die so grün leuchteten wie die Augen des protestierenden Mädchens. Ich sah es so klar vor mir, dass ich unwillkürlich den Kopf schütteln musste. Die beiden jungen Frauen am Nebentisch begannen, hinter vorgehaltener Hand zu lachen. Ich konnte es ihnen nicht verübeln. „Hast du das gerade gemacht?", fragte ich den Mann.

Der lächelte nur und schnipste seine Münze. Ich schwöre, obwohl ich ihn gerade erst kennengelernt hatte, war mir so, als hätte er mich schon seit ewigen Zeiten genervt.

„Unser Geschichtslehrer sagt, es gäbe keinerlei Beweise dafür, dass Camelot je existiert hat", meinte ich. „Das ist nur eine Sage."

„Schön wär's!", erwiderte der Mann. „Mein Leben wäre viel einfacher gewesen, wenn ich nicht auf einen Haufen störrischer, heißblütiger Ritter hätte aufpassen müssen." Aus irgendeinem Grund starrte er mich an, während er das sagte.

„Du bist verrückt."

Ich stand auf. Er machte eine komplizierte Handbewegung, und seltsamerweise setzte ich mich wieder hin.

„Ich spreche von den Rittern der Tafelrunde", sagte er mit strenger Stimme. „Galahad, Lancelot, Gawain. Weißt du wirklich *gar nichts* darüber?"

„Die Namen kommen mir irgendwie bekannt vor", antwortete ich. „Ein bisschen wie Frodo und Gandalf."
Er seufzte. „Also, ich sage dir jetzt, wie es wirklich war. Die Filme und Bücher kannst du vergessen. Artus war unser größter Kriegerkönig. Er hat das Land geeint und das Volk gerettet. Er scharte die tapfersten und besten Ritter aus aller Welt um sich und bildete sie dazu aus, an seiner Seite zu kämpfen. Und damit keiner von ihnen glaubte, über den anderen zu stehen, schuf er die Tafelrunde – so saßen sie alle an gleich wichtiger Stelle. Dann kämpften sie miteinander, um das Land zu befreien – und zwar von Drachen, Werwölfen …"
„Und Geh-Abruki?", fragte ich.
Er nickte. „Aber du hast auch keine bessere Erklärung für das, was dir eben zugestoßen ist, scheint mir."
Ich schaute mich um, aber die beiden jungen Frauen benutzten ihre Handys, und niemand sonst hörte zu.
„Keine Sorge, ich versuche, mir gerade eine auszudenken", dachte ich. „Was hat das alles mit mir zu tun?"
Der Penner saugte an seinem Strohhalm und lehnte sich auf seinem Stuhl zurück. „Als Artus starb", sagte er, „hat man seinen Leichnam auf die Insel Avalon gebracht, und dort wurde er beigesetzt. Weißt du, was auf seinem Grabmal stand?"
„Ich lass mich überraschen."
„Hier liegt Artus, der vergangene und künftige wahre König", sagte er. „Artus' letztes Versprechen. Wann immer sein Königreich in Gefahr schwebte, würde er wiedergeboren und erneut kämpfen. Als seine Ritter …", er deutete mit einer Fritte auf

mich, „diese Worte lasen, legten sie einer nach dem anderen die Hand auf das Grabmal und verschrieben ihre Seele seiner Sache. Wenn Artus zurückkehrte, dann würden sie wieder an seiner Seite kämpfen."

Mein Herz klopfte wie verrückt. „Willst du mir etwa sagen, dass da irgendwo eine Armee von Rittern im Verborgenen nur auf seinen Aufruf wartet?"

Der Mann lachte und deutete mit einem Finger auf mich. „Nein, nicht im Verborgenen. Du bist doch hier direkt vor meiner Nase!"

Ein weiteres Bild schoss durch meine Gedanken. Ich saß auf dem Rücken eines Pferdes, tief nach vorn gebeugt, eine Lanze in der Hand. Das Donnern der Hufe erfüllte meinen Kopf. Ich zwinkerte das Bild fort. „Hör bitte damit auf!"

„Betrachte das als deinen Aufruf", erwiderte er. „Du hast die Seele eines Ritters. Seit deiner Geburt wartest du auf diesen Augenblick."

„Ich sollte *auf jeden Fall* die Polizei rufen", dachte ich. „Und diesen Verrückten verhaften lassen." Aber irgendwas ließ mich zögern. „Warum ich?", fragte ich.

„Nicht nur du. Deine Ritterfreunde wachen auch gerade auf", sagte er so ruhig, als erklärte er mir, es würde morgen Regen geben.

„Wo?", wollte ich wissen.

„Ganz in der Nähe. Sie sind nie weit entfernt. Du musst sie finden, bevor Geschöpfe wie die Geh-Abruki sie aufspüren."

„Also halte ich einfach nach den Jungs in voller Rüstung Ausschau, die die Straße entlanggeritten kommen?"

Er wedelte unbeeindruckt mit der Hand. „Nimm die Sache bitte ernst."
Das war ein starkes Stück, ausgerechnet aus seinem Mund. „Und Artus? Ich nehme an, der spaziert auch irgendwo herum?"
Er nickte. „Euer König wird erscheinen, wenn die Zeit reif ist. Eure Aufgabe ist es, darauf vorbereitet zu sein." Er begann, in aller Seelenruhe unsere Pappschachteln und Becher auf das Tablett zu packen, so als ginge hier überhaupt nichts Ungewöhnliches vor sich.
„Also, wenn ich ein Ritter bin – wer bist dann du?", fragte ich.
Das brachte ihn zum Lachen. Eine schräge Augenbraue wanderte nach oben. „Ich bin nur ein Bote", antwortete er. „Nenn mich Falke."
„Wie, Mr Falke?"
Er zuckte die Achseln, warf mir noch ein irritierendes allwissendes Lächeln zu und schob dann seinen Stuhl nach hinten. „Es ist spät. Du solltest jetzt besser zur Hochzeitsfeier zurückkehren, ehe man dich vermisst. Wir sprechen uns bald wieder."
Ich schaute aus dem Fenster. Er hatte recht, die Dämmerung brach bereits herein. Ich würde wohl Probleme bekommen, weil ich so lange weg war.
Ich wandte mich wieder zu ihm um. „Und wann werde ich …"
Der Platz mir gegenüber war leer.
Ich blickte mich hektisch um, aber er hatte sich in Luft aufgelöst. Die beiden jungen Frauen am Nebentisch saßen mit weit geöffnetem Mund da. Jetzt lachten sie nicht mehr. Sie sahen aus, als hätten sie ein Gespenst gesehen.

„Vogel“, murmelte eine von ihnen mit benommener Stimme. Von der offenen Tür her waren Flügelschlagen und ein paar Schreie zu hören. Jemand hatte sein Tablett fallen lassen.
Das war alles völlig verrückt.

Ich rannte den ganzen Weg zum Claridges Hotel zurück, stürzte mich durch die Tür und an dem verdattert dreinschauenden Portier vorbei. Während ich durch die Flure flitzte, fischte ich in meiner zerfetzten Jackentasche nach Mums Rose und steckte sie mir ins Knopfloch. Endlich stand ich vor der großen, zweiflügligen Tür, auf der ein Schild verkündete: PRIVATEMPFANG BOOMGARDT.
Ich blieb stehen und versuchte, den zerrissenen Ärmel irgendwie zurechtzuzupfen. Vielleicht würde drinnen das Licht so schummrig sein, dass niemand meinen Zustand bemerkte. Ich holte tief Luft, drückte die Türflügel auf …
… und stolperte in einen Saal, der von so vielen Kronleuchtern erhellt war, dass er strahlender als die Sonne funkelte. Mum und Hector beugten sich gerade mit verschränkten Händen über die zwanzigstöckige Hochzeitstorte und wollten sie mit einem Messer anschneiden. Hunderte von Gästen standen ringsum und schauten schweigend zu. Alle, wirklich alle Köpfe wandten sich zu mir, und ein einstimmiges erstauntes Japsen erfüllte den Bankettsaal.
Mum ließ das Messer fallen. Ihre Gesichtszüge entgleisten. „Michael, was um alles in der Welt ist *passiert*?“
Edwin schnaubte und klatschte seine Flossen zusammen wie ein dressierter Seehund.

Ich murmelte etwas von einem Überfall, aber überzeugend klang es nicht. Mein Herz hatte angefangen, wie wild in meiner Brust zu pochen. Nicht etwa weil mich Hunderte von missbilligenden Augen durchbohrten. Nicht weil Hector mich mit schmerzlich verzogener Miene ansah, nicht einmal wegen meiner Mutter, deren Gesicht von Sorgen zerfurcht war.
Ich hatte es endlich begriffen. Ich kannte mich gut mit Greifvögeln aus und ich hatte den Falken erkannt, der mich gerettet hatte. Sein lateinischer Name lautet *Falco Columbarius.* Aber so nennt ihn niemand. Alle kennen ihn unter dem Namen … Merlin.
Edwin brüllte vor Lachen und deutete mit dem Finger auf mich. Die anderen Gäste starrten mich weiter an, aber das war mir gleichgültig.
Ich war gerade einem uralten Zauberer begegnet, und der hatte mir verkündet, ich sei ein Ritter der Tafelrunde.

6

Ich schrak aus dem Schlaf auf. Mein Herz pochte wild, ich hatte eben noch von einer Schlacht geträumt.

Langsam verwandelte sich das Klirren von Schwertern in das Klingeln eines Weckers. Ich tastete in der völligen Dunkelheit herum und drückte auf einen Knopf. Dann surrte etwas, die Vorhänge glitten zur Seite und gaben den Blick auf eine Wand aus Glas frei. Sonnenlicht strömte ins Zimmer. Durch den hellen Schein konnte ich die Baumkronen und das grüne Gras des Hyde Park sehen.

Die Wirklichkeit traf mich wie ein Schlag. Ich war in Hectors Penthouse an der Park Lane. Unser kleines Haus war verkauft, die Hochzeit war vorbei; es gab kein Zurück. Ich sah mich um. Dieses neue Schlafzimmer war zu ordentlich, und es hatte viel zu viele Einbaukleiderschränke. An einem davon hing meine Schuluniform und erinnerte mich daran, dass ich noch dreißig Minuten Zeit hatte, um mich fertig zu machen. Sonst würde ich wegen Zuspätkommens nachsitzen müssen.

Ich zog eine Jogginghose über und schob die Glastüren auf. Der Balkon war riesig – ich übertreibe nicht, es gab da einen ausgewachsenen Baum in einem Topf, dazu noch ein paar Sonnenliegen, und trotzdem war immer noch genug Platz zum Fußballspielen.

Über der Rückenlehne einer Sonnenliege hing mein Smoking. Den hatte ich gestern Abend da draußen gelassen, weil er stank. Als ich ihn sah, fluteten mir die Erinnerungen an all die verrückten Dinge wieder in den Kopf. Diese Geh-Abruki-Wesen aus der Hölle. Der Penner, der sich in einen Falken verwandelte und sich schließlich als Merlin entpuppte. Dann mein reichlich verspäteter Auftritt beim Empfang und Mums sorgenvolles und enttäuschtes Gesicht. Die Hochzeitfeier, die ihren Lauf nahm, während ich nur dasaß und dachte: „Bin ich wirklich ein Ritter und habe ein von der Vorsehung bestimmtes Schicksal? Ich, Michael Veryan – echt?“ Und dann schließlich die Fahrt in der Limousine zu diesem neuen Zuhause, wo ich mich gleich auf mein Zimmer geschlichen hatte, den Kopf voller verworrener Gedanken über all das Erlebte.

Jetzt, am nächsten Morgen, erschien mir alles immer noch völlig verrückt. Ich lehnte mich über das Balkongeländer und beobachtete die Jogger, die rund um den Park keuchten. Es musste einfach eine andere Erklärung geben. Dann bemerkte ich meine Hände. Auf meinem Handgelenk war der Abdruck vom Klammergriff des Schleimwesens weiß eingebrannt. Am Hals spürte ich einen weiteren eisigen Fleck. Und auch meine Handfläche juckte noch wie verrückt – quer darüber verlief eine rote Linie, als hätte ich einen glühend heißen Schürhaken angefasst.

Das waren echte Narben. Irgendwas hatte sie verursacht, irgendwas hatte meinen Smoking ruiniert. Es war schwer zu verdauen, aber irgendwas hatte tatsächlich versucht mich umzubringen.

„Finde die Ritter, ehe die Geh-Abruki wieder angreifen“, hatte Merlin gesagt. Aber wie?

Ich schaute auf die Straße tief unter mir. Ich weiß nicht, was ich erwartete – vielleicht eine lange Reihe von Reitern in Rüstungen, die auf mich warteten, oder Merlin, der auf dem Bürgersteig saß und Kartentricks machte. Aber da unten war niemand außer einer Frau, die mit ihren Hunden Gassi ging.

Was sollte ich also jetzt machen?

„Michael! Beeilung, du kommst zu spät!“ Das war Mum, die über die Gegensprechanlage mit mir redete.

Da hatte ich meine Antwort. Mein vorherbestimmtes Schicksal war, in die Schule zu gehen.

In unserem alten Haus hätte Mum einfach nur die Treppe hochgebrüllt, aber in Hectors Wohnung würde ich wahrscheinlich zehn Minuten brauchen, bis ich nur in der Küche war. Die Wohnung war total riesig. Alles war weiß, und raumhohe Fenster ließen die Morgensonne herein. Ich bog aus Versehen links ab und stand auf einmal in Hectors Fitnessraum. Cool, aber da wollte ich gerade nicht hin. Ich machte kehrt und ging den weißen Korridor entlang.

„Für diese Wohnung brauche ich ein Navi“, überlegte ich.

Am Ende des Gangs erreichte ich das Wohnzimmer und tappte weiter zu der offenen Küche in mattiertem Edelstahl. Die Durchquerung dauerte eine Weile. Das L-förmige Sofa in der Mitte war so groß, dass meine ganze Klasse draufgepasst hätte. Edwin hatte sich am Küchentisch breitgemacht und las in einer Armeezeitschrift. Seine Füße lagen auf einem der mit schwarzem Leder bezogenen Stühle.

Mum kochte Kaffee. Sie warf mir einen Blick zu, der bedeutete: *Ich habe dir die Sache von gestern noch nicht ganz verziehen, aber das wird schon.* „Setz dich. Ich mache Frühstück“, sagte sie.
Neben ihr auf der Arbeitsfläche stand ein Korb mit Reiswaffeln und Vollkornbrötchen.
Ich verzog das Gesicht. „Äh, ich fühle mich noch nicht stark genug für all das gesunde Zeug, Mum.“
Sie lachte und schob den Korb zur Seite. „Das ist nicht das Frühstück, Mikey!“ Mit einem Knall stellte sie eine Bratpfanne auf den makellos weißen Herd, und die begann sofort zu brutzeln. Mum wendete zwei Scheiben Brot in verquirltem Ei und ließ sie in das heiße Öl gleiten.
Da fühlte ich mich gleich schon viel besser. Eiertoast, das war die Vergangenheit, als die Welt noch einen Sinn ergeben hatte. Ich setzte mich an den Tisch und versuchte sogar, Edwin anzulächeln. Er ignorierte mich und las weiter in seiner Zeitschrift. Seine stämmigen, haarigen Beine schauten unter seinem Bademantel hervor. Ausnahmsweise belästigte er mich mal nicht.
„Beth, Schätzchen.“
Hector kam hereinspaziert und gab Mum einen langen, genüsslichen Kuss.
Mir verging das Lächeln. Ich konzentrierte mich auf einen Krümel, den ich auf dem Tisch hin und her schob. Als ich wieder aufschaute, hatten die beiden sich wieder voneinander getrennt, Gott sei Dank. Hector betrachtete die brutzelnde Pfanne mit entsetztem Blick.

„Was um Himmels willen ist das? Hat der Bäcker nicht geliefert?“
Mum schubste ihn spielerisch zur Seite und öffnete eine Tür in der weißen Wand. „Das ist für Michael“, sagte sie und holte das Ketchup heraus. „Sein Lieblingsfrühstück.“ Sie grinste ihn an. „Und schau nicht so! Ich erinnere mich noch an deine Studentenzeiten. Da hast du Instant-Pudding zum Frühstück gegessen.“
Sie stellte die Flasche auf den Tisch. „Möchtest du was davon?“, fragte sie Edwin.
„Neeeeein danke.“ Das klang gerade so, als hätte sie ihm Gift angeboten. Er gähnte und reckte sich. „Übrigens, solltet ihr beide nicht in den Flitterwochen sein?“
„Ja, das sollten wir!“, antwortete Hector. Er legte den Arm um Mum. Ich konzentrierte mich erneut auf den Krümel, falls es wieder zu Küssen kommen sollte. „Meine arme Beth. Wir hatten schon alles geplant, aber jetzt müssen wir warten, bis die Bohrinsel in Cornwall offiziell eröffnet ist. Ich kann jetzt nicht weg – nicht solange die Protestierer solche Probleme machen.“
„Ich hab sie gestern gesehen“, sagte ich und erinnerte mich an das Mädchen mit den grünen Haaren. „Deine Wachmänner waren ein bisschen brutal.“
Hector seufzte. „Manchmal muss man hart bleiben. Boomgardt denkt auch an die Umwelt. Aber Fakt ist doch, dass wir das Öl brauchen. Schließlich fahren wir alle gern Auto.“
Mum gab ihm einen Rippenstoß. „Dann geh und mach dich fertig. Wir haben noch einige Fahrerei vor uns.“ Sie stellte

einen Teller mit zwei Scheiben Eiertoast und einem Klecks Ketchup vor mich auf den Tisch. „Iss, und dann ab in die Schule", sagte sie. „Wir machen uns auf den Weg, um mit dem Caterer die Party in Tintagel House zu besprechen."

„Was für eine Party?", fragte ich.

„Für die Eröffnung der Bohrinsel. Warte nur, bis du unser Haus in Cornwall siehst, es ist einfach wunderschön!" Sie gab mir einen Kuss auf den Scheitel und flitzte hinter Hector her.

Ach ja – wir hatten ja jetzt zwei Wohnorte. Dieses Penthouse und Tintagel House in Cornwall, das einen Privatstrand und einen eigenen Hafen hat. Ernsthaft!

Jetzt, da wir allein waren, breitete sich ein fieses Grinsen über Edwins rotes Mondgesicht aus.

„Freust du dich auf Sandhurst?", fragte ich, um das Schweigen zu brechen.

Er hatte es irgendwie geschafft, die Aufnahmeprüfung für diese Offiziersschule zu bestehen – entweder das, oder Hector hatte ihn reingekauft. Jedenfalls wollte er dort schon bald mit der militärischen Ausbildung anfangen.

„Ich freu mich drauf, dass du irgendwann nicht mehr in *meinem* Zuhause rumlungerst und *meine* Sachen antatschst", antwortete er hämisch. Er tippte an sein leeres Glas. „Hol den Orangensaft. Du bist an der Reihe."

Um des lieben Friedens willen tat ich, was er wollte. Ich brauchte eine Ewigkeit, um rauszufinden, hinter welcher von den Edelstahltüren der Kühlschrank war, und als ich dann mit dem Saftkarton zurückkam, war Edwin verschwunden.

Typisch! Die Mühe hätte ich mir sparen können. Ich ließ mich auf meinen Stuhl fallen.
Unter mir explodierte etwas mit lautem Krachen!
Dann folgte ein PLATSCH!
Ich sprang auf und wirbelte herum. Großer Gott! Die weiße Wand neben mir war über und über mit Rot bespritzt. Ebenso wie der Tisch, die Stühle, der Boden und die weißen Küchenschränke. Es sah aus wie eine Explosion in einer Blutbank. Auf meinem Stuhl lag die Ketchup-Flasche, die inzwischen halb leer war.
Ich konnte hören, dass Edwin, der um die Ecke lauerte, beinahe an seinem unterdrückten hysterischen Lachen erstickte. Er linste in die Küche.
„Du dämlicher …" Ich packte mir das Brot von der Arbeitsfläche und warf es in Edwins Richtung. Der duckte sich weg, und das Brot prallte vom Kühlschrank ab, dass die Scheiben bis ins Wohnzimmer flogen.
„Michael, was ist los?", fragte Mum, die im Eiltempo wieder hereinkam. Sie erfasste die Szene mit einem Blick und runzelte die Stirn.
„Hector sollte seine Sicherheitsmaßnahmen überprüfen", sagte ich. „Ich glaube, ein Wahnsinniger ist hier eingedrungen und hat eine Ketchup-Flasche auf meinen Stuhl gelegt."
Ich marschierte aus der Küche, versuchte dabei möglichst nicht mit dem Ketchup auf den weißen Boden zu kleckern. Wütend schlug ich dann die Tür zu meinem Zimmer hinter mir zu. Als ich, immer noch kochend vor Wut, wieder herauskam, trug ich meine Schuluniform – schwarzer Blazer, weißes

Hemd, die schwarz-gelb gestreifte Krawatte lose um den Hals geschlungen. Hector und Edwin warteten im Flur auf mich. Hector machte ein ernstes Gesicht.
„In mein Arbeitszimmer. Sofort."
Ich war noch nie in einem Arbeitszimmer gewesen. Mein Dad hatte seine juristischen Akten immer am Küchentisch bearbeitet, und Mum hatte ihre Buchhaltung auf einem Laptop erledigt, den sie vor dem Kamin auf dem Schoß hatte. Dieses Arbeitszimmer jedoch lag am Ende eines langen weißen Korridors und hatte ein kompliziertes Schloss, für das Hector rasch einen achtstelligen Zahlencode auf einem Tastenfeld neben der Tür eingab. *Bip-bip. Bip-bip. Bip-bip-bip-bip.*
Ich folgte ihm in den Raum. Zunächst musste ich eine Vitrine voller Orden und Medaillen umrunden. Dann schaute ich mich gebannt um. Im Gegensatz zur restlichen Wohnung war dieses Zimmer nicht weiß, sondern mit dunklem Holz getäfelt. An den Wänden befanden sich Regale voller alter Bücher, und in der Mitte prangte ein riesiger Mahagonischreibtisch. In einer Ecke stand eine Samurai-Rüstung, und an den Wänden hingen alle möglichen Waffen – primitive Blasrohre, mittelalterliche Kampfschwerter und Piken, Armbruste und Helme. Mum hatte mir schon erzählt, dass Hector Waffen und derlei Dinge sammelte, aber das hier war beeindruckend. Ich starrte auf die Schwerter und Rüstungen ringsum und verspürte einen Ruck. Die wahnsinnigen Ereignisse von gestern kamen mir wieder in den Kopf – Ritter und Schlachten und mein Schicksal. Aber wie konnte ein Ritter wegen Ketchup in Schwierigkeiten geraten?

„Mach die Tür zu, Edwin." Hector hatte sich auf die Kante seines Schreibtisches gesetzt. Ich blickte zu ihm hinüber und entdeckte zwei rot glühende Augen, die von der Wand hinter seinem Schreibtisch auf mich herunterstarrten. Sie gehörten zu einer Art Maske. Sie hatte Schuppen aus verrostetem Metall, eine lange Schnauze und grausige Reißzähne, die sich aus einem weit aufgerissenen Maul mit einer gespaltenen Zunge hervorbogen. Als ich zum Fenster hinüberging und mich ans Fensterbrett lehnte, hätte ich schwören können, dass mir diese gemeinen Augen folgten. Selbst wenn ich nicht hinsah, spürte ich ein Frösteln, so als schickten sie eisige Laserstrahlen in meine Richtung.

„Ich bin von euch beiden sehr enttäuscht", sagte Hector.

„Ich hab gar nichts gemacht", antwortete ich.

Er ignorierte mich. „Edwin, das war ein kindischer Streich. Die Putzfrau wird ewig brauchen, um das wieder sauber zu machen."

Edwin hatte ein Schwert von der Wand genommen und schwenkte es in der Luft herum.

„Tut mir leid, Pa." Es klang überhaupt nicht, als täte es ihm leid. „Ich habe zurückgeschlagen, ohne nachzudenken."

Was sollte das denn heißen? Ich hatte doch gar nichts gemacht. Aber Hector nickte.

„Danke, Edwin. Und jetzt zu dir, Michael." Er hielt ein Fläschchen in die Höhe. „Kommt dir das bekannt vor?"

Ja klar. Gavin hatte das Etikett mit Photoshop entworfen – ein grinsender Schädel mit gekreuzten Knochen darunter, dahinter Flammen und obendrüber das Logo für die Todessoße.

„Es ist überhaupt nicht lustig, dieses Gebräu in Edwins Kaffee zu kippen." Er schüttelte den Kopf. „Er hätte sich die Kehle verbrennen können."
„Das hab ich doch gar nicht gemacht! Die Flasche war in meiner Schultasche." Ich zeigte auf Edwin. „Er muss in mein Zimmer gegangen sein und sie da rausgenommen haben …"
Hector hielt eine Hand in die Höhe. „Nein, jetzt gehst du wirklich zu weit, Michael. Edwin hat seine Schuld zugegeben, jetzt bist du an der Reihe."
Ich konnte beinahe hören, wie Edwin grinste. Ich spürte, wie mein Gesicht puterrot wurde. Ich kann Bestrafung hinnehmen, wenn sie gerechtfertigt ist. Wie mein Dad immer gesagt hat: „Wenn du keine Strafe willst, dann begeh kein Verbrechen." Aber das hier war völlig unfair.
„Es ist die Wahrheit", murmelte ich. „Ich hab nichts gemacht."
Hector warf mir einen enttäuschten Blick zu. „Du gehörst jetzt zu unserer Familie, Michael."
Bei dem Gedanken wurde mir übel, aber das durfte ich ihn nicht sehen lassen.
„Wir kämpfen hier nicht gegeneinander." Er breitete seine Arme aus. „Kommt schon, wir umarmen uns zur Versöhnung."
Ich erstarrte. Auf gar keinen Fall! Ich blickte auf den zehn Stockwerke weiter unten liegenden Park hinaus. Hier aus dem Fenster zu springen erschien mir als die leichtere Alternative.
Hector seufzte. „Okay. Dann geben wir uns wenigstens die Hand."
Ich musste mich zwingen, Edwins verschwitzte Pfote zu drücken. Er schüttelte meine Hand so heftig, wie er nur konnte,

und sagte: „Okay, Dad, jetzt sind wir wieder Freunde. Ich bin dann mal weg, zum Militärausrüster." Er ging pfeifend aus dem Zimmer.

Ich wollte ihm folgen, aber Hector hielt mich zurück. „Moment noch, Mike." Er hockte immer noch auf der Schreibtischkante und warf mir seinen freundlichen Zwinkerblick zu. „Ich weiß, dass Edwin manchmal schwierig ist, aber er ist nicht so ein harter Bursche, wie er tut. Seine Mutter ist gestorben, als er noch sehr klein war. Du hast mit Beth wirklich Glück gehabt." Er machte eine Pause und lächelte. „Wir haben beide Glück gehabt."

Ich schaute weg. Geradewegs in die Augen der schuppigen Maske mit den Reißzähnen, aber das war mir jetzt egal. Hauptsache, ich musste Hector nicht ansehen.

„Ich habe deine Mutter vor zwanzig Jahren kennengelernt", fuhr er fort. „Für mich war es Liebe auf den ersten Blick." Er ging hinüber zu einigen gerahmten Fotos an der Wand und starrte darauf. „Natürlich ist damals nichts draus geworden. Beth hat deinen Vater kennengelernt und geheiratet." Er drehte sich zu mir um. „Ich erzähle dir das, damit du weißt, wie viel mir an dir liegt. Ich weiß, dass ich dir deinen Vater nicht ersetzen kann, aber du kannst immer zu mir kommen, wenn was ist." Er zog eine Augenbraue in die Höhe. „Und es ist doch was, oder?"

Meine Hände hatten zu jucken angefangen, und ich kratzte, ohne es zu merken. Vielleicht kriegte ich einen Ausschlag.

„Ich könnte ihm vielleicht doch davon erzählen", dachte ich auf einmal. Von allem, was gestern passiert war. Vom Überfall der Geh-Abruki. Von meinem Aufruf zu den Rittern. Vielleicht würde er einen Sinn darin erkennen können. Ich jedenfalls konnte das gewiss nicht. Ich holte schon tief Luft. „Ja, es ist was …", fing ich an. Doch dann unterbrach ich mich.

Hector sah mich aufmunternd an. „Ja?"

Ich schob die Hände tief in die Taschen. Es ging nicht. Wenn ich selbst kaum glauben konnte, was passiert war, wie sollte dann irgendwer anders das verstehen? Hector würde nur denken, ich sei verrückt, und sich mit Mum über mich streiten. Die würden mich einweisen lassen. Aber irgendwas musste ich sagen.

„Ich, äh, ich habe ein paar Probleme in der Schule." Das stimmte – man hatte mich bei einer Prügelei erwischt.

Nach Dads Tod war es schlimmer geworden. Ich konnte mich einfach nicht entspannen und auf die Schule konzentrieren. Immer hatte ich das Gefühl, ich müsste aufpassen wie ein Schießhund. Vielleicht war mein Instinkt ja sogar richtig gewesen.

„Du könntest auf Edwins alte Schule gehen", bot Hector an. „Ich könnte dich auch mitten im Schuljahr dort unterbringen. Sag's mir einfach."

„Nein!" Vielleicht war ich zu schnell damit rausgeplatzt, denn er guckte ganz bestürzt. Aber auf gar keinen Fall wollte ich nach Eton und schon zum Frühstück eine weiße Fliege tragen müssen. „Das ist echt ein tolles Angebot", fuhr ich hastig fort, „aber mir gefällt es in St. Johns, und meine Kumpel sind da und … und …" Ich suchte krampfhaft nach Gründen, die Hector respektieren würde. „Und ich bin in dem neuen

Mentorenteam. Jeder von uns hilft jemandem aus der siebten Klasse. Meine Siebtklässlerin braucht mich wirklich. Ich kann da jetzt nicht aussteigen."

„Na gut. Dann binde dir wenigstens die Krawatte richtig", sagte er und warf mir einen verzweifelten Blick zu. „Du siehst ziemlich abgerissen aus."

„Später", antwortete ich. „Wenn ich jetzt nicht losgehe, muss ich nachsitzen."

„Keine Sorge. Ich habe Jenson gebeten, sich bereitzuhalten", rief Hector hinter mir her, als ich aus dem Zimmer stürmte.

Jenson war Hectors Fahrer. Ich hatte mir geschworen, nie im Leben wie ein Rockstar in einem Mercedes mit Chauffeur in der Schule aufzutauchen, aber ich war so spät dran, dass mir keine andere Wahl blieb. Jenson verstand mich und bot an, in einer Seitenstraße zu halten. Auf dem ganzen Weg zur Schule brannte der weiße Abdruck der Geh-Abruki wie Eis. Zwanghaft schaute ich immer wieder über die Schulter.

Ich brauchte Hilfe. Wo waren bloß diese anderen Ritter? Dann würde ich zumindest wissen, dass ich nicht verrückt war.

Als Jenson anhielt, atmete ich erleichtert auf. Zumindest war ich bis zur Schule gekommen, ohne angegriffen zu werden. Da stürzte sich eine Gestalt auf das Auto, prallte vom Wagen ab und lag zuckend auf der Straße.

7

Ich kurbelte das Fenster runter und lehnte mich raus. „Steh auf, Gav", zischte ich. „Du hast Jenson total erschreckt."

Gav hörte für einen Augenblick mit dem Zucken und Stöhnen auf. „Gut. Sag ihm, dass er mich angefahren hat", flüsterte er. „Hector zahlt bestimmt Schmerzensgeld."

Darf ich vorstellen? Gavin Zhou-Ying, mein bester Freund. Seine Mum und sein Dad sind aus Hongkong und arbeiten hier als Schauspiellehrer. Ihr Sohn hat eindeutig ihr Talent geerbt.

„Schon okay", sagte ich zu Jenson. Der guckte immer noch besorgt, aber jetzt vor allem auf den glänzenden Lack seines Benz'. Hoffentlich hatte der keinen Kratzer abbekommen. „Gav blödelt nur rum."

Jenson grunzte und stieg wieder ein. Als er zackig losfuhr, kam Gavin taumelnd auf die Füße. „Warum hast du das gesagt? Ich hätte mir damit ein paar Riesen verdienen können!"

Er klopfte seine Hose ab und fuhr sich mit der Hand durchs Haar, das ihm in alle Richtungen vom Kopf stand und voller Staub war. Ich grinste. Gott sei Dank hatte ich das Angebot mit Eton abgelehnt.

Wir gesellten uns zu den anderen Schülern von St. Johns, die sich in ihren schwarz-weißen Schuluniformen durch die Schultore drängelten.

„Du würdest auf gar keinen Fall nach Eton passen", meinte Gav. „Bleib besser hier und misch dich unters gemeine Volk."
Ich starrte ihn an. „Hab ich eben laut über Eton gesprochen?"
Gav wich einem Fußball aus, der an seinem Ohr vorbeizischte. „Ja klar, sonst hätte ich doch nichts gesagt." Er knuffte mir freundlich an den Arm. „Jetzt mal ernsthaft. Wie schrecklich war die Hochzeit?"
„Eigentlich ganz okay", sagte ich und wich einem anderen Ball aus. „Sie haben geheiratet. Edwin hat sich betrunken. Ich habe mir meinen Anzug ruiniert und Mum beinahe alles verdorben. Das war's so ungefähr."
Viel lieber hätte ich gesagt: „Oh, und ich habe Merlin, den Verwandlungskünstler, kennengelernt, und der hat mir erklärt, dass ich ein Ritter der Tafelrunde bin" – aber das ging einfach nicht. Denn dann würde mich Gavin entweder zu Boden ringen und mich so lange festhalten, bis ich zugegeben hatte, dass ich gelogen hatte. Oder er würde sich schlapplachen.
Noch ein Fußball kam in unsere Richtung geflogen. Wir standen in der Nähe des Fahrradschuppens, an dem die Jungen Torschüsse trainierten. Da klingelte die Schulglocke.
„Ich bin froh, dass ich wieder hier bin", sagte ich. Das stimmte – die Schule schien mir nach gestern ein sicherer Ort zu sein.
„Freu dich nicht zu früh", meinte Gav. „Gestern Morgen hat mich der Oberhäuptling am Tor abgepasst." Oberhäuptling, so nannten wir unseren Rektor, Mr Casey. „Er hat uns als Freiwillige ausgesucht. Wir sollen einen Neuen rumführen." Er zeigte auf einen Jungen, der gerade aberwitzige Dribblings mit einem Fußball vorführte. „Er heißt Nathan Rogers."

Der Neue war größer als die anderen Jungen, so groß wie ich, aber da hörte die Ähnlichkeit auch schon auf. Er war ein dunkler Typ, und seine Haare standen nicht wie bei mir in alle unmöglichen Richtungen in die Höhe. Seine Uniform war ihm auch nicht wie meine ein wenig zu klein geworden, und seine Schultasche war brandneu, im Gegensatz zu meiner, die auf der einen Seite einen riesigen Kulifleck hatte.

Nathan gab noch ein bisschen weiter mit dem Ball an, und dann schoss er ihn ohne ersichtliche Mühe an den vier Jungs vorbei, die das Tor bewachten. Sie betrachteten ihn mit widerwilliger Bewunderung und kickten den Ball wieder zu ihm hinaus.

Auch ein paar andere beobachteten Nathan: fünf Mädchen, die untergehakt dastanden und frech grinsten. Es waren Courtney und ihre Bande, die nervigsten Siebtklässlerinnen der Welt.

„Wie heißt du?", rief Courtney. „Und wo kommst du her?"

Nathan ignorierte sie. Er jonglierte mit dem Ball und hielt ihn mit dem Fuß in der Luft.

„Komm schon, sag's uns." Sie kicherten. „Bist du bei deiner letzten Schule rausgeflogen?"

Er tat mir ein bisschen leid. Diese Mädchen konnten einen völlig wahnsinnig machen. Sie interessierten sich nur für das Styling ihrer Schuluniformen, versuchten sich möglichst jeden Tag die Haare anders zu frisieren und veräppelten für ihr Leben gern Leute.

„Hör mal, nächste Woche gibt's in der Schule einen Talentwettbewerb", sagte Courtney, die sich vor ihm aufgebaut hatte. Ihre Freundinnen kicherten. „Da solltest du hinkommen. Wir sind auch dabei."

Das war das Einzige, was sie noch gern machten – singen. Das wusste ich nur zu gut. Denn es stimmte, was ich Hector über das Mentorenteam erzählt hatte – außer der Behauptung, dass meine Siebtklässlerin mich dringend bräuchte. Mir hatte man Courtney zugeteilt. Echt Pech.

Nathan schaute ganz cool zurück. „Ja und?"

Er zauberte noch ein bisschen weiter mit dem Ball, kickte ihn dann um Courtney herum und traf wieder ins Tor. Sogar Gavin japste vor Bewunderung, dabei hat er mit Fußball überhaupt nichts am Hut.

Courtney ließ sich nicht abschrecken. „Stimmst du für uns? Wir heißen Princess." Wieder kicherten ihre Freundinnen. „Wir erinnern uns dann später an dich, wenn wir berühmt sind."

„Berühmt?" Nathan verzog das Gesicht, als hätte er Brennnesseln gekaut. „Das bezweifle ich." Einer der Torhüter hatte den Ball zu ihm zurückgekickt, und jetzt tat er so, als wollte er ihn volle Pulle auf Courtney schießen. Die kreischte und sprang aus dem Weg.

Gav und ich schauten einander an. Courtney war ja nervig, aber sie war nur eine Siebtklässlerin, und die waren den Großen eigentlich so ziemlich hilflos ausgeliefert. Man schoss keine Bälle auf sie, man ignorierte sie und wartete, bis sie endlich weggingen.

Als die Glocke erneut klingelte und alle nach drinnen eilten, rief Gav Nathan zu uns rüber. Er beeilte sich nicht gerade. Er kam zu uns geschlendert und machte dabei immer noch Kunststückchen mit dem Ball.

„Hi. Ich bin Gav, und das ist Mike", sagte Gavin. Er gab sich wirklich Mühe. „Wir, äh, wir wollten dich rumführen und dir alles zeigen."

Nathan musterte unsere Schule mit einem gelangweilten Blick. „Meine letzte war viel größer. Ich denke, ich finde mich schon allein zurecht."

„Ich sag ja nur", murmelte Gav und schaute mich Hilfe suchend an.

Rasch sprang ich ihm bei. „Äh, das waren ein paar tolle Torschüsse eben." Nathans Einstellung gefiel mir nicht, aber es war sein erster Tag hier. Der Neue in der Schule zu sein, das machte keinen Spaß. Oder der Neue in der Familie. „Die Jungs da sind in der Schulmannschaft."

Er setzte wieder sein Brennnesselgrinsen auf. „Ach was, komm schon! Die sind doch voll die Loser."

Ich schaffte es mit Mühe, ihn nicht mit weit offenem Mund anzustarren. Ich konnte es nicht fassen. Da bot ich ihm eine Superchance, und er ergriff sie nicht! „Nein, sind sie nicht. Unser Team steht in der Schulliga an fünfter Stelle."

Er zuckte die Achseln. „Und meine letzte Schule an erster. Ich war der Kapitän."

„Jammerschade, dass du da weggegangen bist", murmelte ich.

„Ja", antwortete er. „Meine Leute arbeiten jetzt in der City, und deshalb mussten wir in dieses …" Er schaute sich wieder missbilligend um. „In dieses Dreckloch ziehen."

Gav glotzte ihn an. „Da sind wir aber froh, dass du uns mit deiner Gegenwart beehrst", sagte er und machte eine spöttische Verbeugung. „Und vielleicht katapultierst du ja unsere

Schulmannschaft mit deinen bewundernswerten Fertigkeiten an die Tabellenspitze."

Nathan gähnte. „Ich hab jetzt keine Zeit mehr für Schulmannschaften. Mich beobachtet ein Scout von den Queens Park Rangers." Dann zog er seine Krawatte fest, strich sich das Haar nach hinten und ging weg.

Obwohl er es verdient hätte, konnte ich ihn so nicht gehen lassen. „Nathan."

Er drehte sich um. „Was ist?"

Ich deutete auf seine Krawatte. „Die musst du immer schön locker hängen lassen." Das war unsere eigene Schulregel. Krawatten mussten immer so schlecht wie irgend möglich gebunden sein. Das trieb die Lehrer zur Verzweiflung.

„Nein, danke. Klingt echt blöd." Er ging weiter.

Na gut. Sollte er sich doch zum Narren machen.

8

St. Johns steht auf dem Gelände einer viktorianischen Schule, die Old Hall hieß. Teile der alten Gebäude sind noch erhalten. Die Schule sieht aus wie ein Gespensterhaus aus rotem Backstein, aber im Inneren ist sie modern und auf dem neuesten technischen Stand - mit Ausnahme des ältesten Teils, des Westflügels, der mit Brettern vernagelt und absolut tabu ist.

Gav und ich saßen in unserem schicken neuen Naturwissenschaftslabor und warteten auf Mrs Duffy, unsere Klassenlehrerin, die morgens immer zuerst unsere Klassenliste überprüfte. Doch als sich die Tür öffnete, trat eine Lehrerin ein, die wir noch nie gesehen hatten.

Sie sah anders aus als Mrs Duffy – ganz anders.

Sie kam in schwarzer Motorradlederkluft und mit einem Helm in der einen und dem Klassenbuch in der anderen Hand hereinspaziert. Ihr Haar war zu einem Zopf gebunden, hing ihr über den Rücken und war so hellblond, dass es beinahe weiß wirkte. Nachdem Dan Evans anerkennend durch die Zähne gepfiffen hatte, verstummte die ganze Klasse, was sonst kaum je passierte. Hinter ihr betrat Nathan den Raum. Die neue Lehrerin klatschte das Klassenbuch aufs Pult und musterte uns der Reihe nach.

„Ich bin Miss Fay. Mrs Duffy ist krank, ihr habt mich also als Vertretung."

„Was ist mit ihr, Miss?“, rief Gavin. Mrs Duffy war nämlich wie der Terminator – sie fehlte nie.
Er erntete einen bösen Blick von Miss Fay. „Das geht euch nichts an.“ Sie wandte sich an Nathan. „Kennst du hier schon jemanden?“
Er deutete mit dem Finger auf mich und Gav. Ich seufzte. Die Tische im Labor boten jeweils Platz für vier, und leider waren an unserem noch zwei Stühle frei.
„Dann setz dich zu denen.“
Ich hörte, wie die Mädchen am nächsten Tisch zu tuscheln anfingen.
„Das ist er! Meine Kusine ist mit ihm in die Schule gegangen. Und die sagt, wenn er sich im Unterricht langweilt, geht er einfach raus, und keiner der Lehrer kann ihn aufhalten.“
„Ich habe gehört, dass sein Dad Juwelendieb ist. Die schwimmen im Geld.“
„Nein, mir hat jemand erzählt, dass seine Eltern im Ausland sind. Er wohnt mit einem Leibwächter in der Wohnung und macht, was er will.“
Falls Nathan etwas davon mitbekommen hatte, ließ er es sich nicht anmerken. Miss Fay verschränkte die Arme und starrte die plappernden Schülerinnen an. Das Tuscheln hörte auf.
Miss Fay begann, die Klassenliste durchzugehen. Kurz bevor sie damit fertig war, kam ein Mädchen hereingehuscht. Es warf Miss Fay einen verwunderten Blick zu, murmelte: „Tut mir leid, tut mir leid“, und kam an unseren Tisch. Es ließ die mit Büchern vollgestopfte Schultasche auf den Boden plumpsen und sackte auf den letzten freien Stuhl.

Safira Raja sah nicht nur aus, als wäre sie Klassenbeste, sie war es auch. Gavin und ich waren ziemlich dankbar, dass sie bei uns saß.

Sie warf Nathan einen raschen Blick zu, während sie ihre Stifte und Ringbücher auf dem Tisch ordnete. „Hi!“, sagte sie leise.

Er starrte zurück. „Solltest du nicht bei deinen Freundinnen sitzen?“, fragte er und deutete mit dem Kopf auf drei Mädchen, die Kopftücher trugen. Es waren die anderen muslimischen Mädchen in unserer Klasse, Asiya, Jada und Zehra. Ein paar der Kids schnauften missbilligend.

Also war Nathans Unhöflichkeit auf dem Schulhof keine Ausnahme gewesen.

Safi packte seelenruhig weiter ihre Bücher aus. „Was geht es dich an, wo ich sitze?“

„Sie sitzt schon bei ihren Freunden“, sagte ich.

Nathan verdrehte die Augen und schaute uns verletzt und missverstanden an. „Mach dir nicht ins Hemd. Ich hab’s nicht so gemeint.“

„Dann halt einfach die Klappe“, erwiderte Gavin, und das war noch nett formuliert.

Ehe Nathan antworten konnte, klingelte es, und Miss Fay klappte das Klassenbuch zu.

„Okay, ich habe euch heute Nachmittag auch in Sport“, sagte sie knapp. „Wir machen einen Geländelauf.“

Ein Stöhnen war zu hören, allen voran von Gavin. Er hasste Geländeläufe. Er hasste die meisten Sportarten, außer Fifa Pro auf der X-Box. Nathan sagte gar nichts und spielte nur an dem Bunsenbrenner herum, der auf dem Tisch stand.

Miss Fay lächelte zum ersten Mal. „Pech gehabt! Ich sehe euch nach dem Mittagessen."

Als sie hinausging, kam unsere Naturwissenschaftslehrerin herein. Sie hieß Miss Hope, aber wir nannten sie Hopeless, denn sie war echt ein hoffnungsloser Fall.

„Ruhe bitte", rief sie.

Wir ignorierten sie wie immer. Sie stellte ein Glasgefäß auf ihren Arbeitstisch. Dann schlug sie schwach mit der Faust auf die Tischplatte. Ein paar von uns hielten den Mund. „Das ist Salzsäure", trällerte sie. „Die ist außerordentlich ätzend."

Nun war auch die restliche Klasse still.

„Ich möchte, dass ihr mit der Flammprobe anfangt. Äh, kann bitte von jedem Tisch jemand vorkommen und die Drahtschlaufen in der Säure säubern? Aber seid vorsichtig." Weil unser Tisch am nächsten bei ihr war, reichte Miss Hope Safi eine Streichholzschachtel. „Safira, zünde bitte euren Bunsenbrenner an. Und dann reiche die Streichhölzer weiter an den nächsten Tisch."

Sobald Miss Hope wegschaute, schoss Nathans Hand vor und packte die Streichholzschachtel. Eine Sekunde später hörte ich ein *Wumm*. Nathan saß grinsend vor dem brennenden Bunsenbrenner und blies ein Streichholz aus.

Safi hielt ihm fordernd die Hand hin. „Du Idiot. Gib sie mir."

Er reichte ihr grinsend die Schachtel, aber als Safi sich umdrehte, um sie weiterzureichen, sah ich, wie er ein zweites Streichholz am Pult anstrich und es dann an den Rand ihres Kopftuchs hielt.

Ich packte seinen Arm. „Lass das!"
Safi bemerkte den Geruch von brennendem Stoff, sprang zurück und schlug ein paar glühende Fäden aus. „Was ist dein Problem?", fragte sie und blitzte Nathan böse an.
Er verdrehte wieder die Augen. „Psst. Verstehst du keinen Spaß?"
„Das ist kein Spaß", sagte ich.
Ich erntete wieder den hochnäsigen Blick. „Mit dir hab ich nicht geredet." Er wandte sich ab, aber ich zog ihn zurück.
„So kannst du Leute nicht behandeln!" Plötzlich hörte ich wieder Schlachtengetümmel – mitten im Klassenzimmer. Klirrende Schwerter und Hufgetrappel. „Du musst dich an den Kodex halten!", sagte ich zu laut.
Die Kids an den beiden Tische neben uns hörten auf zu arbeiten und starrten mich an. Auch Gavin sah verständnislos zu mir. Ich konnte ihm das nicht übel nehmen, denn nicht einmal ich kapierte ja, was das bedeuten sollte.
Nathan grinste verächtlich. „An welchen Kodex, o heiliger Michael?"
Immer mehr Worte platzten aus mir heraus, hatten offensichtlich mein Hirn umgangen. „Die Unschuldigen schützen. Den Freundlosen ein Freund sein. Für das Licht kämpfen."
Hilfe! Was sagte ich da? Ich hätte mir am liebsten die Zunge rausgerissen. Jemand kicherte. Sogar Miss Hope starrte mich nun an.
Nathan glotzte. „Was für ein Kodex ist das denn?"
„Es ist … es ist der Verhaltenskodex unserer Schule", murmelte ich rasch.

„Echt?“, flüsterte Gav und schaute mich verwundert an. „Und ich dachte, da ist nur das Rennen auf dem Flur verboten.“
Auch Safi guckte verwirrt, sagte aber schließlich: „Ich glaube, er meint, dass wir einander respektvoll behandeln sollen.“
„So ähnlich“, antwortete ich verzweifelt. „Ja, du musst die Leute mit Respekt behandeln, Nathan.“
„Wieso?“ Er streckte den Fuß aus und trat gegen Safis Schultasche, sodass sie umfiel und alle Bücher auf dem Boden landeten. Er blickte mich herausfordernd an. „Die ist doch ein Niemand.“
Da flammte ein Blitz in meinem Blut auf.
Safi hatte wohl mein Gesicht gesehen, denn sie sagte: „Lass gut sein, Michael, der will dich nur provozieren.“
„Nein.“ Mir war egal, dass ich schon zu oft in Schwierigkeiten geraten war. Mir war egal, dass Mum enttäuscht sein würde.
Ich packte Nathan beim Kragen und schubste ihn zurück. „Heb die auf!“
Er war stärker, als er aussah. Er brüllte los und schlug meine Hand weg, dann drückte er mich gegen den Tisch. Unsere Versuchsgeräte flogen in alle Richtungen. Die Klasse wich fluchtartig zurück und stand dann in einem großen Kreis um uns herum. „Jemand muss Hilfe holen!“, hörte man Miss Hopeless schwach rufen.
„Ich geh schon.“ Das war Safi. Sie stürmte aus der Klasse und schlug die Tür mit einem lautem Knall hinter sich zu, dass sie nur so splitterte. Dann traf Nathans Faust meine Wange. Die

Welt wirbelte um mich herum, und meine Hände erhoben sich wie von allein. Als Nathan zum nächsten Hieb ansetzte, schlug ich seine Hand weg.

„Aufhören!", krächzte Miss Hopeless.

Er stürzte sich auf mich. Die Bunsenbrenner flogen durch die Luft, ebenso die Glasbecher und die vielen Reihen von Reagenzgläsern. Die anderen aus der Klasse japsten vor Schreck. Stühle fielen um, als alle versuchten, uns aus dem Weg zu gehen. Nathan teilte Schläge aus wie ein Boxer und trat um sich wie Karate Kid. Ich duckte mich, wich aus und landete selbst einen Treffer. Nathan flog gegen den Arbeitstisch der Lehrerin. Dabei hatte ich ihn gar nicht so hart geschlagen. Es sah beinahe so aus, als wollte er gegen den Tisch knallen und alles durch die Luft fliegen lassen. Einschließlich des Gefäßes mit der Salzsäure. Es zerschellte auf dem Boden und begann zu rauchen und zu zischen. Die anderen kreischten und packten sich mit den Händen an den Hals. Miss Hopeless fing an zu schreien: „Alle zurück!" Sie wedelte mit den Händen, damit wir uns weiter zurückzogen. Es herrschte totales Chaos. Und Nathan lachte mir nur ins Gesicht, als ich versuchte, ihn zu packen.

„JETZT REICHT'S!"

Das war Miss Fay, die sich einen Weg durch die zerschmetterte Tür bahnte, dicht gefolgt von Safi. Das Schreien und Kreischen hörte auf. Miss Hopeless sackte erleichtert zusammen. Sogar Nathan hielt die Klappe.

Miss Fay stürzte sich zwischen uns und warf ihren blonden Zopf zurück.

„Das ist unannehmbar!“ Sie sah auf die zischende Säure und dann zu mir. „Mit deinem Tobsuchtsanfall hättest du jemandem einen Schaden fürs Leben zufügen können.“
„Ich habe versucht, sie aufzuhalten.“ Miss Hopeless starrte auf die Ringbücher, die in die Säure gefallen waren und sich langsam auflösten. „Alle meine Unterrichtsvorbereitungen sind zerstört.“
Ich ließ den Kopf hängen. Nathan stand da, als wäre nichts Besonderes passiert. Miss Fay musterte das Schlachtfeld ringsum.
„Ihr habt das Labor zerstört. Ihr habt sogar die Tür kaputt gemacht!“
„Das war ich“, meldete sich Safi. „Ich glaube, die hing nicht mehr fest in den Angeln.“
Miss Fay ignorierte sie. Sie nahm Nathan ins Visier und hob dann die Hand, um seine Krawatte gerade zu ziehen. „Du bist neu in der Klasse, und ich weiß, dass es nicht leicht ist, sich einzufügen. Deshalb gebe ich dir noch eine zweite Chance.“ Dann wandte sie sich zu mir. „Und ich habe gehört, dass du in der Familie ein paar Probleme hast. Deshalb lasse ich dich ausnahmsweise nicht nachsitzen.“
„Danke“, sagte ich.
Sie wandte sich an Miss Hopeless. „Ich schicke den Hausmeister her.“ Dann drehte sie sich zu uns um. „Wegen dieser Sache macht ihr nach dem Mittagessen auch keinen Geländelauf.“
Ein paar Seufzer der Erleichterung waren zu hören, allen voran von Gavin. Miss Fay warf uns das zweite Lächeln des

Tages zu, das aber gar nicht mehr so freundlich wirkte. „Ihr werdet stattdessen *Das Biest* laufen."

Aus den Seufzern wurden Schreckensschreie.

Sie ignorierte die Proteste und nagelte Nathan und mich mit einem strengen Blick fest. „Ihr zwei könnt eure Tobsuchtsanfälle im Schlamm abreagieren."

9

Auf dem Sportgelände von St. Johns war für alle erdenklichen Sportarten vorgesorgt: Hockey, Fußball, Rugby, Schlagball, Netzball und Tennis. Dafür gab es schöne ebene Sportplätze mit grünem Gras und einen Platz mit einer Laufbahn, wo wir Leichtathletik trainierten. Aber weiter hinten auf dem Gelände sah es nicht mehr ganz so perfekt aus. Zwischen den Sportplätzen und der benachbarten Siedlung gibt es ein Stück Land, das früher einmal das Gemeindeland von Old Hall gewesen war. Hier findet *Das Biest* statt. Der Parcours für diesen Hindernislauf beginnt am hintersten Sportplatz und führt zunächst durch ein Dickicht aus Bäumen, dann auf glitschigen Trittsteinen durch eine mit Schlamm gefüllte Mulde. Anschließend geht es auf dem Bauch durch alte Betonröhren, dann über eine Mauer, auf einem Baumstamm über einen mit Brombeersträuchern zugewucherten Graben, und schließlich kommt der Endspurt zum Ziel in der Nähe der Umkleideräume. Wenn man dann überhaupt noch stehen kann. Alle Gesundheits- und Sicherheitsvorschriften sind beim *Biest* außer Kraft gesetzt.

Miss Fay schickte uns in Fünfergruppen auf den Weg.

„Herzlichen Dank“, sagte Gavin finster, als wir uns an der Startlinie dehnten und warm liefen. Der Start war mit einer matschigen weißen Linie im hohen Gras markiert. Gavin hasste das *Biest*. Ich nicht. Ich hatte in diesem Schuljahr in meiner Klassenstufe Bestzeiten erreicht. Mir gefiel, dass ich einmal an nichts anderes denken konnte als daran, wie ich diese Tortur beenden und überleben würde.

„Nathan war auch schuld“, erklärte ich. „Der ist völlig verrückt. Niemand gibt *dem* die Schuld.“

Wir wandten uns um und schauten zu ihm hinüber. Ein paar von den Mädchen lungerten in seiner Nähe herum, während er ein paar kunstvolle Dehnübungen machte – in der einen Sekunde war er beinahe im Spagat, während er dann in der nächsten seine Ferse packte und sie hochzog, bis sie fast seinen Hinterkopf berührte.

„Ich schätze mal, das liegt daran, dass er der Neue ist und gleich Probleme gekriegt hat. Das macht ihn hochinteressant“, sagte Gavin nachdenklich. „Meine Mum würde sagen, er hat Starqualitäten.“

„Meinst du?“

„Nein, ich finde, er ist ein Arsch. Aber du musst zugeben, dass er, äh, Haltung hat.“

Klar, Nathan hob sich von der Menge ab. Die offizielle Sportkleidung in St. Johns war schwarz, aber er war ganz in Weiß gekleidet. Er trug ein weißes Polohemd, das bis zum Hals zugeknöpft war, dazu weiße Shorts, weiße Sportsocken und weiße Turnschuhe. Das würde alles nicht mehr lange weiß bleiben, wenn er erst mal auf dem Parcours war, aber das wusste Nathan nicht. Er war schließlich noch nie zuvor *Das Biest* gelaufen.

Als Miss Fay Gavins Gruppe aufrief, seufzte mein Kumpel und joggte zu ihr hin. „Bitte, Miss, ich kann nicht laufen", sagte er. „Ich glaube, ich habe Windpocken."

Ich zuckte zusammen. Diesen Trick hatte er schon ein paar Mal probiert. Ich schaute zu, wie er sein Polohemd hochzog, um Miss Fay die überzeugenden roten Flecken zu zeigen, mit denen sein Brustkorb übersät war. Er lieh sich oft das Spezial-Make-up seiner Mum aus.

Die Flecken sahen nicht schlecht aus, aber Miss Fay fiel nicht darauf rein.

Sie warf einen einzigen Blick darauf und sagte: „Los geht's, Zhou-Ying."

„Ah, Miss! Das ist gemein!"

Sie deutete auf die schlammige Linie. „Ich zähle. Wenn ich bis fünf komme, ist Nachsitzen angesagt."

„Schon unterwegs, Miss." Gavin trabte wenig begeistert hinter seiner Gruppe her. Dabei ächzte er und packte sich an die Brust.

Jetzt waren nur noch Nathan und ich übrig.

„Ich habe euch beide bis zum Schluss warten lassen", sagte sie. „Diesmal müsst ihr euren Streit unterwegs beim *Biest* austragen – ohne Fäuste."

„Das macht mir nichts aus, Miss", schleimte sich Nathan ein wie ein Kriecher. Ich sagte nichts.

Miss Fay war das nicht entgangen. „Ich hoffe, ihr lernt eure Lektion." Sie zu Nathan. „Alle beide." Dann deutete sie auf einen Haufen Tennis- und Hockeyschläger, die andere Klassen hier liegen gelassen hatten. „Wenn ihr fertig seid, werdet

ihr zur Strafe noch all das Zeug hier wegräumen und ordentlich abschließen, ehe ihr nach Hause geht. Und jetzt los!"
Kurz hinter dem Start sagte Nathan: „Lust auf eine Wette, Veryan? Wenn du gewinnst, räume ich all das Zeug allein weg. Und wenn ich gewinne – packst du ein." Er grinste, als wäre das für ihn alles ein einziger großer Witz.
Niemand, der diesen Lauf zum ersten Mal machte, konnte mich schlagen.
„Abgemacht", sagte ich.

10

Wir waren gleichauf, als wir auf den Wald zurannten, wo das erste Hindernis auf uns wartete: die Brombeerbüsche. Alle hassten die Brombeerbüsche. Es war, als hätten sie ein Eigenleben. Ihre Ranken griffen nach dir, verstrickten sich in deinem Haar, schlangen sich dir um die Beine oder verhakten sich in deinem Hemd. Ich wich ihnen vorsichtig aus, achtete auf jeden Schritt und schützte meinen Kopf mit den Händen, wie das jeder normale, nicht verrückte Mensch machen würde. Nathan pflügte sich hindurch, als wäre er mit Kunststoff beschichtet und brombeersicher.

„Langweilig", seufzte er, als er über den letzten heimtückischen Ast sprang und zwischen den Bäumen auftauchte.

Okay, das war eine Überraschung, aber bis hierher war es ja harmlos. Noch war er nicht bis zum Knöchel im matschigen Sumpf versunken. Nachdem ich aus dem Brombeerdickicht getaumelt war, beschleunigte ich mein Tempo und ließ ihn schon bald hinter mir zurück. Ich atmete leicht, und die Sache begann, mir Spaß zu machen. Mit jedem Schritt wurde der Boden feuchter, bis ich schließlich eine Reihe breiter Trittsteine erreichte, die über den schlammigsten und nassesten Teil des Sumpfes hinwegführten.

„Ich überhole!"

Was?

Nathan sprang in den Sumpf, bespritzte mich mit Schlamm und zog rasant an mir vorbei. Er schwitzte nicht mal, und seine Füße tänzelten mühelos über die ersten Steine. Eigentlich hätte er sich vorsichtig vorantasten, sorgsam auf seine Füße achten und irgendwann von einem Stein abrutschen und im Schlamm versinken sollen, aber das passierte nicht. Er machte es wunderbar und hatte sogar Glück, als er den losen fünften Stein übersprang. Ich musste auf dem ganzen Weg immer einen Stein hinter ihm herhüpfen.
Er war also wirklich ein guter Sportler. Zum ersten Mal wurde mir klar, dass er eine bessere Zeit laufen könnte als ich – wenn ich ihn ließ. Ich zwang mich, den nächsthöheren Gang einzulegen, und sprang japsend vom letzten Stein ab. In einem Spurt überholte ich Nathan und stürzte mich auf das nächste Hindernis – die Krabbelstrecke durch eine Betonröhre.
Normalerweise krabbelt man da hindurch, so schnell man nur kann. Heute hatte sich nach dem Regen der vergangenen Wochen stinkender Schlamm unten in der Röhre angesammelt, und an den vielen schwarzen Fuß- und Handabdrücken konnte ich sehen, dass die anderen Läufer am Ende völlig verdreckt aus der Röhre gekommen waren. Wenn ich in dem Schlamm herumrutschte, würde das ewig dauern. Ich brauchte eine bessere Technik. Während Nathans Schritte hinter mir näher kamen, trat ich breitbeinig rechts und links neben die schlimmste Matschpfütze in der Mitte, stemmte die Hände seitlich an den Beton und flitzte wie eine Spinne schnurstracks durch die dunkle Röhre auf den kleinen hellen Lichtkreis am anderen Ende zu.

Nathan brauchte nicht lange, um mich einzuholen. Pech – diesmal hatte ich die besseren Karten. Hier drin konnte er mich auf keinen Fall überholen. Jetzt hatte ich ihn.

„Bahn frei!", dröhnte seine Stimme durch den Tunnel. „Ich überhole!"

„Träum weiter. Du musst warten", brüllte ich zurück.

„Auf gar keinen Fall."

Ich spürte, wie mich etwas am Knöchel packte und zog. Beinahe wäre ich mit dem Gesicht in den Matsch geklatscht, konnte mich aber gerade noch fangen und weiterlaufen.

„Hör auf damit, du Idiot!"

Ich hörte Nathan lachen.

„Nö." Seine Hand packte mich wieder am Knöchel, aber diesmal war ich darauf vorbereitet und kickte nach hinten. Mein Fuß traf irgendwas. Sein Kinn? Seine Nase? Er grunzte.

„Okay, du willst es nicht anders", sagte er und lachte jetzt nicht mehr.

Eine schwere Hand landete auf meinem Rücken. Er versuchte, über mich hinwegzuklettern! Ich stemmte meine Arme gegen den Beton, aber sie zitterten vor Anstrengung und rutschten in dem Schlamm ab.

„Das soll dir eine Lehre sein", zischte Nathan.

Seine Knie gruben sich in meinen Rücken, und er drückte mich fest nach unten. Meine Arme gaben nach, und ich klatschte mit offenem Mund in den Schlamm. Ich spürte, wie er über mich kletterte und mir zuletzt auch noch fest das Knie auf den Kopf drückte. Ich konnte nicht atmen, ich konnte nichts sehen. Ich schlug wie wild um mich und versuchte, seinen Knöchel zu packen, aber mit einem letzten Stoß trat er mir noch auf die Finger und war weg.

Mit einem quatschenden Geräusch hob ich mein Gesicht aus dem Schlamm. Ich wischte mir den Schleim aus den Augen, würgte etwas Dreckwasser hoch und holte keuchend Luft. Inzwischen war Nathan nur noch eine Silhouette vor dem hellen Lichtkreis, und die flitzte unaufhaltsam auf das Ende der Röhre zu. Kochend vor Wut folgte ich ihm.

Er wartete am anderen Ende auf mich und grinste hämisch, weil ich total verdreckt war. Mein Gesicht und meine ganze Vorderseite waren mit stinkendem, glitschigem Schlamm überzogen. Seine Sportmontur war immer noch weiß.

„Die Wette gilt nicht mehr, wenn du nicht fair spielst", blaffte ich.

Er starrte mich einen Augenblick verständnislos an, dann war das fiese Grinsen wieder da. „Wer will denn fair spielen? Ich doch nicht. Mit Fairness kommst du zu gar nichts." Er drehte sich um und rannte los. „Wir sehen uns am Ziel", höhnte er über die Schulter.

Nur über meine Leiche.

Ich sprintete hinter ihm her und holte ihn ein, als wir um eine Kurve rannten.

„Was willst du mir eigentlich beweisen?", rief ich, als er wie ein Roboter vor mir herrannte. Inzwischen war ich wirklich erschöpft und hatte Seitenstechen. Keuchend umklammerte ich meine Seite und versuchte, meinen Atem zu verlangsamen, um das Stechen loszuwerden. Mit letzter Kraft rannte ich hinter Nathan her. Ich freute mich gar nicht auf das, was

hinter der Kurve lag. Ich wusste nur zu gut, was da auf mich wartete.
Die Mauer ist schlicht und ergreifend die reine Quälerei. Es gab kein Seil, an dem man hätte hochklettern können, man musste versuchen, in winzigen Vorsprüngen und Löchern Halt für Füße und Hände zu finden. Die Mauer ist Teil der Umgrenzung, die früher um Old Hall herum verlief. Als sie gebaut wurde, müssen sie rasiermesserscharfe Materialien benutzt haben, denn wie man die Mauer auch anging, ganz gleich wie vorsichtig man von einem kleinen Vorsprung zum nächsten kletterte, man zerschrammte sich die Knie und schabte sich die Fingerknöchel wund. Niemand, nicht einmal ich, konnte diese Wand ohne Verletzungen bezwingen.
Zudem brauchte man dazu auch eine gewaltige Welle neuer Energie, und meine Energie war weit von einer Welle entfernt, sie war nur noch ein kleines Rinnsal.
„Willst du aufgeben?"
Nathan saß schon rittlings auf der Mauerkrone und lachte zu mir herunter. Ich stand da und blickte zu ihm auf, während meine Lungen pumpten wie Blasebälge.
Nein, das konnte einfach nicht wahr sein. Niemand kam gleich beim ersten Mal so gut mit dem *Biest* klar. Ich fand einen kleinen Vorsprung und begann zu klettern, kraxelte den ersten Meter hinauf und schabte mir schon gleich die Haut vom Schienbein. Den zweiten Meter ging ich langsamer an, tastete vorsichtig nach Halt für meine Finger. Ich hatte keine andere Wahl, denn mir ging die Puste aus. Nathan lehnte sich zu mir herunter, schaute mir zu und grinste.

Sobald ich mit einer Hand die Steine der Mauerkrone gepackt hatte, mich das letzte Stück hochgezogen hatte und nun rittlings auf der Mauer saß, sagte er: „Was hat dich denn so lange aufgehalten?" Sprach's, sprang hinunter und rannte weiter. Als ich kurz Luft geschnappt hatte, sah ich ihn schon am letzten Hindernis – dem schmalen Baumstamm über den Graben mit Brombeersträuchern und Brennnesseln.
Ich kletterte von der Mauer hinunter und zerschrammte mir dabei noch das andere Knie und die Fingerknöchel einer Hand. Kurz darauf hatte ich auch den Baumstamm erreicht und balancierte vorsichtig auf Nathan zu. Er hatte sich wie eine Katze darüberbewegt, aber dann war er übermütig geworden. Der Baumstamm war alt, und bei feuchtem Wetter wurde die Rinde ganz glitschig, sodass einen jeder Schritt zu Fall bringen konnte. Langsam bewegte ich mich vorwärts. Nathan stand ganz lässig da, als stünde er jeden Tag nur zum Spaß auf glitschigen Baumstämmen.
„Sag schon, dass ich der Bessere bin", forderte er mich heraus.
„Verzieh dich, Nathan. Lauf einfach den Parcours zu Ende."
Er rührte sich nicht von der Stelle. „Sag's schon", wiederholte er. Dabei hatte er einen seltsam leeren Blick, als wäre er ein Androide.
Ich rückte näher. „Nein."
Nathan gab mir einen heftigen Schubs vor die Brust und versuchte, mich hinunterzuwerfen. Ich schubste zurück, und wir packten einander bei den Armen, rangen und schubsten und versuchten, das Gleichgewicht zu halten.
„Gib auf, du Loser!", zischte er.

Aber ich stemmte meine Füße fest auf den Stamm, stieß ihn zurück und drückte mit letzter Kraft weiter.
„Nein, der Loser bist du!", brüllte ich.
Er rutschte aus, ruderte ein paar Sekunden lang wild mit den Armen und fiel dann runter in die Brennnesseln.
Ich blieb nicht stehen, um mir seine Flüche und Schmerzensschreie anzuhören. Rasch balancierte ich weiter über den Baumstamm zum anderen Ende, sprang hinunter und begann, die vierhundert Meter bis zum Ziel zu sprinten.
Auf halber Strecke überholte mich Nathan. Ich weiß nicht, ob es der Sauerstoffmangel war, der mich ein wenig schwindelig im Kopf machte, aber das Ganze erschien mir beinahe wie ein Traum. Ihr wisst doch, wie das ist, wenn man zu rennen versucht und sich die Beine wie Gummi anfühlen? So ging es mir jetzt. Nathan flitzte an mir vorbei wie ein Gepard. Er hatte keinen Kratzer am Leib, und sein Turnzeug war noch so weiß wie beim Start. Er schwitzte nicht. Er atmete nicht mal schwer. Niemand sah so aus, wenn er *Das Biest* gerannt war. Nathan machte eine obszöne Handbewegung in meine Richtung, als er über die Ziellinie sprintete. Ich konnte nur hinterherlaufen und möglichst nicht auf der Ziellinie zusammenbrechen.
So gut konnte einfach niemand sein.
Miss Fay saß auf einer Bank und wartete auf uns. Nathan machte ein paar noch kunstvollere Dehnübungen zum Abkühlen, während ich mit auf die Knie gestützten Händen nach vorn gebeugt dastand und versuchte, meinen keuchenden Atem zu beruhigen. Miss Fay sagte nichts, schwenkte nur ihre Stoppuhr und schaute von einem zum anderen.

„Okay, packt die Sachen weg und zieht euch um."

„Michael hat gesagt, dass er das hier allein wegräumen möchte, Miss", sagte Nathan mit Unschuldsmiene. „Ich habe versucht, ihn umzustimmen, aber er besteht darauf." Damit stolzierte er davon.

Ich brauchte eine Ewigkeit, bis ich all das Zeug zur Schule geschleppt hatte, und so gelang es mir nicht mehr, Nathan allein zu erwischen. Ich wollte irgendeine Erklärung für das, was gerade geschehen war.

Als ich zu den Umkleideräumen kam, klingelte die Schulglocke, und ich sah ihn nur noch mit ein paar Mädchen aus unserer Klasse davonspazieren, die auf ihn gewartet hatten. Ich hörte, wie er ihnen erzählte, er wäre in seiner alten Schule der Beste im Geländelauf gewesen, und *Das Biest* wäre nun wirklich nichts Besonderes.

Auch nach der Schule erwischte ich ihn nicht. Ich musste nämlich ins Sekretariat und meine neue Adresse angeben. Als ich sie der Sekretärin nannte, glotzte die mich mit großen Augen an, ging dann gleich zur Empfangsdame, hauchte tonlos „Hyde Park?", und dann starrten mich beide verwundert an. Ich kann nichts dafür, wollte ich sagen, ich wünschte, ich würde noch hier in der Gegend wohnen. Aber ich sagte es nicht. Ich wartete nur, klickte meinen Kuli rein und raus und unterschrieb dann die Formulare.

Als ich endlich fertig war, war ich der Letzte, der aus der Schule kam – bis auf Courtney und ihre Freundinnen, die neben dem Tor auf der Mauer hockten.

„Was ist los?“, fragte ich im Vorbeigehen. Normalerweise konnten die es doch gar nicht abwarten, hier wegzukommen. „Solltet ihr nicht eure Songs proben?“

Denn sie wollten ja nicht nur den Talentwettbewerb gewinnen, sondern hofften auch, dass man sie in die Sendung *X-Factor* einladen würde. Courtney hatte mich ja nur als Mentor akzeptiert, weil ich sie überzeugt hatte, dass sie Mathe brauchen würde, um die Riesengagen aufzuaddieren, die sie als Popstar verdienen würde, und dass sie lesen können müsste, um die Fanpost zu studieren.

Sie warf den Kopf zurück. „Nö, wir haben was anderes zu tun.“ Dann wandte sie sich ab. Die anderen Mädchen ignorierten mich. Sie tuschelten begeistert über irgendwelche glänzenden Abzeichen, die sie sich an den Schulblazer gesteckt hatten. Courtney hielt ihres in der Hand. Es war ein kleiner mit Juwelen besetzter Krebs mit goldenen Scheren.

„Was ist denn mit den Krebsen?“, fragte ich.

„Die sind einfach genial“, gurrte Courtney. „Supercool.“

„Wo habt ihr die her?“

Plötzlich blickte sie auf, als wäre sie überrascht, dass ich immer noch dastand. „Kümmere dich um deinen eigenen Kram.“ Sie steckte sich ihr Abzeichen an den Kragen.

Ich gab auf. Ich hatte Courtney noch nie verstanden.

Als ich wegging, meinte ich, ein boshaftes kleines *Klick* zu hören. Als wären messerscharfe Scheren zugeschnappt. Ich schaute mich um, und ich war wohl erschöpfter, als ich dachte, denn ich schwöre, dass mir der juwelenbesetzte Krebs an Courtneys Revers mit seinen winzigen Scheren zuwinkte.

11

Mein zweiter Abend in Hectors Wohnung ging nahtlos so weiter, wie der Morgen aufgehört hatte.

Ich hätte Hausaufgaben machen sollen. Oder zumindest so tun als ob, während ich tatsächlich was auf YouTube ansah. Stattdessen saß ich im Wohnzimmer fest, wo Edwin mir mit einem Schwert vor der Nase herumfuchtelte – so nah, dass ich merkte, wie ein paar Haarsträhnen wehten.

„Angst?“, höhnte er.

Vor einer Minute war ich durch das Wohnzimmer gewandert, um mir etwas zu essen zu holen, und hatte aus Versehen seine Golftasche umgestoßen. Er war mit seinen Kumpeln auf dem Golfplatz gewesen, und nun lümmelten die sich im Wohnzimmer herum und hatten ihre Sachen überall verstreut. Edwin kommandierte, ich sollte seine Tasche gefälligst wieder aufheben, aber ich weigerte mich. Als ich mit meinem Sandwich zurückkam, wartete er auf mich und wedelte mir mit einem der Stoßdegen aus Hectors Sammlung vor der Nase herum. Das Sandwich rutschte vom Teller auf den Teppich.

„Oh, sieh mal, was du für eine Schweinerei gemacht hast“, sagte er. „Das hebst du besser gleich wieder auf.“

„Nur die Ruhe bewahren“, sagte ich mir. Der Stoßdegen hatte einen Handschutz aus Stahl und eine lange schmale Klinge. Zum Glück war die Spitze mit einem Kork geschützt. Edwin

schwenkte das Ding kaum zwei Zentimeter von meinem Gesicht entfernt.
„Du willst ja nur vor Clementine angeben", sagte ich und duckte mich vor einem weiteren Degenschwung weg.
Clementine war seine glubschäugige Freundin, die zusammen mit seinen grinsenden Kumpeln auf dem riesigen Sofa saß.
Wieder kam der Degen angesaust.
„Du willst wohl frech werden?", knurrte Edwin.
Ein schrecklicher Gedanke blitzte mir durch den Kopf.
Was wäre, wenn *er* einer der anderen Ritter war?
Nein. Wenn Edwin zum Runden Tisch gehörte, würde ich Merlin sagen, dass ich keine Lust hatte, mich auch dazuzugesellen.
Als Edwin den Kork von der Spitze des Degens zog und wegwarf, guckte sogar Clementine besorgt drein. Das war jetzt wirklich blöd. Ich wich zurück, prallte aber schon an die Wand. Edwin folgte mir und wedelte mir mit der Degenspitze unter der Nase herum.
„Willst du zustechen?", fragte ich so ruhig, wie ich nur konnte. „Wirklich?"
Er setzte ein schiefes Lächeln auf. „Vielleicht."
„Dein Dad muss mächtig stolz auf dich sein", sagte ich.
Sein Gesicht wurde puterrot. „Der ist wenigstens da. Im Gegensatz zu deinem."
„Edwin!", rief Clementine schockiert. Sogar seine idiotischen Freunde hörten auf zu lachen und murmelten: „Bleib cool, Eddy." Und: „He, immer schön chillig, Mann."

„Spart euch die Mühe", sagte ich. „Mir ist egal, was der sagt. Der bedeutet mir gar nichts."

Edwins Gesicht wurde nun noch dunkler, fast pflaumenblau. Seine Augen blickten irr, als er sich auf mich stürzte. Die Degenspitze bremste kurz vor meinen Rippen ab. „Egal. Aber ich habe das Schwert."

Er hatte mich zwischen dem riesigen Flachbildfernseher und der Bang & Olufsen-Stereoanlage an die Wang gedrängt, aber ehe er reagieren konnte, ließ ich mich an der Wand herunterrutschen und wäre ihm locker entkommen – wenn ich nicht über eine andere Golftasche gestolpert wäre. Alle Schläger fielen heraus, und ich landete platt auf dem Rücken. Edwin witterte seine Chance. Er lauerte über mir und hielt sein Schwert wie einen Dolch.

„Und er ist am Boden!", krähte er. „Ich bin der Sieger."

Ich packte mir den ersten Gegenstand, den ich erwischen konnte – einen der Golfschläger – und hielt ihn vor mich. Er traf Edwins Klinge mit einem lauten Klirren, das durch die ganze Wohnung hallte. Edwin fuhr zurück, und seine Hände zitterten von dem Aufprall. Ich sprang auf und schlug noch einmal zu.

Ich wusste, dass Edwin in Eton Fechtunterricht gehabt hatte. Ich hatte bisher nur online Schwertkampf gespielt. Wenn da die kleinen Gestalten auf dem Bildschirm starben, kriegte man einfach ein weiteres Leben. Diese Option hatte ich jetzt nicht.

Edwin war wie besessen, er hatte komplett die Kontrolle verloren. Aber als er seine scharfe Klinge näher und immer näher stieß und mich rückwärts durch den Raum trieb, da begann mein Arm auf einmal wie von allein, mit dem Golfschläger nicht nur wild gegen den Degen zu schlagen, sondern die Hiebe gezielt zu parieren und zuzustoßen. Meine Muskeln wussten, wie man mit einem Schwert kämpft, sie kannten die Bewegungsabläufe.

Edwin gewann erneut die Oberhand und trieb mich weiter zurück. Seine Kumpel sprangen aus dem Weg. Dann stieß ich den Schläger vor, machte eine Drehbewegung und hätte ihm beinahe den Degen aus der Hand geschlagen. Edwin war massiger und größer als ich, war also im Vorteil, aber ich war schneller, und meine Beinarbeit war besser. Doch Edwin fing sich und holte zu einem weiten Schlag aus.

Mein Gehirn flüsterte mir zu, dass es klüger wäre, mit einem Degen zuzustoßen, als ungeschickt damit auszuholen. Unsere Waffen prallten zusammen, und wir blieben Auge in Auge zitternd stehen.

„Gib auf", sagte er. Aber jetzt sah ich Furcht in seinen Augen. Er verstand nicht, warum ich plötzlich so gut kämpfen konnte. Ich verstand es auch nicht.

„Niemals!", erwiderte ich.

Während wir unsere Schwerter noch gegeneinanderpressten, lehnte er sich näher zu mir und zischte: „Das wirst du mir büßen!"

Ich spannte meine Armmuskeln an und schob ihn weg. Seine Kumpel waren still geworden, sogar Clementine hielt die Klappe. Einer von den Jungs murmelte: „Herrgott, Eddie, mach ihn fertig."

Edwin schwang wieder wild das Schwert, wich dabei aber Schritt für Schritt rückwärts aus dem Wohnzimmer. Ich ließ keinen Augenblick nach. Es war, als wäre ich ein Avatar in einem Spiel, und man hätte mir alles Wissen über Schwertkämpfe einprogrammiert. Edwins Freunde fluchten und gingen uns schnell aus dem Weg. Ich drängte ihn zurück, bis er mit dem Rücken an den weißen Schränken stand.

„Sieger“, sagte ich und schlug ihm mit einer raschen Drehung meines Golfschlägers das Schwert aus der Hand. Edwin stieß einen Schmerzensschrei aus, stand da und lutschte an den Fingern. Ich kickte sein Schwert weg. „Und dich lassen sie einen Haufen Soldaten kommandieren?“, höhnte ich. „Die müssen völlig verrückt sein.“

Vom Sofa hörte man keinen Mucks, nur ein winziges Schniefen von Clementine. Edwins Kumpel starrten mich an, als hätten sie ein Gespenst gesehen.

„Ist was?“, fragte ich, den Golfschläger noch in der Hand. Sie zuckten zusammen.

„Du hattest also Unterricht?“, sagte einer von ihnen zögernd.

Ich warf den Golfschläger hin und ging ohne ein Wort schnurstracks den Flur entlang zu Hectors Arbeitszimmer.

Ich wusste, dass Edwin gleich wieder bei seinem Dad petzen würde, und er würde wie immer lügen und alles so darstellen, als wäre es meine Schuld. Also wollte ich Hector zuerst Bericht erstatten und es so darstellen, als wäre mein Sieg nur Anfängerglück gewesen.

Ich schäumte immer noch vor Wut über diesen Kampf, war aber gleichzeitig auch schockiert darüber, dass mein rechter Arm plötzlich auf Schwertkampfmodus umgeschaltet hatte. Ich wollte gerade anklopfen, als ich hörte, dass Hector hinter

der Tür mit jemandem sprach. Irgendwas bewog mich dazu, stehen zu bleiben. Ich sah mich um, ob Edwin nicht schon angerannt kam, und legte dann mein Ohr an die Tür.
Zuerst konnte ich mir nicht erklären, warum Hectors Stimme so seltsam klang, aber dann begriff ich es. Hectors Stimme zitterte. Ich hörte zum ersten Mal, dass er Angst hatte.
„...Wir arbeiten, so schnell wir können, das verspreche ich Ihnen." Dann trat eine Pause ein, in der ich nur Hectors Atemzüge hörte. Dann: „Ich kann Ihnen versichern, dass wir alles tun, um die Bohrarbeiten zu beschleunigen, aber es hat Opposition und Proteste gegeben." Wieder einer Pause. „Ja", sagte er. „Keine Angst. Ich sorge dafür, dass alle Überstunden machen, und wir eröffnen die Plattform zwei Wochen früher. Ist Ihnen das recht?"
Ich hörte hinten im Flur ein Geräusch und klopfte schnell an. Im Zimmer war eine Art Scharren zu hören, und einen Augenblick später öffnete Hector die Tür.
„Oh, Michael, du bist es."
Er sah schrecklich aus. Müde. Sein normalerweise makelloser Anzug war verknittert, seine Krawatte hing lose, und sein Haar war wirr. Seine Haut wirkte schweißbedeckt und gerötet.
„Ich komme später wieder", sagte ich. „Du hast dich gerade mit jemandem unterhalten ..."
„Ich habe mit dem Aufsichtsrat telefoniert", antwortete er.
Jetzt musste ich mir blitzschnell etwas einfallen lassen. Es würde ihm unerhört peinlich sein, wenn er wüsste, dass ich mitgehört hatte, wie er jemanden anfleht. „Tut mir leid, Heck. Ich wollte nur mit dir über Edwin und mich reden."

Gavins Schauspielkunst hatte sich wohl auf mich übertragen. Hector nahm es mir ab. Er entspannte sich, winkte mich ins Zimmer und ließ sich auf seinen Drehstuhl fallen. Ich stand vor seinem Schreibtisch und versuchte, nicht zu der gespenstischen Maske an der Wand zu schauen.

„Ist alles in Ordnung mit dir?“, fragte ich.

Er verzog das Gesicht und saugte zischend Luft zwischen den Zähnen ein. „Nur der Aufsichtsrat. Boomgardt war mal ein Familienunternehmen – mein Vater und sein Bruder haben es mir vererbt. Aber die Welt verändert sich.“ Er blickte traurig zur Seite. „Wir haben vor fünf Jahren mit einem norwegischen Unternehmen fusioniert. Ich dachte, dann würden die Dinge weniger stressig, aber jetzt muss ich mich mit dem Aufsichtsrat rumschlagen. Mit sechs Leuten, die sich immer zusammenrotten und die Entscheidungen treffen.“

„Klingt schwierig“, sagte ich.

„Die wollen, dass ich die Eröffnung der Bohrplattform vor Cornwall beschleunige“, meinte er und wischte sich über die Stirn. „Ich habe überhaupt keine Stimme in dieser Angelegenheit, Michael. Ich muss einfach den Willen des Aufsichtsrats befolgen.“

Er bürstete sich eine Fluse vom Hosenbein. Warum hatte er die da am Knie? Er bemerkte, dass ich ihn beobachtete, legte einen Finger an die Lippen und lächelte. „Ich habe Yoga gemacht. Der Anruf hat mich mitten in einer Übung erwischt. Sag deiner Mutter nichts davon, aber ich versuche, es mir beizubringen, um sie damit zu überraschen. Sie ist nämlich überzeugt, dass ich es für Zeitverschwendung halte.“

Ich rang mir ein Lächeln ab. „Meine Lippen sind versiegelt. Äh, ich lass dich jetzt mal weitermachen."

„Was wolltest du mir denn über Edwin erzählen?", fragte er.

„Och, nichts", antwortete ich. „Ist nicht wichtig."

Der arme Hector. Es war also doch kein Spaß, Fantastilliarden zu haben. Als ich zur Tür ging, konnte ich es mir nicht verkneifen, einen Blick auf die Maske zu werfen. Hector bemerkte es.

„Scheußlich, nicht?"

„Ja." Warum hatte er sie dann hinter seinem Schreibtisch an der Wand hängen?

„Die ist unglaublich alt. Aus der Bronzezeit. Wenn du genau hinhörst, kannst du die Dämonen in der Unterwelt sprechen hören – das haben sie damals geglaubt." Er lachte gepresst. „Das ist natürlich lächerlich. Mein Onkel hat sie in den Sechzigerjahren bei einer Testbohrung ausgegraben." Er stand auf und wollte die Maske gerade mit der Hand berühren. Da schien sie ihn anzuknurren. Das Licht glänzte auf ihren Reißzähnen, und Hector zog seine Hand weg.

„Ich schwöre, die starrt mich an", sagte ich.

Hector lachte schwach und tätschelte mir die Schulter. „Keine Sorge, Junge. Die wurde so entworfen, dass ihre Augen dir folgen."

„Ich hatte mir so was schon gedacht … das ist gut. Ich habe schon gemeint, ich werde verrückt."

Eilig lief ich in mein Zimmer, machte die Tür hinter mir zu und lehnte mich dagegen. Ich hatte immer noch das Gefühl, als würde mir das grausige Schlangengesicht über die Schulter schauen. Als jemand an meine Tür hämmerte, blieb mir beinahe das Herz stehen.

„Michael."

Es war Edwin.

„Hau ab", rief ich.

„He, du weißt schon, was ich über deinen Dad gesagt habe?", rief er durch die Tür, und seine Stimme klang mürrisch. „Clemmie sagt, dass ich mich entschuldigen muss. Also, es tut mir leid. Okay?"

Ich wollte nur, dass er mich in Ruhe ließ, also rief ich: „Ja."

Ich hörte, wie er wegging und dann wiederkam. „Aber merk dir eins." Jetzt klang seine Stimme wieder normal. „Ich habe dich diesen Kampf gewinnen lassen. Wenn ich mir richtig Mühe gegeben hätte, dann hätte ich dich besiegt. Kapiert?"

„Egal."

Als er endlich weg war, wühlte ich in den Kisten mit den Sachen aus unserem alten Haus und fand die DVD, die ich nach Dads Tod gemacht habe. Es war eine Diaschau mit allen Fotos von uns, und im Hintergrund war Dads Lieblingsmusik zu hören. Ich saß eine Weile da, hielt sie in den Händen und starrte auf die Hülle, die ich dafür entworfen hatte – ein Foto, auf dem wir drei in die Kamera grinsen, darunter unsere Namen: Beth, Chris und Michael Veryan.

„Dad, du würdest nicht glauben, was mir passiert ist", flüsterte ich. „Da waren Merlin und dieser Neue, Nathan, und plötzlich bin ich ein Schwertkämpfer, und außerdem soll ich irgendwo einen Haufen Ritter finden. Ich wünschte, du wärst hier. Du würdest mir glauben, egal wie verrückt es sich anhört."

Aber natürlich konnte er nicht für mich da sein. Es war zu spät. Schließlich legte ich die DVD ein. Ich wollte Hector und Edwin und diese Wohnung und alles vergessen, was mir in letzter Zeit zugestoßen war. Für eine halbe Stunde wollte ich in einfachere Zeiten zurückkehren. Also saß ich da und schaute mir mein Leben und meine Familie an, wie sie einmal waren. Die Fotos glitten an mir vorbei: ich als Baby, die Familie im Urlaub in Spanien, Dad und ich beim Fußballspielen im Park – bis ich plötzlich aufschrak, die Fernbedienung schnappte und die Diaschau bei einem der Fotos anhielt. Ich starrte es an.

Es war das Foto von Mum und Dad vor dem High Court nach einem von Dads Siegen vor Gericht. Mum war hochschwanger mit mir, und Dad trug seinen Talar und die alberne Perücke. Sie sahen beide so glücklich aus.

Aber deswegen starrte ich nicht auf das Foto. Hinter ihnen hatte die Kamera einige Leute auf den Stufen des Gerichtshofes eingefangen. Es waren alles Fremde, bis auf einen Mann. Selbst damals war seine Kleidung schon verlottert gewesen, und sein schlecht geschnittenes Haar stand ihm in orangen Stacheln in die Höhe. Er saß hinter Mum und Dad auf den Stufen und blickte geradewegs in die Kamera. Er sah genauso alt aus wie jetzt – aber das überraschte mich nicht. Schließlich sind Zauberer doch unsterblich, oder nicht?

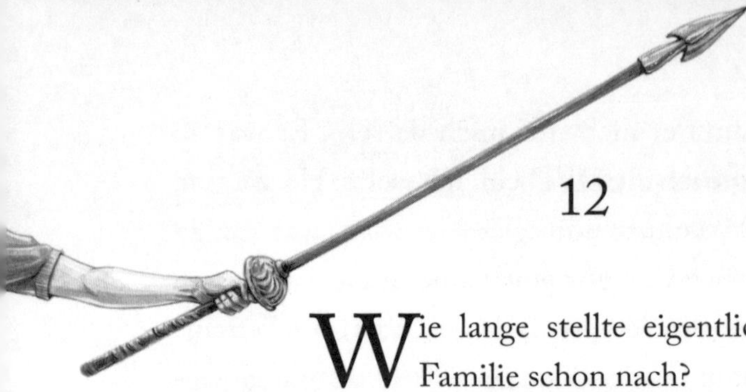

12

Wie lange stellte eigentlich Merlin meiner Familie schon nach?

Darüber grübelte ich den ganzen nächsten Morgen in der Schule nach. Mir wurde ganz anders, wenn ich mir vorstellte, dass er während meiner gesamten Kindheit um uns herumgelungert hatte. Ich konnte mich in keiner Unterrichtsstunde konzentrieren. Und diesmal lenkten mich nicht mal Gavs Witze oder Nathans ärgerliche Selbstgefälligkeit ab, denn beide hatten andere Fächer als ich.

Beim Mittagessen verschlang ich in der Kantine ein Panini mit Chicken Tikka und ging dann Courtney suchen, mit der ich ein Mentorentreffen verabredet hatte. Sie saß mit ihren Freundinnen draußen auf der niedrigen Mauer neben dem Seitenausgang. Normalerweise war das die Bühne, wo sie ihre Gesangsauftritte probten, aber heute nicht. Sie hockten zusammen, hielten sich umschlungen und flüsterten miteinander. Ich tippte Courtney auf die Schulter.

„He, wir sollten Lesen und Schreiben üben."

Die Mädchen drehten sich zu mir um und warfen mir ihren typischen Kinder-der-Verdammnis-Blick zu – kalte, starre Augen, mürrische Gesichter. Courtney starrte mich heute ganz besonders feindselig an.

„Langweilig", blaffte sie mich an. „Wir haben Wichtigeres zu tun." Damit wandte sie sich wieder ihren Freundinnen zu.

Und wisst ihr, was für sie so wichtig war? Einen Riesenwirbel um ihre kleinen juwelenbesetzten Anstecknadeln zu machen. Sie hatten sie sich wieder an die Revers ihrer Schulblazer geheftet und bewunderten und streichelten sie. Die kleinen Abzeichen glitzerten hell im Sonnenlicht, aber wahrscheinlich waren es nur billige Dinger aus dem Ein-Pfund-Laden an der Straße.

„Passt besser auf, dass kein Lehrer die zu sehen kriegt", sagte ich, obwohl sie keine Notiz von mir nahmen. „Ihr wisst ja, was die von Schmuck halten, die werden sie euch abnehmen."

Courtney fuhr mit einem schlauen Lächeln zu mir herum. „Ehe ein Lehrer *was* sieht?"

Ich ging auf sie zu, um darauf zu zeigen – aber der kleine Krebs auf ihrem Revers war verschwunden. Und all die anderen auch.

„Sehr witzig", sagte ich. „Jetzt zeigt ihr bei eurer Gesangsnummer auch noch Zauberkunststücke, oder wie?"

Courtney drehte eine Haarsträhne um ihren Finger und warf ihren Freundinnen ein geheimnisvolles Lächeln zu. „Ich weiß überhaupt nicht, wovon du redest."

Hinter mir hörte ich eilige Schritte.

Safi kam an mir vorbeigerannt, Tränen in den Augen, die Schultasche vor der Brust umklammert. Hinten auf ihrem Blazer war ein großer runder Schlammfleck.

Ich schaute mich um und sah, wie Nathan grinsend einen Fußball aufhob.

„Ups, tut mir leid. Sie ist mir in den Schuss gelaufen", rief er.

„Nein, bin ich nicht", rief Safi zurück, während sie die Stufen zur Schultür hinaufrannte. „Er hat ihn absichtlich auf mich gekickt."

Die Tür knallte hinter ihr mit einem lauten Splittergeräusch zu. Alle fuhren herum, und ein Lehrer kam herübergeeilt. Ich wollte hinter Safi her, aber ich sah, dass Nathan mich beobachtete. Er titschte den Ball und kicherte leise. Er schien ziemlich zufrieden mit sich zu sein.

„Werd erwachsen", brüllte ich ihn an.

Er grinste immer noch und titschte den Ball. „Komm nur näher und sag das noch mal, Veryan."

Wollte ich mich wirklich schon wieder auf einen Kampf mit ihm einlassen? Ja, das wollte ich. Ich wollte ihm dieses dämliche Grinsen vom Gesicht prügeln. Aber erst musste ich nachsehen, ob es Safi gut ging. Ich wandte Nathan den Rücken zu und rannte die Stufen hinauf, überhörte seine höhnischen Bemerkungen und flitzte ins Gebäude. Und stieß mit Gavin zusammen.

„Was ist los?", fragte er und folgte mir über den Flur. Im Laufen stopfte er sich noch sein Sandwich in den Mund. „Erst rennt mich Safi fast um, und jetzt du."

„Sie hat sich wieder mit Nathan angelegt. Wohin war sie unterwegs?"

„Wie immer."

Ich wusste genau, was er meinte, und wir rannten im Affentempo zur Treppe.

Im obersten Geschoss unserer Schule befinden sich hauptsächlich Lagerräume, aber am Ende des Flurs liegt ein Musikzimmer, in dem uns unsere verrückte Musiklehrerin Tuba, Posaune und Fagott üben lässt – in der Hoffnung, dass irgendwann ein Schulorchester entsteht. Eine Stunde mit Tuten, Blasen und Tröten ist ein grausames Schicksal, also nähert sich niemand diesem Zimmer, wenn es sich irgend vermeiden lässt. Die Wollmäuse huschen hier munter über den Flur. Aber Safi und Gavin und ich gehen manchmal da hin.

Wir kennen nämlich ein Geheimnis.

Wenn man sich einen Weg durch die alten Notenständer und an dem ramponierten Konzertflügel vorbeibahnt, ist da eine Tür. Sie ist verschlossen, und auf einem Schild steht „Gefahr", aber das schreckt uns nicht ab. Wir wissen, wie man sie aufbekommt. Es ist eine ganz besondere Tür. Sie ist wie der Kleiderschrank, durch den man nach Narnia gelangt, nur dass diese Tür in die Vergangenheit führt.

Der Westflügel der Schule wurde für einsturzgefährdet erklärt, nachdem im Krieg eine deutsche Bombe einen Riss in den Fundamenten verursacht hatte. Man konnte ihn aber nicht abreißen, weil das Gebäude unter Denkmalschutz steht und daher erhalten werden muss. Also hatte man ihn eines Tages mit Brettern vernagelt und so gelassen, bis die Stadt wieder mehr Geld haben würde. Nur hatte sie nie mehr Geld, und nun ist der Westflügel eine Art Zeitmaschine. Generationen von Schülern haben schon versucht, hier einzubrechen, aber niemand hat die Tür im Musikzimmer entdeckt - außer uns.

Wir folgten Safi durch die staubige, hallende Dunkelheit voller Spinnweben, die so groß waren, dass sie wie zerfetzte Netzvorhänge aussahen. Safi hatte die Campinglampe mitgenommen, die wir immer neben der Tür abstellten. Der kleine gelbe Lichtkreis tanzte vor uns, als wir hinter ihr herliefen.

Die Flure waren vollgestopft mit Schutt und heruntergefallenem Putz. An den Seiten waren altmodische Schulpulte mit Tintenfässern aufgetürmt. Eine dicke Staubschicht bedeckte den Boden, unterbrochen nur durch eine Reihe von Fußabdrücken. Unseren. Wir holten Safi an der Tür zu dem uralten Naturwissenschaftslabor ein.

Sie hatte schon das Deckenlicht eingeschaltet. Es gab im Westflügel keine Stromversorgung, also hatten wir ein Kabel vom Musikzimmer hierhergezogen und ein paar Neonröhren an der Decke befestigt. Das Licht spiegelte sich blitzend in den vielen großen Glasgefäßen, die in den Vitrinen an den Wänden aufgereiht standen. In diesen Gläsern schwebten merkwürdige, völlig abgefahrene Dinge: Gedärme, vergammelte Gehirne und – Gavins liebstes Stück – eine abgetrennte Hand mit sechs Fingern. In einer Ecke hing ein echtes Skelett. Zu den alten Chemiegerätschaften waren ein paar neue Dinge hinzugekommen – eine Reihe schwarz angelaufener Töpfe, ein Wok und ein Campingkocher.

Dies war das Zuhause der *Todessoße GmbH.*

Die Todessoße sollte uns drei reich machen, das hofften wir zumindest. Safi lieferte die schärfsten Chilis der Welt. Gavin war der Chefkoch. Ich übernahm den Vertrieb.

Safi pfefferte ihre Schultasche auf den Arbeitstisch und begann sie auszupacken. Ich sah, dass sie ein paar Tränen wegzwinkerte.

„Beachte Nathan einfach nicht", sagte ich. „Der ist der Neue und ein Idiot, der ständig wie blöd angeben muss."
Sie zog eine Papiertüte aus ihrer Schultasche und schaute hinein. „Na toll, seht nur, was sein blöder Fußball angerichtet hat!"
Sie hielt uns die Tüte hin. Darin waren ein paar kleine, völlig unschuldig aussehende Chilis, die jetzt aufgeplatzt und halb zerquetscht waren. „Das waren meine Neuesten. Die sind sogar noch schärfer als die mexikanische Habanera." Sie schüttete sie auf den Tisch. „Jetzt verlieren sie ihr Feuer. Er hat sie ruiniert."
„Nicht wenn wir sie gleich verarbeiten", meinte Gav, drehte den kleinen Kocher an und knallte den Wok auf die Flamme. Ein Schuss Öl, eine Handvoll geheimer Zutaten aus verschiedenen Gläsern und Flaschen, und schon rührte und briet er los.
Safi begann, wie wild Chilis zu hacken. „Ich werde Nathan zwingen, eine ganze Flasche Todessoße zu trinken."
Wir hielten alle einen Augenblick inne und dachten darüber nach. Umbringen würde es ihn nicht, aber er würde noch sehr lange Eiswürfel lutschen und weinen. Der Gedanke ließ Safi wieder lächeln.
Ich nahm ein Messer, um ihr zu helfen, aber ich konnte Nathan nicht aus meinen Gedanken verbannen. Es war wirklich seltsam, dass er uns ständig so provozierte. Und dann gestern dieser Wahnsinnslauf auf dem *Biest* – so gut konnte niemand sein. Ich warf eine Handvoll gehackter Chilis in den Wok, aber Gavin hatte mit dem Rühren aufgehört. Er starrte auf das Skelett in der Ecke.

„Da hat sich was bewegt."
Ich hackte eine weitere Chili. „Ja, bestimmt."
Er packte seinen Kochlöffel fester. „Ernsthaft."
„Ja, wie damals, als du meintest, du hättest auf dem Schulweg einen Alien gesehen."
„Oh, oder wie bei der Geschichte mit der Dame in Weiß auf dem Friedhof", fügte Safi grinsend hinzu. „Das ist deine Fantasie, Gav. Hier ist außer uns niemand."
„He!" Gavin sprang zurück. „Und was ist dann das?"
Ich schaute gerade noch rechtzeitig hoch, um zu sehen, wie sich die Tür des Schranks hinter dem Skelett öffnete. Dann ging das Licht aus. Safi schrie auf. Ich tastete nach der Laterne.
„Ich kann hören, wie sich jemand bewegt", flüsterte Gavin.
„Vielleicht ist es das Gebäude, das so knarrt." Meine Hände tasteten an der Werkbank entlang. Wo war die Lampe? Dann fanden meine Finger etwas, ich suchte einen Schalter und drückte ihn. Die Gesichter von Gav und Safi leuchteten in dem kleinen Lichtkreis. Sie sahen mich an.
Ich hatte ein sehr mulmiges Gefühl. War das alles meine Schuld? Um nichts auf der Welt wollte ich die anderen beiden in tödliche Gefahr bringen. Ich hielt die Laterne höher.
„Wer immer sich da rumtreibt, sollte jetzt besser vortreten!"
Statt einer Antwort hörten wir aus der Dunkelheit ein Scharren wie von einer Ratte. Safi japste nach Luft.
„Bist du das, Nathan?", rief sie.
Ich hoffte, dass er es war. Mit Nathan würde ich klarkommen. Ich rieb mir über das rote Mal auf meiner Hand. Es juckte

wieder. War das eine Warnung? Merlin hatte gesagt, ich müsste vorsichtig sein. Mein Herz begann wild zu pochen.
„Nathan!“, brüllte ich. Keine Antwort. „Los, wir gehen.“
Ich hatte Gavin noch nie so schnell laufen sehen. Er war als Erster an der Tür und rüttelte am Griff.
„Sie ist zu!“, jaulte er. „Aber wir haben sie doch nie schließen können.“
Das stimmte. Die meisten Türen in diesem alten Gebäude waren verzogen und standen dauerhaft offen.
„Jemand hat sie abgeschlossen“, sagte Gav.
„Sei nicht albern. Die hat doch gar kein Schloss.“ Ich schob ihn zur Seite und riss an der Türklinke. Die Tür war fest verklemmt. „Irgendjemand spielt uns einen Streich. Das muss Nathan sein.“
Gavin packte mich beim Arm. „Ich hab wieder was gehört!“
Wir erstarrten. Aus der entferntesten Ecke war ein Klappern zu hören.
„O nein, nein, nein, nein, nein“, wimmerte Gavin.
Es klang, als würde jemand oder etwas mit einem Stock an den alten gusseisernen Heizkörpern entlangfahren. Und wer oder was es auch war, es kam auf uns zu. Ich erinnerte mich an all die Geschichten, die wir den Neuen immer erzählten – über den spukenden Rektor, der statt Augen nur glühende Höhlen in seinem Schädel hatte.
Jetzt ging dieser Scherz nach hinten los. Safi schob uns beide zur Seite und packte die Türklinke. Sie riss daran, dass das Holz nur so splitterte, und dann ging die Tür auf.
„Lauft!“, rief sie.

Mit schwingender Laterne sausten wir die Flure entlang in Richtung Musikzimmer und in Richtung Sicherheit. Hinter uns folgte das Klappern, das immer schneller wurde. Es war, als liefe man in einem Traum, aber endlich bretterten wir um die letzte Ecke und kamen schlitternd zum Stehen.

Courtneys vier Freundinnen versperrten uns den Weg.

„Wie seid ihr hier reingekommen?", fragte Safi. „Was ist hier los?"

„Ich wette, ihr habt das Licht ausgeschaltet", sagte Gavin hoffnungsvoll. „Bitte sagt, dass ihr es wart."

Sie sagten gar nichts. Keine freche Bemerkung, kein kesser Kommentar, nur Schweigen. Das war noch nie, wirklich nie passiert. Ich stupste Gav an.

„Lass es gut sein. Sieh dir mal ihre Augen an. Mit denen stimmt was nicht."

Hinter uns kam das Klappern näher. Wir saßen in der Falle. Waren es wieder die Geh-Abruki?

„Bleibt zurück", sagte ich zu den anderen beiden.

Ich hielt die Laterne hoch. Besser, man sah das Madengesicht deutlich, als dass es einen im Dunkeln ansprang. Das Klappern hörte auf. Ein kleine Gestalt tappte in den Lichtkreis.

„Courtney?"

In der Hand hielt sie den kleinen juwelenbesetzten Krebs. Mit dem hatte sie an den Heizkörpern entlanggeklappert.

„Du hast uns beinahe zu Tode erschreckt!", schimpfte Gavin.

Courtney sagte gar nichts. Sie hob den Krebs hoch und steckte ihn sich in den Mund. Einen Augenblick lang schnappte

eine winzige goldene Schere noch in der Luft, und dann schluckte Courtney.
„Ist sie verrückt geworden? Sie wird dran ersticken!", rief Safi und eilte auf sie zu.
Hinter uns waren ihre Freundinnen näher gekommen. Ich drehte mich zu ihnen um und sah, dass sie ihre kleinen Anstecknadeln ebenfalls verschluckten.
Jetzt warne ich euch besser. Falls ihr an Albträumen leidet, überspringt die nächsten paar Seiten.
Courtney stand da und sperrte den Mund auf, als wollte sie uns einen ihrer Songs vorträllern. Doch ihr Mund ging weiter und immer weiter auf. Etwas schaute heraus. Es war nicht ihre Zunge.
„Igitt, was ist das denn?", fragte Safi und sprang zurück.
Was immer es war, es wurde größer und größer. Es war spitz und fest.
„Eine Krebsschere?", keuchte Safi entsetzt.
Unglaublich, schrecklich, sie hatte recht. Aber die Schere war nicht mehr golden, sondern braun und aus dicker Panzerhaut. Sie war echt, und sie war riesengroß! Zu groß, um aus Courtneys Mund zu kommen.
Falsch gedacht. Sie schob sich immer weiter raus. Ihr kennt doch diese Schlangen, die ihren Kiefer aushängen können? So was machte Courtney. Und raus schoss eine Riesenschere, mindestens einen Meter lang. Sie fiel mit einem Klatschen und Klappern direkt vor Gavins Füßen auf den Boden.
Er nahm die Hand vor den Mund und würgte. „Ich muss gleich kotzen."

Die Schere schnappte bösartig nach seinem Schuh.
„Die ist lebendig!“ Ich versuchte ihn zurückzuziehen, aber er schien wie hypnotisiert am Boden festzukleben.
Courtney hustete, und nun kam ein Krebsbein herausgeschossen, spindeldürr und zwei Meter lang. Es fiel klappernd auf den Boden, begann zu zucken und versuchte ganz allein aufzustehen.
Gavin wich ihm rasch aus, trat dabei aber auf die Schere, die nun wild schnappend herumhüpfte. Courtney riss den Mund noch weiter auf. Ich konnte ihre Kiefer krachen und knacken hören.
Und jetzt spuckte Courtney eine ganze Lawine von tellergroßen Panzerstücken und Stielaugen aus, die auf den Boden klatschten.
„Ich hab das schon mal gesehen“, flüsterte Gavin zu meiner Verwunderung.
„In deinen Albträumen, na klar.“
Er wandte sein kreidebleiches Gesicht zu mir und schaute mich mit tellergroßen Augen an. „Nein.“
Dann packte mich Safi am Arm. „Sieh nur!“ Sie deutete auf die anderen Mädchen. Als ich herumwirbelte, hörte ich erneut das widerliche Klatschen und Klappern von Krebsteilen. Jetzt spuckten alle Mädchen. Aus ihren ausgehängten, weit aufgerissenen Mäulern kamen zuerst die große Schere, dann die Beine, dann Kaskaden von Panzerteilen und Augen und gruseligen Maulteilen, die auf den Boden krachten und schlitterten.
Wir standen mitten in einem Haufen riesiger Krebsteile, die versuchten, sich wieder zusammenzusetzen. Nacheinander

fanden die passenden Panzerstücke wie Teile eines Puzzles zusammen, die Augen suchten wild umher, und die Scheren pflügten sich durch alles hindurch.

„Zusammenbleiben“, befahl ich. „Hakt euch unter.“

Wir stellten uns mit dem Rücken aneinander.

Schneller und immer schneller flitzten die Krebsteile herum und verbanden sich miteinander. Es war wie eine umgekehrte Explosion. Ein Augapfel an einem langen Stiel rollte mir vor die Füße. Ich trampelte drauf. Irgendwo in dem wuselnden Haufen schrie etwas auf.

Safi zitterte vor Angst, aber sie trat, so fest sie konnte, nach allen Beinen und Scheren, die sich ihr näherten.

„Wir haben Wahnvorstellungen!“, krächzte sie. „Das gibt’s. Massenwahn.“

Ich schüttelte den Kopf. „Das hier ist Wirklichkeit“, sagte ich. „Glaub mir.“

„Es sollte aber keine Wirklichkeit sein“, murmelte Gavin auf meiner anderen Seite. Er redete immer noch sinnloses Zeug. Er kickte nach einem Bein, das herumirrte und nach einem Körper suchte, und schleuderte es klappernd über den Boden. Aber es stand einfach wieder auf und kehrte zu der brodelnden Masse knochiger Gliedmaßen zurück. Zwei von den Krebsen hatte die meisten ihrer Beine gefunden. Einer suchte noch nach einem Auge.

Als die fünf Monster sich aufbäumten, so groß wie Menschen, so breit wie Autos, mit wild rollenden Augen und Schaum vor den Mäulern, da brachen die Mädchen hinter ihnen zu traurigen Häufchen zusammen.

Die Krebse umringten uns, wedelten mit ihren meterlangen Scheren und ließen sie mit metallischem Klirren zuschnappen. Aber das Verrückteste war, dass vorn auf jedem Panzer wie eine künstlich geformte Maske ein menschliches Gesicht zu sehen war. Und jedes Maskengesicht war das täuschend ähnliche Abbild des Mädchens, aus dem der Krebs gekommen war.

Beim Anblick dieser Gesichter lief es mir eiskalt über den Rücken. Ich hatte nicht nur meine Freunde in Gefahr gebracht, irgendwie hatte ich auch Courtney und ihre Freundinnen mit reingezogen. Und jetzt lagen sie zusammengesunken und reglos da, während diese widerlichen Kreaturen Kopien ihrer Gesichter trugen.

Das alles war meine Schuld.

„Was machen wir jetzt?“, zischte Gav.

Ich hatte keine Ahnung, wie man gegen solche Kreaturen kämpft. Aber das konnte ich ihm ja nicht sagen.

„Ich denke nach“, antwortete ich.

Zu spät. Die Monsterkrebse erhoben bereits ihre Scheren und gingen zum Angriff über.

13

Ich packte Gavin und Safi bei den Armen und tauchte mit ihnen unter den alten Schulpulten ab, die hoch aufgetürmt entlang des Korridors standen. Kurz darauf ließ der Krebs mit Courtneys Gesicht eine mächtige Schere nur wenige Zentimeter von uns entfernt heruntersausen.

Zum Glück waren wir durch drei Lagen aufeinandergestapelter Schulpulte geschützt. Dem Splittern und Krachen und den Holzstücken nach zu urteilen, die auf uns herunterregneten, hatten die riesigen Krebsscheren die oberen Pulte bereits zu Sägespänen verarbeitet und machten sich jetzt an die zweite Schicht.

„Crabzillas!", stöhnte Gavin.

„Was?", heulte ich, während wir uns in unserem kleinen Unterstand zusammenkauerten.

„Meine Mum hat bei diesem Monsterfilm aus Hongkong mitgearbeitet, der *Crabzillas Rache* heißt", krächzte Gavin. „Die fangen als ganz kleine Wesen an, und dann fahren sie in Menschen hinein und kommen schließlich voll ausgewachsen rausgeplatzt. Ich dachte, das wäre nur ein blöder Film mit miserabler Computergrafik."

Hinter den umherlaufenden Krebsbeinen lagen die Mädchen immer noch zusammengesackt da. Sie waren leichenblass, und ich konnte nicht erkennen, ob sie noch atmeten. Ich war Courtneys Mentor, ich sollte eigentlich auf sie aufpassen, statt zuzulassen, dass ein Monsterkrebs von ihr Besitz ergreift.

„Gav hat recht. Wir müssen sterben“, flüsterte Safi, als sie dem nächsten Krebs in die Stielaugen starrte.

„Nein, das müssen wir nicht“, erwiderte ich. „Nicht ohne Gegenwehr.“

Die Pulte über uns bebten und ächzten, als die Scheren wie Vorschlaghämmer auf sie herunterkrachten. Wir konnten die Tür zum Musikzimmer nicht erreichen, aber wir würden es auch nicht schaffen, ins Labor zu flüchten. Da krachte ein zersplitterter Pultdeckel herunter, und die Pulte, unter denen wir Zuflucht gesucht hatten, begannen zu zittern und zu knarren. Ich wischte mir den Schweiß vom Gesicht. Sofort begannen meine Lippen zu brennen. Ich sah auf meine Hände hinunter – sie waren noch immer mit rotem Chilisaft und Samenkörnern verschmiert. Immer schön die Hände waschen, wenn man Chilis geschnitten hat. Nie in die Augen reiben.

Ich spähte zu dem Krebs hinüber, der mir am nächsten war. Seine Stielaugen glotzten zurück.

„Macht euch bereit zum Rennen“, sagte ich und rieb mir die Hände.

Der Krebs kam auf seinen acht kolbenartigen Beinen angestampft und versetzte dem letzten Pult einen Hieb mit seiner Schere. Das Pult brach entzwei, und Splitter flogen uns um die Ohren. Alle fünf Krebse holten nun zum tödlichen Schlag aus. Pech! Ich richtete mich auf, warf mich auf den nächsten

Krebs, packte eins seiner Stielaugen und rieb meine mit Chili beschmierten Hände über den Augapfel.
Die Kreatur rastete komplett aus. Sie kreischte in den höchsten Tönen wie eine alte Dampflok. Gavin und Safi drückten sich flach an die Wand, als der Monsterkrebs unter Schmerzen um sich schlug und damit die anderen Krebse zum Stolpern brachte, die sich gerade zum Angriff vorwärtsstürzten.
„Rennt!", brüllte ich. Ich hielt meine Hände in die Höhe und führte sie wie eine Waffe wieder gegen den ersten Krebs. Der quiekte und zog sich zurück und rammte dabei die anderen. „Ich locke sie weg. Dann bringt ihr Courtney und ihre Freundinnen in Sicherheit."
Doch Gav und Safi bewegten sich nicht von der Stelle.
„Ich kann sie nicht lange zurückhalten", schrie ich.
„Nein", sagte Gav. Er schnappte sich ein zerbrochenes Tischbein und stellte sich an meine Seite. „Ich bleibe hier und kämpfe."
„Ich auch", sagte Safi. „Wir halten zusammen."
Sie kam hinter mir hervor, zog ihr Kopftuch zurecht und krempelte sich die Ärmel hoch. Geschickt duckte sie sich unter einer Schere durch und klatschte dann ihre eigenen mit Chili bedeckten Hände auf einen zweiten Krebs.
Zwei Monsterkrebse, die unter Schmerzen auf einem Korridor hin und her wuselten – das war gut, aber gefährlich. Scheren wirbelten über unseren Köpfen. Gav duckte sich geistesgegenwärtig weg, knapp ehe eine Schere genau da zuschnappte, wo sein Kopf gewesen war. Sein Gesicht wurde kreidebleich.

„Versuchst mir wohl die Haare zu schneiden, was, Crabzilla?" Er streckte eine Hand aus. „Siehst du – an mir ist kein Chili." Als der Krebs näher kam und die Schere zum letzten tödlichen Schnappen hob, holte Gavin die andere Hand hinter dem Rücken vor, hieb ihm das Stuhlbein auf die Augäpfel und zerquetschte die Stielaugen wie Selleriestangen.

Noch mehr ohrenbetäubendes Kreischen. Jetzt hatten drei Krebse ernste Augenprobleme. Die anderen beiden brannten darauf, uns zu erwischen und in Stücke zu reißen, aber ihre Kumpel waren überall im Weg. Einer versuchte, sich mit seiner Schere seinen eigenen Augapfel auszurupfen.

Aber uns war noch immer der Weg versperrt.

„Es gibt noch einen anderen Ausgang", schrie Safi. „Durch die alte Bibliothek." Sie deutete auf eine Doppeltür gegenüber. Typisch Safi, dass sie von einer Bibliothek wusste.

Jetzt mussten wir nur noch irgendwie um die fünf wild gewordenen Crabzillas herumkommen.

„Zwischen ihren Beinen durch. Stellt euch vor, ihr macht einen Grätschangriff beim Rugby." Ich stieß mich ab und schlitterte der Länge nach über die polierten Fußbodendielen. Auf halbem Weg rutschte Gav in mich hinein, und wir prallten zusammen gegen die Doppeltür. Safi war viel vernünftiger und krabbelte so rasend schnell zwischen den Krebsbeinen hindurch, als hätte sie ihr Leben lang nichts anderes gemacht.

Die beiden Krebse, die noch sehen konnten, bemerkten, dass wir die Flucht ergriffen hatten. Sie begannen, die anderen aus dem Weg zu kicken, um uns zu folgen.

Ich glaube, die Tür war abgeschlossen, aber sie war so morsch, dass sie aufbarst, als wir uns zu dritt dagegenwarfen. Während zwei Paar riesige Krebsscheren nur Zentimeter hinter unserem Rücken zuschnappten, stolperten wir in eine große Bibliothek mit Marmorboden und Wänden voller staubiger alter Bücherregale. Hinter uns hörten wir ein Geräusch wie von betrunkenen Stepptänzern. Ich riskierte einen Blick über die Schulter, während wir durch die Bibliothek flitzten. Die spitzen Füße der Krebse waren für die Marmorfliesen nicht besonders geeignet, sie schlitterten und rutschten über die glatte Oberfläche. Das war unsere Chance, schnell durch die Tür auf der anderen Seite der Bibliothek zu verschwinden. Wir landeten in einem großen Raum, wieder einem Klassenzimmer.

„Türen abschließen!", rief Gavin und schaute über die Schulter.

Safi kam als Letzte reingerannt. Ich knallte die Tür hinter uns zu, aber das Schloss war altersschwach und das Holz ziemlich morsch – lange würde es die Monster nicht zurückhalten.

„Sucht was, womit wir die Tür verbarrikadieren können", sagte ich.

Zum Glück waren ein paar der vor die Fenster genagelten Bretter lose. So fielen durch Spalte einige Sonnenstrahlen herein, und wir konnten sehen, was wir taten.

Gavin schaute sich um. „Wir sind wohl in einer Folterkammer?"

„Nein", antwortete Safi. „Das ist der Werkraum. So sahen die früher aus."

In der Mitte stand eine riesige, pedalgetriebene Kreissäge, außerdem gab es zwei massive Eichenwerkbänke voller rostiger Werkzeuge, eine in unserer Nähe, die andere ganz hinten im Raum. Von der Decke hing ein schweres gusseisernes Gestell mit noch mehr uralten Werkzeugen.

„Schiebt eine Werkbank vor die Tür“, ordnete ich an.

Gavin und ich wollten die am nächsten stehende Werkbank herumhieven. Doch sie war massiv und wog so viel, als wäre das Holz mit den Jahren zu Stein geworden. Sie bewegte sich keinen Millimeter.

„Lasst mich helfen.“ Safi legte ihre Hand an eine Ecke.

Ich sprang zurück, als die Werkbank plötzlich fortglitt und gegen die Tür krachte.

„Die muss irgendwo festgehangen haben“, sagte Safi mit kleinlauter Stimme.

Jedenfalls war die schwere Bank gerade noch rechtzeitig an die richtige Stelle geschoben worden. Wieder hörte man das Stepptanzgeräusch, das schnell näher kam, und dann hallte ein Riesendröhnen durch den Raum. Die Tür bebte und knarzte, und plötzlich verlief ein Riss vom oberen Türrahmen bis zur Decke. Ein Schauer aus Gipsstaub regnete auf uns herab. Eine Pause, und da war es wieder – das Stepptanzen, das näher kam, und dann das Donnern.

Die Krebse warfen sich abwechselnd gegen die Tür!

„Mit dem Rücken gegen die Werkbank stemmen und drücken“, rief ich.

Genau das taten wir, aber mit jedem Donnern wurde der Riss breiter, und wir konnten die Tür splittern hören.

„Tut mir leid", sagte ich. „Alles meine Schuld."

Safi rutschte vor, als ein weiteres Donnern die Tür erbeben ließ. „Wieso das denn?"

Ich stemmte meine Fersen in den Boden und drückte, so fest ich nur konnte, gegen die Werkbank. „Weil ich bei der Hochzeit von Schleimmonstern angegriffen wurde." Noch ein Donnern, dann das Krachen von Holz und ein heftiger Gipsregen.

„Du bist was?", fragte Gav, dessen Gesicht und Haar vom Gips ganz weiß waren. „Das hast du mir gar nicht erzählt!"

„Du hättest es mir nie geglaubt."

Die Tür bebte erneut, und die Werkbank machte einen Sprung, aber wir stemmten uns dagegen, und sie hielt stand.

„Wir glauben dir", sagte Gavin. „Was machen wir jetzt?"

„Sie umbringen."

Als hätten sie das draußen mitbekommen, hörte plötzlich das Scharren der Krebsbeine auf.

Safi starrte uns an, Kopftuch und Wimpern von weißem Staub bedeckt. „Haben die aufgegeben? Bitte sagt mir, dass die aufgegeben haben!" Sie richtete sich auf, kletterte auf die Werkbank und hielt ein Ohr an die Tür. „Es ist ganz still. Vielleicht sind sie wieder in tausend Stücke zerfallen." Sie warf Gavin einen flehenden Blick zu. „Machen Crabzillas so was?"

Aber Gavin schüttelte wie wild den Kopf. „Guckst du keine Horrorfilme? Nie im Leben sind die weg! Die versuchen uns zu überlisten. Bleibt zurück."

Ich kletterte neben Safi auf die Werkbank und lauschte. „Sie hat recht. Da ist nichts mehr." Ich legte mein Ohr an den Riss zwischen dem Rahmen und der Tür. Ein kleines Mäuseklopfen gleich neben meinem Ohr ließ mich zurückfahren. „He – da draußen ist doch was."

Eine Stimme rief: „Michael, hilf mir!"

Wir erkannten sie sofort.

„Courtney?", fragte ich entsetzt. Ich hörte, wie die anderen Mädchen schluchzten.

„Die Krebse sind weggerannt", rief sie. „Aber ich glaube, die kommen wieder. Lasst uns rein!"

Safi schob bereits die Werkbank zur Seite. Gavin sah mich an. „Was ist, wenn das ein Trick ist?"

Ich lauschte an der Tür, die Hand am Knauf. „Aber wenn es wirklich Courtney ist, dürfen wir sie nicht da draußen lassen."

„Bitte beeilt euch, wir haben Angst!", flehte ihr Stimmchen. „Du bist mein Mentor, Michael. Mach die Tür auf!"

Ich drehte schon am Knauf, als mir einfiel, dass Courtney nie im Leben „bitte" sagen würde. Und wieso konnte sie die Tür nicht selbst aufmachen?

Weil Krebsscheren keinen Türknauf drehen können!

„Es ist ein Trick!", schrie ich. „Schiebt die Werkbank wieder davor!"

Zu spät. Die Tür barst auf und brach aus den Scharnieren. Die Werkbank flog durch die Gegend. Eine riesige Schere schnappte wenige Zentimeter vor meinem Gesicht zu und schlug mir dann fest von der Seite gegen den Kopf. Ich fiel hin, aber Safi packte mich beim Arm und zerrte mich wieder hoch.

„Hinter die andere Werkbank!", kommandierte sie.
Gav und Safi zerrten mich halb hinter sich her, und wir rannten zum hinteren Ende des Raums, kletterten über die Werkbank und duckten uns hinter ihrer massigen Konstruktion. Alle fünf Krebse kamen nun herein und klapperten über die umgefallene Werkbank. Wir spähten aus unserem Versteck und sahen sie in einer Reihe vor uns stehen. Die schrecklichen maskengleichen Mädchengesichter starrten uns an. Sie begannen auch mit Mädchenstimmen zu lachen. Das Geräusch ließ mir das Blut in den Adern gefrieren.
Safi keuchte und wollte aufstehen. Ich hielt sie am Arm fest, doch sie befreite sich aus meinem Griff. Ihr Gesicht war ganz blass geworden, aber ihre Augen funkelten. Sie packte die Kante der Werkbank und stemmte sich dagegen. Gavin und ich starrten sie ungläubig an. Safi ist klein und dünn. Ihre Arme sind wie Spaghetti. Und die Werkbank war aus massiven Eichenplanken wie zusammengenagelte Eisenbahnschwellen, die zudem mit schweren eisernen Werkzeugen bedeckt waren. Aber Safi hob die Werkbank vom Boden, dass das Eichenholz nur so splitterte und die Werkzeuge in alle Richtungen flogen. Sie stemmte die Werkbank hoch über den Kopf und ließ sie dann auf die beiden am nächsten stehenden Krebse herunterkrachen.
Während die drei anderen aus dem Weg wuselten, kreischten und stöhnten die beiden unter der Werkbank, aber einige Augenblicke lang hielten sie dem Gewicht stand. Dann begannen die spindeldürren Beine einzuknicken. „Bringt uns nicht um!", brabbelten die Krebse mit den Stimmen

der Mädchen. „Wir sind doch nur Siebtklässler. Es tut uns leid.“

„Klappe!“, sagte Safi und drückte auf die Werkbank. Die Beine der Krebse gaben nach.

Die anderen drei Krebse kamen auf uns zu, bäumten sich auf den vier hinteren Beinen auf, schnappten mit ihren Riesenscheren und rückten unaufhaltsam näher.

Die beiden unter der Werkbank versuchten, ihre geknickten Beine wieder aufzurichten. Wir brauchten noch mehr Gewicht auf der Werkbank, um sie ganz zu erledigen. Ich schaute mich um, aber es war nichts in Reichweite.

„Wir beide sind auch ganz schön schwer“, meinte Gavin, als hätte er meine Gedanken gelesen. „Spring!“

Das brauchte er mir nicht zweimal zu sagen. Wir warfen uns auf die schwankende Bank und richteten uns mit einiger Mühe auf. Dann sprangen wir wie verrückt auf und ab. Die Krebse unter uns stießen einen letzten jammervollen Schrei aus. Dann hörte man ein Krachen und Splittern und ein Quatschen, und die Werkbank sank auf den Boden.

Die anderen drei kreischten ohrenbetäubend. Sie stürzten sich auf uns, und ihre Scheren klapperten, als wären es riesige Kastagnetten.

„Immer in Bewegung bleiben!“, schrie ich. Das war unsere einzige Hoffnung. Drei Crabzillas in einem Klassenzimmer, mit je acht spindeldürren Beinen, das bedeutete, dass sie ständig übereinanderstolpern und ihre Beine miteinander verheddern würden. „Und sucht euch Waffen!“, rief ich, während ich von der Bank sprang.

Safi regte sich nicht. Sie stand mit dem Rücken zur Wand, vor ihr ein Krebs, der zum Angriff ausholte. Ich tastete auf dem Boden nach den alten Werkzeugen und schob ihr eine eiserne Brechstange zu. Sie sah das sofort, hob die Stange mit einer raschen Bewegung auf und begann, die Angriffe des Krebses zu parieren und ihn ihrerseits anzugreifen. Geschickt wehrte sie die Hiebe seiner Klauen ab, als hätte sie ihr Leben lang Schwertkämpfe ausgefochten. Gavin hatte einen Vorschlaghammer gefunden, wie ihn vielleicht der Gott Thor einmal geschwenkt hatte. Er holte in hohem Bogen aus und ließ den Hammer auf den Krebs krachen, der ihm am nächsten stand, dass Stücke seines Panzers wie kleine Geschosse durch die Gegend flogen.

Ich hielt dem letzten Krebs meine leeren Hände entgegen.

„Für mich sind keine Waffen mehr übrig. Ich gebe auf."

Der Krebs kreischte vor Entzücken. Er hatte das schwere Eisengestell nicht bemerkt, das über seinem Kopf hing. Ich hielt weiter meine Hände in die Höhe. Meine Finger ergriffen das Seil, an dem das Gestell hing, und ich begann, es unauffällig von dem Stahlbolzen zu lösen, um den es gewickelt war.

„Bitte tu mir nicht weh", bluffte ich.

Der Krebs lachte und machte sich bereit, mich in zwei Stücke zu schneiden. Mit einer letzten Drehung löste sich das Seil, und ich ließ es los. Pfeifend sauste das Gestell herunter und zerquetschte den Krebs unter sich.

Dann hörte ich Gavins Stimme glockenklar. Aber nicht in den Ohren, sondern in meinem Kopf.

„Leute, ich könnte ein bisschen Hilfe brauchen …", sagte er.

Gav war in die Ecke gedrängt worden. Sein Krebs hob gerade eine der riesigen Scheren, um Gavin in mundgerechte Stücke zu zerteilen. Der Vorschlaghammer rollte über den Boden, aber näher bei mir lag ein großer Schraubenzieher, der einen halben Meter lang war. Ich hob ihn auf und warf ihn Gavin zu. Der fing ihn, und als sich der Krebs über ihm aufbäumte, stieß er ihn nach vorn wie eine Lanze. Er traf die Kreatur mitten in ihren weichen Bauch. Der Krebs schrie auf, fiel auf den Rücken und schlug in Todeskrämpfen mit den Beinen um sich.

Der letzte Krebs kreischte auf. Safi hielt ihn mit der Brechstange in Schach, aber er rückte trotzdem unbarmherzig vor. Ich schaute mich nach weiteren Waffen um. Da fiel mein Auge auf die riesige Kreissäge. Mir kam eine Idee.

„Gavin – an die Pedale!"

Gavin sprang auf den Sattel und stemmte sich in die Pedale. Langsam begann sich das Sägeblatt mit den scharfen Zähnen zu drehen. Der Rost schwebte in Wolken hinunter, während sich das Sägeblatt immer schneller drehte.

Ich zog den langen Schraubenzieher aus dem toten Krebs und eilte Safi zu Hilfe.

„Dräng ihn zurück!", rief ich.

Sie schwenkte die Brechstange, als wäre die leicht wie ein Bleistift. Gemeinsam zwangen wir den Krebs zum Rückzug. Gavin trat wie verrückt in die Pedale. Ich versetzte dem Krebs einen letzten Schubs. Er schrie auf und wuselte rückwärts, geradewegs in die scharfen Zähne des wirbelnden Sägeblatts.

Panzerbruchstücke explodierten in alle Richtungen. Wir duckten uns, als die zuckenden Beine durch die Gegend flogen. Dann spaltete sich der Körper des Krebses säuberlich in zwei Hälften, und dahinter sahen wir Gavin, der immer noch in die Pedale trat. Seine Schuluniform, sein Gesicht und seine Haare waren mit Stücken von Krebsfleisch übersät.

Wir fingen an zu lachen, während wir uns Krebsbrocken und Panzerstücke von den Kleidern zupften. „He, Saf …", fing Gav an. „Was? … Wow!"

Ich drehte mich um und sah, wie Safi ganz allein eine der Werkbänke aufhob und wieder aufrecht hinstellte.

„Ich räume sie nur aus dem Weg", sagte sie in nüchternem Tonfall. Dann hielt sie inne. Sie betrachtete die Werkbank. Dann starrte sie auf ihre Hände.

„Was passiert da mit mir?", flüsterte sie.

„Und mit mir", fügte Gavin hinzu.

Ich stand auf. „Wann hat das angefangen?"

„Vor ein paar Tagen", antwortete Safi. „Ich mache dauernd Sachen kaputt. Es hat angefangen, als du auf der Hochzeit warst."

Beide starrten mich an.

„Warum passiert das, Michael?", fragte Safi.

Die Sonnenstrahlen, die durch die Fensterritzen hereinfielen, umgaben sie mit einem goldenen Schein. Ich wusste, warum sie diese Kräfte hatte. Ich wusste, wer sie war. Sie hatte wie ein Ritter gekämpft.

„Ein Ritter?", staunte Gav.

Wir schauten ihn an. Er fuhr sich mit der Hand durchs Haar. „Ich muss euch was sagen“, erklärte er. „Ich kann eure Gedanken hören.“
Machte er Witze?
„Nein, mache ich nicht“, antwortete er. „Ich habe gedacht, dass alle über mich tuscheln.“
„Und ich muss euch was erzählen!“, fuhr ich fort.
Das würde jetzt nicht einfach werden. Sogar ich hatte es ja kaum glauben können. „Also, die Sache ist die: Wir sind Ritter der Tafelrunde. So was wie Reinkarnationen. Wir sind gerufen worden.“
„Oh“, sagte Safi. Sie schnipste ein paar Krebsstückchen von ihrem Kopftuch und der Schuluniform und holte ein paar Mal tief Luft. „Das ergibt einen Sinn.“
„Was?“ Gavin setzte sich auf einen der toten Krebse und starrte sie an. „Welchen Sinn? Die ganze Welt ist völlig verrückt geworden!“
Safi ließ sich neben ihn auf den Boden fallen.
„Erinnert ihr euch noch an diese Geschichte mit dem Kodex, die Michael Nathan zugebrüllt hat? Seit er das gesagt hat, geht es mir nicht mehr aus dem Kopf.“
Gavin guckte einen Augenblick völlig baff. „Die Unschuldigen schützen. Den Freundlosen ein Freund sein“, sagte er langsam. „Und für das Licht kämpfen.“ Er runzelte die Stirn. „Ja, ich begreife, was du meinst.“
Beide sahen mich an. Ich zuckte erleichtert die Schultern. „Er hat gesagt, ich würde die anderen Ritter in meiner Nähe finden, und jetzt seid es ihr beide!“ Ich grinste sie glücklich an.

„Wer hat gesagt, dass du uns finden würdest?“, fragte Gavin.

Wie zur Antwort kam eine Art gefiederte Kugel durch das Fenster geschossen, schwebte einen Augenblick in der Luft und ließ sich dann auf einer der Werkbänke nieder.

Ich funkelte den Vogel wütend an.

„Ich sollte euch jetzt wohl besser Merlin vorstellen.“

14

Ich konnte kaum glauben, dass er ausgerechnet *jetzt* aufgetaucht war.

Er machte wieder diese Sache mit den Beinen, fuhr sie aus wie ein Teleskop, sodass die Federn sich in verschossene Jeans verwandelten und die Krallen in haarige Zehen in scheußlichen Sandalen. Dann faltete er seine Flügel zurück, Arme erschienen, und er fuhr sich mit einer Hand durch sein fedriges Haar, das dabei allerdings nur noch wirrer wurde.

Safi und Gavin schauten ihm schweigend zu wie zwei verdutzte Eulen.

„Keine Angst“, sagte ich zu ihnen und funkelte Merlin wütend an.

„Angst? Du machst wohl Witze!“, hauchte Gavin. „Nachdem ich gesehen habe, wie Courtney einen Riesenkrebs ausspuckt, ist das hier nichts dagegen. Nur ein Vogel, der sich in einen Hippie verwandelt.“

Merlin klopfte seine Kleider ab und warf Gavin einen Blick zu, wie ihn Lehrer verteilen, wenn man eine besonders blöde Antwort gegeben hat.

„Zauberer“, sagte er. „Sag’s richtig, mein Junge.“

Safi schrie entzückt auf.

„Merlin!“ Sie klatschte in die Hände. „Das ist ja wirklich super.“

Merlins Gesicht verzog sich zu einem Grinsen. Es war kein schöner Anblick. Seine Zähne waren jedenfalls nie mit einem Kieferorthopäden in Berührung gekommen. „He! Schön, dich zu sehen." Er senkte die Stimme und neigte sich zu Safi. „Dich habe ich immer am liebsten gemocht."
Safi schluckte. „Wirklich?" Sie zog die Stirn in Falten. „Es ist, als versuche man sich an einen Traum zu erinnern. Ich glaube immer, ich habe was erfasst, aber dann entgleitet es mir wieder."
Merlin zuckte die Achseln. „So ist es immer. Manche Dinge bleiben hängen, den Rest muss man neu lernen. Da kommt ihr nicht aus der Übung, was?" Dann fiel sein Blick wieder auf Gavin. Das Lächeln verging ihm, und die Lehrergrimasse tauchte wieder auf. „Aber was dich betrifft – der Herr steh uns bei!"
Gavin setzte einen unschuldigen Blick auf. „Du erinnerst dich an mich?" Er überlegte vermutlich, welche Streiche er wohl in der Vergangenheit gespielt hatte.
Merlin wedelte mit der Hand durch die Luft. „Ich erinnere mich an euch alle." Aus seinem Mund klang es wie eine lebenslängliche Strafe.
Gavin und Safi blickten einander an und schauten dann zu ihm.
„Dann stimmt es also?", fragte Gavin. „Wir sind Ritter? Wo ist dann Artus?"
„König Artus", verbesserte Merlin. „Den werdet ihr schon noch kennenlernen – früher oder später."
„Welche Ritter sind wir?", erkundigte sich Safi.

Er warf ihr wieder sein schiefzahniges Lächeln zu. „Wenn die Zeit reif ist, kniet ihr euch nieder und neigt den Kopf und werdet mit dem Schwert Excalibur wieder zu Rittern geschlagen. Ich kann euch das nicht einfach so sagen." Er tätschelte Safi die Schulter. „Und dieses Mal musst du dich nicht als Junge verkleiden. Meine Güte, was für Fortschritte die Welt macht!"

Er sah sich um. „Ich sehe, ihr habt Spaß gehabt."

Gavin betrachtete schaudernd die zerquetschten Krebse. „Ja. Wenn man Krebs-Sushi mag."

Ich beobachtete alles schweigend. Mit mir hatte Merlin noch nicht gesprochen. Ich glaube, er wusste, wie wütend ich war. Schließlich schaute er mich mit hochgezogener Augenbraue an und fragte: „Was ist denn mit dir los? Ihr habt fünf Feinde besiegt. Mit ein bisschen viel Schweinerei, aber keine schlechte Leistung."

Mir blieb keine Zeit, ihm zu antworten, denn genau in diesem Augenblick öffnete sich knarrend die Tür. Alle griffen rasch nach der nächstbesten Waffe und erwarteten einen weiteren Angriff. Stattdessen erschien ein kleines Gesicht im Türspalt. Diesmal war es wirklich Courtney. Die anderen Mädchen standen hinter ihr. Courtney kam hereingetaumelt, und ich rannte zu ihr, um sie aufzufangen, ehe die Beine unter ihr nachgaben. Gav und Safi halfen den anderen.

Auf einem Stück Fußboden, das nicht mit zerquetschtem Krebs bedeckt war, kauerte ich mich neben Courtney. Sie bibberte. Ich legte ihr den Arm um die Schulter. „Du bist jetzt in Sicherheit."

Ich warf Merlin einen mürrischen Blick zu. „Warum bist du nicht früher gekommen? Warum hast du ihnen nicht geholfen?“ Ich deutete auf die fünf Mädchen, die elend auf dem Boden kauerten, umgeben von den Überresten der Krebse, die aus ihnen herausgeschlüpft waren.
„Hm. Da hast du recht“, meinte Merlin.
Er ging zu Courtney hinüber, nahm sie beim Kinn und starrte ihr in die Augen. Dann legte er eine Hand auf ihre Stirn und begann etwas zu singen. Ein glitzernder Nebel leuchtete einen Augenblick lang auf und verlosch dann wieder. Merlin ging nacheinander zu den anderen Mädchen und wiederholte das Ganze. Als er fertig war, stand er auf.
„Sie erholen sich wieder. Eine Weile werden sie sehr schwach sein, aber sie werden sich an nichts erinnern.“
Ich beugte mich zu Courtney hinunter. „Geht's dir gut?“, flüsterte ich.
Fast wünschte ich mir, sie würde eine ihrer ätzenden Bemerkungen machen oder mir sagen, ich sollte abhauen. Nichts. Nur ein trauriges kleines Nicken.
Merlin klatschte in die Hände und erhob seine Stimme wie ein Lehrer. „Okay, gut gemacht. Es geht euch allen prima, und jetzt solltet ihr besser in den Unterricht zurückgehen.“
Die Mädchen gehorchten ihm. Ich hatte noch nie gesehen, dass Courtney und ihre Bande auf irgendjemanden hörten, am allerwenigsten auf einen Lehrer. Aber alle fünf standen brav auf und trotteten davon.
Als sie fort waren, fuhr ich zu Merlin herum.
„Wir hätten alle umkommen können!“

„Ich war in der Nähe“, sagte er ausweichend.
„Und warum bist du dann nicht gekommen und hast ein bisschen gezaubert? Du bist doch ein Zauberer, oder?“
Er warf mir einen hochmütigen Blick zu und staubte sich die Hände ab. „Einer der ältesten und besten. Zauberei hat ihren Nutzen, aber ich musste euch das allein machen lassen.“ Er kickte ein Stück Krebspanzer aus dem Weg. „Außerdem waren das nur niedrige Schergen der Dunkelheit. Die sind immer hinter euch her.“
Ich starrte ihn an. „Niedrig?“
„Und was wollen die von uns?“, fragte Gavin und schaute besorgt drein.
Merlin runzelte die Stirn. „Erinnert ihr euch denn an gar nichts? Ihr seid Teil des Lichtes.“ Er deutete auf die Krebse. „Und sie sind aus dem Reich der Finsternis. Ihr habt zu euren damaligen Lebzeiten sehr viele dunkle Gestalten geärgert.“
„Wo kommen sie her?“, fragte Safi.
„Aus der Unterwelt. Die hat viele Türen – und es ist die Pflicht eines Ritters, diese Pforten zu versiegeln, sodass die Mächte der Finsternis sie nicht durchschreiten können. Findet eine solche Pforte und versiegelt sie. Sie hassen euch.“
„Da draußen sind noch mehr Monster, die es auf uns abgesehen haben?“, fragte Gavin, immer noch besorgt.
„Ja.“
„Du musst uns beschützen“, meinte ich.
Merlin machte wieder ein Schafsgesicht. „Ich habe dir doch schon gesagt, dass das nicht meine Aufgabe ist. Ich war schon in der Zukunft, wisst ihr.“

„Und?", fragte ich. Er ging mir wirklich auf die Nerven. „Du weißt also, was geschehen wird, und kannst uns warnen."
Er seufzte. „Wenn ich euch helfe, verändere ich die Zukunft – vielleicht zum Schlechteren. Ihr müsst ertragen, was ihr eben ertragen müsst." Er wandte sich ab und schauderte leicht. „Leider."
„Was meinst du – leider?", wollte Gavin wissen.
Er lächelte gezwungen. „Lasst uns lieber in der Gegenwart leben."
Gavin verzog das Gesicht und begann, ihn wie ein Irrer anzustarren, die Hände zu Fäusten geballt, während sein Körper bebte.
Merlin lachte. „Du glaubst doch nicht wirklich, dass deine Gedankentricks bei mir funktionieren?" Er verengte die Augen und blickte Gavin an, der aufjaulte und zurückzuckte.
In der darauffolgenden Stille hörten wir in der Ferne die Schulglocke den Unterrichtsschluss einläuten. „Ah, höchste Zeit für mich, wieder loszufliegen. Ich darf nicht gesehen werden."
Er streckte die Arme aus und schrumpfte zusammen. Alles an Merlin, seine Kleider, seine Haare, seine Hakennase, wurde plötzlich kleiner und fügte sich wieder zu der windschnittigen Form des Falken zusammen, der vorhin hereingeflogen war.
Safi und Gavin betrachteten das Schauspiel japsend und mit offenem Mund. Merlin schwebte kurz in der Luft, dann schlug er wild mit den Flügeln und flog aus dem Fenster.
Safi sah ihm hinterher. Sie hatte die Hände gefaltet und eine ehrfürchtige Miene aufgesetzt. „Ich habe Merlin getroffen!"

Gavin schien nicht ganz so beeindruckt zu sein. Er atmete laut aus und sackte zusammen. „Ich konnte seine Gedanken nicht lesen“, sagte er. „Der ist ganz schön verschlagen.“

„Genau meine Meinung“, stimmte ich ihm zu. „Aber es sieht tatsächlich so aus, als müssten wir es mit ihm aushalten.“ Von draußen hörte man, wie sich die Schüler von St. Johns lärmend auf den Heimweg machten. „Kommt, wir gehen.“

Wir schlossen die Tür des Werkraums hinter den toten Krebsen und liefen zum Musikzimmer zurück. Als wir uns auf dem Weg zum Schultor zwischen den anderen Schülern hindurchschlängelten, drehten sich ein paar um und rümpften die Nase, als hätten sie etwas Ekliges gerochen. Dabei hatten wir uns bemüht, die Kampfspuren und den Dreck so gut wie möglich zu beseitigen.

„Alles in Ordnung mit euch?“, fragte ich, als wir die Straße entlanggingen.

Gav und Safi hatten seit einer Ewigkeit nichts mehr gesagt. Sie liefen wie Traumwandler neben mir her. Ich verstand sie. So hatte ich mich auch gefühlt.

„Ich wünschte, ich könnte mich an all die anderen Male erinnern, als wir uns vor Zeiten getroffen haben“, meinte Gavin. „Stellt euch vor, was wir für Schlachten geschlagen haben.“

„Wenn wir immer aufwachen, wenn wir gebraucht werden – was ist dann diesmal unsere Aufgabe?“, fragte Safi.

Guter Gedanke. „Keine Ahnung “, antwortete ich. „Warum fragst du mich?“

Sie dachte darüber nach. „Du bist als Erster auserwählt worden, denke ich. Was ist deine besondere Fertigkeit?“

Diese Frage hatte ich befürchtet. „Äh, ich bin mir nicht sicher." Ich versuchte zu lächeln, als machte mir das nichts aus. „Vielleicht ist sie gut verborgen, oder man hat sie mir noch nicht verliehen."

Was für ein grottenschlechter Ritter war ich wohl gewesen? Ich hatte nicht mal eine besondere Kraft.

Von der anderen Straßenseite ertönte eine Hupe. Es war Safis Mutter. Hier trennten sich unsere Wege. Safi and Gavin rannten zu ihr hinüber. Als ich noch in der Nähe wohnte, hat sie uns alle drei jeden Tag nach Hause gefahren. Jetzt hatte ich einen Chauffeur.

Ich winkte, als die anderen wegfuhren. Zumindest für heute war das Schlimmste vorbei.

Dachte ich.

Kaum hatte ich ein paar Schritte gemacht, da packte mich eine Hand bei der Schulter und zerrte mich in einen Toreingang. Ich war wirklich nicht in der Stimmung für einen weiteren Kampf. So fest ich konnte, verdrehte ich dem Angreifer den Arm und warf ihn gegen die Mauer.

„Aua!", ächzte das Mädchen mit den grünen Haaren und rieb sich die Schulter. „Das hat wehgetan." Ihre Augen glitzerten und schimmerten vor Tränen. „Warum hast du das gemacht?"

15

„Tut mir leid“, sagte ich.

Wir waren auf einem Platz ein wenig abseits der Hauptstraße. Rundum gab es etwa zehn Läden, und in der Mitte standen ein paar Bänke um ein traurig aussehendes Blumenbeet. Ich hatte Jenson gebeten, mich auf dem Parkplatz dahinter abzuholen, damit niemand aus der Schule mich sehen würde. Im Augenblick saß ich auf der Rückenlehne einer Bank und sah das Mädchen an.

„Ich weiß. Das hast du schon zwanzig Mal gesagt“, meinte sie. „Ist mit deinem Arm alles in Ordnung?“

Ich hatte ihr eine Dose Vanillelimonade gekauft. Sie saß neben mir und ignorierte die anderen Schüler, die um uns herumwuselten. Sie starrte auf die Dose, als wäre es ein Gegenstand, den Aliens hinterlassen hatten.

„So halbwegs.“ Sie wandte sich zu mir um und fixierte mich mit ihren Augen, die jetzt beinahe türkis waren. „Du musst nach Cornwall fahren. Du musst die Bohrarbeiten stoppen.“

„Ja, ich weiß, ich habe dich neulich auch schon verstanden“, sagte ich unbehaglich. „Umweltverschmutzung. Sterbende Seevögel.“

„Nein! Nicht nur das. Schlimmer. Es wird Tote geben. Boomgardt Energy muss gestoppt werden, glaub mir.“

Ich starrte sie an. „Hector würde nichts tun, was Leute verletzt“, sagte ich. Es überraschte mich selbst, dass ich für ihn

eintrat. Okay, er hatte mein Leben verändert, obwohl ich das überhaupt nicht wollte, aber deshalb war er ja nicht automatisch eine Art machtbesessener Gangster.
„Hör mir zu!“, sagte sie und wirkte eher ängstlich als wütend. „Es ist völlig egal, was du von Hector hältst. Er ist in diese Sache verwickelt. Du musst ihn daran hindern, weiterzubohren!“
Ich stöhnte auf. „Das kann ich nicht. Die Eröffnung ist sogar noch zwei Wochen vorverlegt worden. Es sind nur noch ein paar Tage.“
Sie sprang auf. „Dann haben wir keine Zeit zu verlieren.“
„Als würde er auf mich hören“, murmelte ich. „Und selbst wenn – dann ist da immer noch der Aufsichtsrat, der das letzte Wort hat. Hector kann keine Entscheidung fällen, wenn die anderen nicht zustimmen.“
Sie zerquetschte die Dose in den Händen. Ich zuckte zusammen, aber sie schien das nicht zu bemerken. „Du verstehst das nicht – es geht nicht nur um die Umwelt. Die ganze Welt wird darunter leiden. Es wird da etwas entfesselt.“
„Aber ich kann nichts dagegen machen.“
Sie sah aus, als würde sie jeden Augenblick in Tränen ausbrechen. Oder mir einen Karateschlag versetzen, weil ich nicht tat, was sie wollte.
„Wie heißt du?“, platzte ich heraus.
Sie schnaufte, als wäre das nicht wichtig. Für mich war es das aber. „Du wirst meinen Namen nicht aussprechen können.“ Sie rümpfte die Nase, was richtig nett aussah. „Du könntest mich vielleicht Ellie nennen.“

„Ellie.“ Das gefiel mir. „Wirklich, wenn ich was tun könnte, würde ich es machen, glaub mir.“

Sie sah mich hoffnungsvoll an. „Du könntest Hector eins überziehen. Wamm! Dann würde es keine Bohrarbeiten geben.“

„Er ist es ja nicht allein. Und außerdem ist er mit meiner Mum verheiratet. Das kann ich nicht machen.“

„Ich könnte es tun.“ Sie schien sauer zu sein. „Aber ich darf manche Menschen nicht berühren.“

Mir wurde ganz anders im Magen. „Was bist du denn?“

Sie verdrehte die Augen. Während ich sie ansah, ging eine Veränderung mit ihr vor. Ihre Haut wurde durchsichtig und glitzerte wie Sonne auf dem Wasser. Ihr Haar begann zu wallen wie Gräser in einem Bach. Ich blickte mich um. Keiner von den anderen Schülern nahm Notiz von ihr. Die meisten sahen sogar glatt durch sie hindurch.

„Ellie. El. E. Mentar. Ich bin ein Elementargeist. Kapiert?“

Ich antwortete: „Ach so“, als wüsste ich, was ein Elementargeist ist.

Sie packte mich bei der Schulter und schüttelte mich. Jetzt sah sie sehr elementar aus, was immer das auch war. Seltsam und durchsichtig und glitzernd. Ihre Hände fühlten sich an wie kühles Wasser, ihre Haut kräuselte sich.

„Stoppt die Bohrarbeiten“, sagte sie mit hallender Stimme. „Stoppt Mordred. Sonst sterben wir alle.“

Dann drehte sie sich um und verschwand in der Menge.

Ich hatte unsere Aufgabe gefunden.

16

Wer war Mordred?
Der Name hatte sich in meine Gedanken gegraben und ließ sich nicht mehr vertreiben.
Er raubte mir den letzten Nerv, aber ich wusste nicht warum. Beim bloßen Gedanken an ihn begann es in meinen Fäusten zu kribbeln. Buchstäblich. Das Mal auf meiner Handfläche juckte schon wieder. Bis ich zu Hause war – nachdem Jenson auf der gesamten Heimfahrt die Nase gerümpft und mit dem Raumdeo herumgesprüht hatte –, hatte ich so sehr daran gekratzt, dass sich schon ein Kruste bildete.
Meine Laune war im Keller.
Mum merkte nichts davon. Sie flitzte in der Küche hin und her und bereitete das Abendessen zu. Edwin hatte sich an den Tisch gelümmelt und polierte Teile seiner funkelnagelneuen Ausrüstung für Sandhurst. Hector las, aber als ich mich ihm gegenüber auf einen Stuhl fallen ließ, senkte er die Zeitung.
„Michael!“ Es wirkte immer noch ähnlich gestresst wie gestern Abend. Eines seiner Augen zuckte ein bisschen. „In der Schule alles in Ordnung?“
Einen Augenblick dachte ich, er wüsste, was passiert war. „Wieso?“
„Hast du es geschafft und bist mal einen Tag lang nicht verprügelt worden?“, höhnte Edwin.

Mum warf ihm einen warnenden Blick zu.
Hector deutete auf meinen Blazer. „Du siehst ziemlich ramponiert aus." Er rümpfte die Nase. „Und du stinkst ein bisschen, Junge. Du solltest später noch duschen, ja?" Er stand auf und schlurfte mit hängenden Schultern aus der Küche.
„Was ist denn mit Hector los?", fragte ich Mum.
Sie schnitt gerade zwei dicke Scheiben Krustenbrot ab. „Stress. In der Presse stehen immer noch jede Menge bösartige Schlagzeilen über die Bohrarbeiten in Cornwall."
Sie packte ein brutzelndes Steak zwischen die Brotscheiben, legte das Sandwich auf einen Teller und stellte ihn vor mich auf den Tisch. „Iss. Heck und ich gehen aus und schauen uns *Les Misérables* an."
Mum liebte die Musicals im West End. Sie summte eine der Melodien vor sich hin, während sie hin und her eilte. Meine Stimmung wurde noch finsterer. Mum hatte keine Ahnung, was ich heute durchgemacht hatte. Am liebsten hätte ich ihr alles erzählt und sie ein bisschen schockiert, aber ich wusste, dass ich das nicht tun durfte. Sie würde denken, ich hätte nach Dads Tod einen posttraumatischen Schock erlitten oder würde mir wilde Sachen ausdenken, um Aufmerksamkeit zu bekommen. In beiden Fällen würde sie sich bloß Sorgen um mich machen.
Also nagte ich an meinem Sandwich und ließ mir Ellies Worte immer und immer wieder durch den Kopf gehen.
„Stoppt Mordred. Stoppt die Bohrarbeiten", hatte sie gesagt. Wie konnte ich jemanden stoppen, von dem ich noch nie

etwas gehört hatte? Wie konnte ich ein millionenschweres Unternehmen daran hindern zu tun, was es wollte? Und überhaupt, was war denn das große Problem mit den Bohrarbeiten, wenn es nicht um Umweltfragen ging?

Ich lehnte mich zurück und kaute auf meinem Steak herum. Ich brauchte mehr Info. Ich musste herausfinden, wie Hector in diese Sache verwickelt war. Wie aufs Stichwort kam er zurück und fummelte an seiner Fliege herum.

„Heck?"

Er sah mit leerem Blick auf, als hätte er vergessen, dass ich da war. „Hm?"

„Wir haben heute in der Schule unseren Öko-Kurs gehabt", sagte ich und hoffte, dass der Trick funktionieren würde. „Unsere Lehrerin meinte, es wäre gar nicht nötig, in Cornwall nach Öl zu bohren. Sie sagt, es gäbe andere Orte, wo Bohrarbeiten weniger Auswirkungen auf die Umwelt haben würden." Ich warf ihm einen unschuldigen Blick zu. „Was sollte ich ihr darauf antworten?"

Kurz schien Verärgerung in seiner Miene aufzublitzen, aber dann wurde mir klar, dass es eher Verlegenheit war.

Er antwortete eine Weile nicht, ließ sich von Mum seine Fliege binden und sagte dann: „Ich hatte keine Wahl. Der Vorstand hat sich für Cornwall entschieden. Wir müssen tun, was für das Unternehmen am besten ist. Dagegen kann ich nicht argumentieren."

„Ich dachte, du könntest machen, was du willst", erwiderte ich. Unter anderem meine Mum heiraten, fügte ich im Stillen hinzu, während Mum sich weiter um seine Fliege kümmerte.

Meine Laune wurde immer finsterer. „Ich finde, dass die Protestierer recht haben."
„Werd endlich erwachsen", höhnte Edwin. „Was bist du jetzt – irgend so ein Öko-Krieger?" Er kicherte. „Oh, Michael, unser Baumfreund."
Mum ging rasch dazwischen. Mit einem Knall stellte sie einen Teller vor Edwin hin. „Es ist gut, wenn man sich für die Welt interessiert, Edwin. Kein Grund, Michael zu verspotten."
Wenigstens eine Person war auf meiner Seite.
„Die Sache ist die, Mike", sagte Hector, während Mum zu ihm zurückging und ihm den Hemdkragen zurechtzupfte. „Ich weiß, es klingt einfach. Wir hören mit den Bohrarbeiten auf, und schon ist die Welt besser. Aber diesmal ist es anders."
„Vielleicht finden die Öko-Krieger eine Methode, wie sie die Bohrarbeiten stoppen können", sagte ich und funkelte Edwin an. „Möglicherweise gibt es irgendwo im Gesetz eine Lücke."
Hector schüttelte den Kopf. „Dafür ist es zu spät. Nichts kann die Arbeiten mehr aufhalten."
„Jetzt lasst es gut sein", sagte Mum und warf mir einen ihrer warnenden Blicke zu. Ich wusste, dass mein Verhalten sie nervös gemacht hatte, denn sie fing an, wie wild eine der Arbeitsflächen sauber zu wischen, als wollte sie ein Loch reinscheuern. Zumindest hatte sie aufgehört, an Hector rumzuzupfen.
„Ich kann einfach nicht glauben, dass du nicht auch dagegen protestierst", sagte ich zu ihr. „Du warst doch früher mal grün."
Sie schaute mich nicht mal an. „Du weißt ja nicht, wovon du redest, Michael."

„Ja, er glaubt wohl, dass der ganze Vorstand auf den lieben kleinen Mikey hört und einfach zusammenpackt und nach Hause geht!“ Edwin jaulte vor Lachen. „Boomgardt ist eine Ölgesellschaft, du Volltrottel. Das ist deren Geschäft.“
„Die Dinge ändern sich.“ Mum bedachte Edwin mit einem kühlen Blick. „*Dieses* Mal hat Hector keine Wahl. Aber danach kann er sich für erneuerbare Energie einsetzen.“
Edwin schnaubte. „Windräder? Die werden niemals einen Gewinn abwerfen.“
„Ich denke, da irrst du dich“, antwortete Mum.
Und dann stürzten sich alle in eine heftige Diskussion über erneuerbare Energien. Ich lehnte mich zurück und beobachtete Hector. Er fummelte immer noch an seiner Fliege herum und schaute unbehaglich. Je länger ich ihn beobachtete, desto klarer wurde mir, dass Ellie recht hatte. Hier lief noch was anderes ab.
Vielleicht war Mordred jemand aus dem Vorstand. Der Name klang irgendwie skandinavisch. Es sah ganz so aus, als benutzte jemand Hector, ob er es merkte oder nicht.
Ich schob den Teller von mir weg. Ich hatte keinen Appetit, alles roch und schmeckte sowieso nur nach Krebs.
„Ich geh duschen“, sagte ich.
Während ich mir die letzten Spuren der Crabzillas abwusch, fasste ich einen Plan. Wenn es Hunderten von Protestierern nicht gelungen war, Boomgardts Bohrarbeiten zu stoppen, hatte ich auch keine Chance. Ich musste handeln.
Was ich als Nächstes tun würde, war schlicht falsch, aber ich hatte keine andere Wahl.

17

Als Mum ausgehfertig war, hatte ich mich bereits wieder in den Mustersohn zurückverwandelt. Ich saß auf dem Sofa im Wohnzimmer und machte auf meinem Laptop Hausaufgaben. Mum kam in einem Designerkleid hereingeschwebt und trug die Sorte von Schuhen, die nur aus drei oder vier dünnen Riemchen bestehen, aber Hunderte von Pfund kosten. Sie gab mir einen Kuss auf den Scheitel.

„Vertragen wir uns wieder?"

„Ja", sagte ich und lächelte sie an. „Wo ist Edwin?", fragte ich ganz beiläufig.

„Er ist mit Mandarine weg …" Sie grinste, und ich lächelte zurück. „Ich meine Clementine. Irgendein besonderes Abendessen für die neuen Kadetten in Sandhurst. Er kommt heute Abend nicht mehr zurück. Aber wir sind nach Mitternacht wieder da. Hoffentlich langweilst du dich nicht."

„Bestimmt nicht." Was die Wahrheit war.

Vom Fenster aus beobachtete ich, wie Mum und Hector mit Jenson wegfuhren. Ich wartete ein paar Minuten, und dann schlich ich auf Zehenspitzen den Flur hinunter zu Hectors Arbeitszimmer. Das Tastenfeld neben der Tür blinkte rot.

Ich bin zwar kein Mathematiker, aber ich ahnte, dass es ungefähr eine Million mögliche Zahlenkombinationen geben musste. „Gav, wo bist du, wenn ich dich mal brauche?", murmelte ich. Wenn ich Hectors Gedanken lesen könnte, würde ich den Code kennen. Ich schloss die Augen und versuchte, mich daran zu erinnern, wie Hectors Hand sich über die Tastatur bewegt hatte.

Bip-bip. Bip-bip. Bip-bip-bip-bip. Zwei Ziffern, zwei Ziffern, dann vier. Natürlich! Tag, Monat und Jahr. Ein Datum. Und die am leichtesten zu merkenden Daten waren Geburtstage. Ich tippte Hectors ein. Nichts – das rote Lämpchen blinkte weiter. Als Nächstes versuchte ich es mit Mums Geburtstag, dann mit Edwins, sogar mit meinem. Die Tür blieb verschlossen. Vielleicht war es ihr Hochzeitstag? Nein. Ich hämmerte frustriert mit der Faust an die Wand. Wem wollte ich hier was vormachen? Es konnte alles Mögliche sein.

Ein weiteres Datum war in meine Gedanken eingebrannt. Dads Todestag. Der 26. März des letzten Jahres. Ich tippte das Datum ein.

Klick – das Lämpchen wurde grün. Die Tür entriegelte sich.

Ich erstarrte. Wieso sollte Hector den Todestag meines Vaters als PIN-Code für sein Arbeitszimmer auswählen? Ganz schön gruselig, aber irgendwie vielleicht auch sinnvoll. Schließlich war er Dads bester Freund gewesen. Ich packte den Türknauf, zögerte aber immer noch.

Was ich jetzt tun wollte, war ein krasser Vertrauensbruch gegen Hector. Wenn er es je herausbekommen würde, konnte ich ihm ja schlecht erklären, dass mir ein Elementargeist mit grünen Haaren diesen Auftrag gegeben hatte. Ich musste lächeln, als ich an Ellie dachte. Sie schien wegen dieses

Mordred-Typen so sicher zu sein. Da konnte ich sie nicht enttäuschen.

Meine Hand drehte den Türknauf, und ich trat ein.

Die Leuchtreklame vom Haus gegenüber erhellte den Raum, sodass ich keine Lampe einschalten musste. Zuerst ging ich nur umher und versuchte, all meinen Mut aufzubringen, um die Schreibtischschubladen aufzuziehen. Ich fuhr mit den Fingern über die japanische Rüstung. Ihre matte Oberfläche aus Leder und Lack war mit Dellen übersät, als hätte sie schon Angriffe von ganzen Bataillonen von Schwertern und Pfeilen überdauert. Ich untersuchte den Gesichtsschild und stellte mir vor, wie es wohl wäre, durch die Schlitze hinauszuschauen, während man in die Schlacht ritt.

Schließlich saß ich dann aber auf Hectors Stuhl und starrte auf die Schubladen. Ich hatte sie noch nicht einmal aufgezogen und hatte schon ein schlechtes Gewissen. Zuerst versuchte ich es bei der linken Schublade, die nicht verschlossen war. Ich wartete darauf, dass jeden Augenblick ein Alarm losheulen oder dass ich einen Blitz sehen und das Klicken einer versteckten Kamera hören würde. Aber nichts geschah. In der Schublade fand ich nur einen Stapel von Ordnern und Mappen. Vorsichtig hob ich eine hoch und klappte sie auf. Dann legte ich sie zurück. Wenn da drin etwas Nützliches zu finden war, würde ich es nicht kapieren. Für mich war das nur eine verwirrende Ansammlung von Kurven und Tabellen und Berechnungen. Ein rascher Blick in die anderen Ordner zeigte mir, dass ihr Inhalt ähnlich war: Wirtschaftswissenschaft und Chemie.

Das taugte gar nichts. Ich musste etwas finden, das mit helfen würde, die Bohrarbeiten zu stoppen. Oder irgendwas vom Vorstand, das zeigte, dass Hector von denen gesteuert wurde. Oder irgendein Dokument, in dem Mordred erwähnt wurde.
Es fiel mir schwer, mich zu konzentrieren. Hinter meinem Kopf hing diese Dämonenmaske an der Wand. Ich meinte, einen eisigen Lufthauch im Nacken zu spüren, als atmete die Maske auf mich. Doch dann sah ich den Vorhang wehen und begriff, dass der Luftzug vom geöffneten Fenster kam. Hector hielt es anscheinend für sicher, das offen zu lassen – wer würde auch zehn Stockwerke eine glatte Außenwand hochklettern?
Ich stellte meinen Hemdkragen auf und zog die andere Schublade auf. Darin lag ein Stapel geöffneter Umschläge, die mit einer Flügelklammer zusammengehalten wurden.
Briefe waren gut. Ich nahm den ersten heraus und überflog ihn. Irgendetwas machte hinter mir ein Geräusch, und ich spürte wieder diese roten Augen im Nacken.
„Das bildest du dir nur ein!“, zischte ich mir zu. Es war nur eine blöde, böse Trickmaske, die leichtgläubigen Leuten Angst einjagen sollte.
Ich schnappte mir einen weiteren Umschlag.
„Du hältst dich wohl für superschlau“, flüsterte eine spöttische Stimme.
Mein Herz begann zu hämmern. Ich wollte alles liegen und stehen lassen, zur Tür rennen und nie wieder zurückkommen – aber ich konnte nicht.
Ich holte tief Luft. Ich schloss die Augen und wirbelte den Stuhl herum. Dann zwang ich mich, die Augen zu öffnen.

Die Maske starrte mich an. Ich starrte zurück wie das Kaninchen vor der Schlange.

Ich wartete darauf, die Stimme wieder zu hören, aber das Schweigen dauerte an. Schließlich atmete ich lange und pfeifend aus und schaffte es, meinen Blick von den böse funkelnden Augen loszureißen. Ich hatte mir wohl nur eingebildet, eine Stimme zu hören. Trotzdem packte ich mir den Schal, den Hector auf der Rückenlehne seines Stuhls hängen lassen hatte, und warf ihn rasch über die Maske.

Dann wandte ich mich wieder zum Schreibtisch um, nahm alle Umschläge und breitete sie nebeneinander auf der Tischplatte aus.

Meine Hand schwebte über einem, der einen Poststempel aus Cornwall trug. Quer über den oberen Teil des Umschlags war ein Logo gedruckt: James Mackie, Umweltberater. Und quer über den unteren Teil waren handschriftlich die Worte WICHTIG – ZUR DRINGENDEN VORLAGE BEI HECTOR BOOMGARDT gekritzelt. Ich holte tief Luft und zog ein Blatt aus dem Umschlag.

Der Brief trug das Datum von vor einigen Monaten.

Lieber Hector, begann er.

Bezug nehmend auf unseren Briefwechsel vom bla bla bla …

Ich las mit sinkendem Mut weiter, denn er schwafelte nur von Umweltprüfungen. Fakten und Zahlen schwirrten mir vor den Augen und ergaben überhaupt keinen Sinn.

Dann wurde der Brief persönlich.

Hector, wir kennen uns jetzt schon viele Jahre, und dies ist das erste Mal, dass du mein Urteil anzweifelst. Aber ich muss es noch einmal wiederholen, und du kannst mir glauben, dass ich die Zahlen und Messungen unzählige Male durchgerechnet habe – ich habe keine Ölvorkommen in der Gegend um Tintagel gefunden. Mehr noch, meiner Meinung nach ist die Region vor der Küste dort zu gefährlich für Bohrarbeiten. Sie ist durchsetzt mit unterirdischen Höhlen, die jederzeit einstürzen könnten.

Ich starrte auf die Worte und las sie erneut. Und dann noch einmal, um absolut sicher zu sein.

Das war's. Das war der schlagende Beweis.

Warum bohrte Boomgardt Energy nach Öl, obwohl man bei den Messungen keines entdeckt hatte? Und der Meeresboden instabil war? Ich war mir sicher, dass Hector von sich aus nichts Gefährliches tun würde – außer man zwang ihn dazu.

Ich nahm mein Handy heraus und fotografierte den Brief schnell. Dann steckte ich ihn in den Umschlag zurück, klammerte alles wieder zusammen und legte den Stapel in die Schublade.

„Was jetzt?", dachte ich. Wem sollte ich davon erzählen?

Da hörte ich ein vertrautes Geräusch. Jemand schloss die Wohnungstür auf!

Ich erstarrte zur Statue und lauschte. Mum und Hector konnten es nicht sein, die würden noch Stunden fortbleiben. Vielleicht war es Jenson oder die Putzfrau.

„He, Michael", rief Edwins Stimme. „Clementine fühlt sich nicht wohl, wir wollen uns ausruhen." Es folgte eine Pause, und dann, ein wenig ungeduldig: „Michael? Antworte gefälligst!"

Ich blieb mucksmäuschenstill. Schweißperlen rannen mir übers Gesicht. Dann hörte ich ihn etwas leiser sagen: „Er muss aus dem Haus gegangen sein.“
Ich fiel vor Erleichterung beinahe in Ohnmacht. Jetzt musste ich nur hier drinbleiben und mich später rausschleichen, sobald die beiden zu Bett gegangen waren.
Es hätte auch funktioniert – wenn nicht in meiner Hosentasche eine kleine Melodie losgeplärrt hätte.
Mein Handy!
Ich zog es raus. Es war Mum, die wahrscheinlich nachfragen wollte, ob es mir gut ging. Ich schaltete auf Voicemail um. Hatte Edwin es gehört? Ich hielt die Luft an. Edwin würde mich umbringen, wenn er mich hier fände.
„Michael?“
Ich schoss hinter dem Schreibtisch hervor, als er mit seinen riesigen Plattfüßen den Flur entlangstampfte. Es würde ihm ganz bestimmt nicht entgehen, dass die Tür zum Arbeitszimmer offen stand. Einen Augenblick später blieb er stehen.
„O je“, sagte er mit grausamem Triumph in der Stimme. „Da wollen wir mal hoffen, dass du nicht im Arbeitszimmer meines Dads bist.“
Ich saß in der Falle. Aber Moment mal. Ich schaute zum Fenster. Vielleicht hatte ich eine winzige Chance, hier noch rauszukommen.
Edwin schob die Tür auf.

18

Die Nacht war kalt. Ein eisiger Wind zerrte an mir.

Zehn Stockwerke weiter unten fuhren Taxis und Privatautos die Park Lane auf und ab. Ich versuchte, einen besseren Stand zu bekommen, aber der Stein war alt und bröckelig und nur wenige Zentimeter breit. Das Gleiche galt für das schmale Sims auf Augenhöhe, an dem ich mich festhielt. Meine Finger wurden schon langsam blau, so fest umklammerten sie den Stein.

„Versteckst du dich? Das will ich dir nicht geraten haben!“, hörte ich Edwins Stimme wenige Meter entfernt im Arbeitszimmer. Ich drückte mich an die Außenmauer, als eine weitere Bö versuchte, mich von meinem winzigen Mauervorsprung zu saugen.

Edwin durchsuchte immer noch das Zimmer nach mir. Wenn er aus dem Fenster sah, war ich erledigt.

Der Balkon vor meinem Schlafzimmer war nur wenige Meter entfernt. Ich musste mich nur vorsichtig über diesen schmalen Steinvorsprung vorwärtstasten, während der Wind versuchte, mich in den sicheren Tod zu reißen, und dann hätte ich es geschafft. Ich schob mich ein, zwei Schritte vorwärts und betete, dass Edwin sich nicht plötzlich aus dem Fenster lehnen würde. Ich versuchte, mich stetig weiterzubewegen, aber ich

bekam Wadenkrämpfe, und meine Finger wurden taub. Lange würde ich mich nicht mehr halten können. Ich drehte den Kopf, um zu sehen, wie weit ich schon gekommen war, und hätte beinahe vor Schreck losgelassen. Aus der Dunkelheit grinste mich ein Albtraumgesicht mit weit aufgerissenem Maul und Glubschaugen an.
Plötzlich verblasste die Park Lane unter mir. Ich floh über einen noch viel höheren, tückischen Felsvorsprung an der Flanke eines Berges, und ein riesiges Ungeheuer mit Flügeln wie aus Leder und einem Atem, der mich in wenigen Augenblicken in ein Aschehäufchen verwandeln konnte, näherte sich mir unaufhaltsam in der Dunkelheit.
Ich kehrte in die Gegenwart zurück, auf das Sims hoch über der Park Lane, und ich erkannte das Gesicht vor mir. Es war einer der Wasserspeier am Dach. Ich hatte die vom Balkon aus schon gesehen, war aber noch nie so nah an sie herangekommen.
Das eben war wohl eine Erinnerung aus der Vergangenheit gewesen. Und wenn ich schon einmal einem Drachen an einem Berghang entkommen war, würde ich es doch auch über dieses Sims zu meinem Zimmer schaffen.
Ich bewegte mich schneller, versuchte dabei die Autos und Menschen unter mir zu vergessen und mir nicht vorzustellen, wie ich mitten zwischen ihnen aufklatschen würde, wenn ich den Halt verlor. Ich konnte immer noch hören, wie Edwin in Hectors Arbeitszimmer herumlärmte, vor sich hinmurmelte und mich verfluchte. Mit brennenden Armmuskeln machte ich einen letzten verzweifelten Satz zum Balkon, packte das

Geländer gerade noch rechtzeitig, und als meine Beine schon beinahe unter mir nachgaben, hievte ich mich über die Brüstung und rollte auf den Balkon. Benommen taumelte ich in mein Zimmer und sackte auf dem Bett zusammen.

Ich war noch nicht aus dem Schneider. Ich gestattete mir zwei, drei tiefe Atemzüge, dann stand ich auf, zog meinen Morgenmantel über, verwuschelte mir das Haar und tappte verschlafen auf den Flur.

„Was ist denn los?“, rief ich missmutig und hielt mir die Hand vor Augen, als blendete mich das Licht. „Könntet ihr vielleicht ein bisschen leiser sein? Ich versuche zu schlafen.“

Meine Augen waren gerade weit genug geöffnet, um zu sehen, wie Edwin mich von der Tür zu Hectors Arbeitszimmer aus wütend anglotzte. Clementine glotzte aus dem Wohnzimmer.

„Oh.“ Edwin glotzte noch ein bisschen weiter. Er schaute zu Clementine. „Wo ist der hergekommen?“

„Aus seinem Zimmer.“

Das brachte Edwin für einen Augenblick aus dem Tritt. Dann fragte er: „Warum ist die Tür hier offen?“

Ich zuckte die Achseln und gähnte. „Woher soll ich das wissen?“, murmelte ich. „Ich geh wieder ins Bett.“

Ich machte die Zimmertür hinter mir zu, lehnte mich dagegen und reckte triumphierend die Faust in die Höhe.

Das konnte ich schon ziemlich gut. Mit Monstern kämpfen, aus Fenstern klettern, Edwin zum Narren halten. Obwohl der letzte Punkt eigentlich nicht zählte, denn Edwin zum Narren zu halten, das war wirklich nicht schwer.

19

Wie vorauszusehen, hielt meine Glückssträhne nicht an. Am nächsten Morgen war ich eben durch das Schultor gegangen, als schon Miss Fays glänzendes blondes Haar in Sicht kam, dazu natürlich auch noch der Rest von ihr, in schwarze Motorradlederkluft gehüllt.

Sie bahnte sich einen Weg durch die letzten Schüler, die in die Schule hasteten, und steuerte geradewegs auf mich zu, während ich beim Tor auf Safi und Gav wartete.

„Komm her."

Ich setzte einen unschuldigen Blick auf. „Wer, ich, Miss?"

Sie stemmte die Hände in die Hüften und fixierte mich mit glitzernden Augen.

„Warum warst du gestern Nachmittag nicht im Unterricht?"

Ich kreuzte die Finger hinter dem Rücken. „Mir war schlecht, und ich bin nach Hause gegangen, Miss. Hat Ihnen das Sekretariat nicht Bescheid gesagt?"

Sie warf mir einen dieser „Ach wirklich?"-Blicke zu, die Lehrer draufhaben, wenn sie einem kein Wort glauben. „Warum hat man mir dann gesagt, dass du den ganzen Nachmittag auf dem Schulgelände warst?"

Ich behielt meine Unschuldsmiene eisern bei. „Wer hat Ihnen das denn gesagt, Miss?"

„Das tut nichts zur Sache."

Ich sah mich schnell um und erspähte Nathan, der herumlungerte und uns belauschte. Er grinste.
„Ahem", räusperte sich Miss Fay. Ich wandte ihr wieder meine Aufmerksamkeit zu. „Also, sag die Wahrheit. Was hast du gemacht?"
„Okay, ich bin nicht nach Hause gegangen. Ich war ein bisschen gestresst." Das zumindest stimmte. Kämpfe mit Killerkrebsen waren eindeutig stressig. „Ich bin in die Bibliothek gegangen, weil es da so friedlich und ruhig ist."
Sie schüttelte den Kopf. „Versuch's noch mal. Wir hatten eine Beschwerde von Courtneys Mutter. Sie sagt, du hättest sie in irgendwelche Schwierigkeiten gebracht und schlimm erschreckt."
Ich starrte sie entsetzt an.
„Der Direktor sagt, dass es deine letzte Warnung ist. Noch eine Prügelei, noch eine verpasste Unterrichtsstunde, und wir müssen uns härtere Strafen als nur Nachsitzen ausdenken."
Sie ging fort. Ich wünschte mir, der Boden würde sich auftun und mich verschlingen. Mum wäre bitter enttäuscht, wenn ich von der Schule flöge.
Doch all das vergaß ich sofort, als Safi und Gavin mit vor Aufregung leuchtenden Augen durch das Schultor spazierten. Gav blödelte herum und hatte die Finger seiner rechten Hand an die Schläfen gelegt wie einer von diesen Psycho-Gurus im Fernsehen.
„Sag's ihm, Michael", lachte Safi. „Er liest ständig meine Gedanken. Nichts kann ich mehr für mich behalten!"

„Und sie stemmt dauernd Sachen in die Luft“, erwiderte Gav. „Auf dem Schulweg hat sie ein Auto hochgehoben, weil sie dachte, eine kleine Katze würde drunter feststecken.“

„Hätte doch sein können“, meinte Safi. „Jedenfalls ist es gutes Training.“ Ihr Lächeln schwand. „Wer weiß, wann wir das nächste Mal attackiert werden.“

„Ich mach mir keine Sorgen“, meinte Gavin. Er sah sich um, die Finger noch immer an die Schläfen gedrückt. „Stellt euch nur vor, was für einen Spaß ich haben werde. Die Gedanken von so vielen Leuten zu lesen! Und die Klassenarbeiten, bei denen ich pfuschen kann!“

Safi schaute entrüstet. „Du darfst doch deine Kräfte nicht für Betrügereien einsetzen!“

Gavin ignorierte sie. „Mike, ich habe versucht, bei dir anzurufen“, sagte er. „Warum bist du nicht rangegangen?“

Ich suchte in meiner Tasche. „Ich muss mein Handy zu Hause vergessen haben.“

Wir gingen zusammen ins Schulgebäude. Als Erstes stand die Schülerversammlung an, also machten wir uns auf den Weg zur Aula.

Unterwegs erzählte ich den beiden in Kurzfassung von den gestrigen Ereignissen – von dem grünhaarigen Mädchen, von ihrer Warnung, von Hectors seltsamem Verhalten und dann vom Durchsuchen von Hectors Schreibtisch und dem Brief.

Sie blieben stehen und glotzten mich an. Die anderen Schüler drängelten und schoben sich an uns vorbei in die Aula. Jeden Augenblick würde die Schülerversammlung anfangen.

„Ich glaube, dafür wurden wir zurückgeholt", sagte ich. „Um die Bohrarbeiten in Cornwall zu stoppen."

„Und was passiert, wenn wir's nicht tun?", fragte Gavin.

„Was Schlimmes." Wir gingen weiter in Richtung Aula. „Hector wird irgendwie fremdgesteuert. Der Vorstand führt was im Schilde und benutzt dazu jemanden namens Mordred." Bei der Erwähnung dieses Namens ballten sich meine Hände wieder zu Fäusten.

Safi packte mich beim Arm. „Mordred?"

Ich nickte. „Das Mädchen hat gesagt, den müssen wir stoppen." Ellies Gesicht schwebte mir vor Augen.

„Nie gehört", sagte Gavin.

„Ich schon", erwiderte Safi grimmig. „Und er arbeitet nicht für den Vorstand von Boomgardt."

„Du weißt, wer das ist?"

Sie zog ein Buch aus ihrer Tasche und wedelte Gavin und mir damit vor der Nase herum. „Ich bin in die Bücherei gegangen und habe alle Bücher ausgeliehen, die ich über König Artus und seine Tafelrunde finden konnte." Sie blätterte in dem Buch und zeigte dann auf ein Kapitel.

„Mordreds Verrat", las Gavin.

Sie ließ das Buch zuschnappen, als könnte sie es nicht mehr ertragen, diesen Namen zu sehen. So besorgt hatte ich sie noch nie erlebt. „Mordred war ein mächtiger Zauberer und die Nemesis von König Artus. Er ist der Einzige, der Artus' Seele auf ewig zerstören kann."

„Genau was wir brauchen – noch einen Feind!", rief Gavin und guckte schockiert. „Was machen wir jetzt?"

Ich antwortete ihm nicht. Etwas anderes hatte meine Aufmerksamkeit erregt. Gerade kam Nathan durch die Tür vom Schulhof herein. Er hatte offenbar ein neues Opfer gefunden, das er drangsalieren konnte. Es war Courtney. Sie kam ängstlich durch die Tür geschlichen, in einer schäbigen Schuluniform und mit strubbeligen Haaren. Ihre Arme hatte sie schützend um den Leib geschlungen.

Nathan ging einige Schritte rückwärts, hielt sich die Nase zu und rief: „Igitt, findet ihr nicht auch, dass hier was ganz furchtbar stinkt?"

Ich konnte den Anblick seines gestriegelten Haars, seines höhnischen Lächelns, seiner schicken Schuluniform und seiner ordentlich geknoteten Krawatte nicht mehr ertragen. Diesmal hatte er sich das falsche Opfer für seine Schikaniererei ausgesucht.

Ich rannte zu ihm hin und riss ihn herum. „Lass sie in Ruhe, oder ich schlag dich k. o.", drohte ich.

Ein paar Siebtklässler, die hinter Courtney durch die Tür gekommen waren, blieben stehen und gafften furchtsam und aufgeregt.

Nathan verdrehte die Augen. „Nein, machst du nicht."

„Wetten dass?"

„Du hast gerade erst deine letzte Warnung gekriegt. Du wirst dich doch nicht mit mir prügeln?"

Ich merkte, dass Safi mich beim Arm nahm. „Lass es gut sein, Michael. Du kommst nur in größere Schwierigkeiten."

„Die Unschuldigen schützen. Den Freundlosen ein Freund sein", murmelte ich vor mich hin.

Gavin packte meinen anderen Arm. „Mit dem stimmt was nicht, Mike“, flüsterte er. „Ich kann seine Gedanken nicht lesen. Ich glaube, das ist eine Falle.“

„Das ist mir egal. Dem muss mal jemand eine Lektion erteilen.“

Ich schüttelte Gav und Safi ab, holte weit aus und schlug nach Nathan. Der sprang leichtfüßig aus dem Weg, hieb nach mir und traf mich hart in die Rippen. Mir blieb die Luft weg. Ich beugte mich vornüber und hielt mir die Seiten, aber er ging schon wieder zum Angriff über. Also biss ich einfach die Zähne zusammen und schlug los. Als meine rechte Faust auf seine Schulter traf, explodierte ein stechender Schmerz in dem Brandmal auf meiner Handfläche.

Ich ließ die Hand sinken. Nathan hüpfte um mich herum, als wäre er bereits der Champion, aber ich drehte mich blitzschnell zu ihm und traf ihn mit einem Kinnhaken.

Er wirbelte herum und funkelte mich wütend an. „Also gut, dann kämpfen wir richtig“, sagte er.

Während die Klänge der gemeinsam gesungenen Lieder aus der Aula herüberwehten, fochten Nathan und ich unseren Kampf auf dem Flur aus, umgeben von Siebtklässlern, die uns anfeuerten. Mit jedem Schlag rückte Nathans Sieg näher. Meine rechte Hand pochte vor Schmerzen und war zu nichts zu gebrauchen. Schließlich versetzte Nathan mir einen Hieb und stellte mir gleichzeitig ein Bein, und ich landete platt auf dem Rücken. Wie der Blitz war er über mir und holte mit der Faust zum Schlag aus. Mit letzter Kraft packte ich ihn bei seinem blödsinnigen Schlips.

Der riss ab, und ich hatte ihn plötzlich in der Hand.
Ich dachte, jetzt würde Nathan völlig durchdrehen. Er war doch, verglichen mit uns anderen, immer wie aus dem Ei gepellt. Aber er drehte nicht durch.
Er hörte auf zu kämpfen. Er rollte von mir herunter, setzte sich auf den Boden und schaute sich blinzelnd um, als hätte er keine Ahnung, wo er war.
Ich rappelte mich auf und warf den zerrissenen Schlips weg. Nathan saß einfach nur da. Ich streckte ihm die Hand hin. „Mach schon, steh auf, ehe jemand kommt und wissen will, warum hier so ein Krach war."
Er nahm meine Hand wie ein Roboter, und ich zog ihn auf die Beine. Er starrte mich ausdruckslos an. Ich schwöre, er wirkte, als hätte ich ihm einen K.-o.-Schlag versetzt, aber die meisten meiner Schläge hatten ihr Ziel verfehlt.
„Was ist denn mit dir los?", fragte ich.
Er antwortete nicht. Er starrte nur weiter vor sich hin.
„Du hast ihm das Hirn zermatscht", sagte eine Siebtklässlerin.
„Das wird gemeldet", sagte eine andere.
„Nicht nötig!" Miss Fay kam aus der Aula und rannte den Flur entlang auf uns zu. Mir rutschte das Herz in die Hose. Sie schob mich von Nathan weg, bürstete ihn ab, strich ihm das Haar nach hinten, schaute ihm in die Augen und runzelte die Stirn. „In mein Zimmer. Sofort." Sie drehte sich zu mir um, und ihre Augen glitzerten. „Ich werde dem Direktor darüber Bericht erstatten. Geh gleich nach der Schülerversammlung in sein Büro." Sie drehte sich um und verschwand.

Safi starrte hinter ihr her. „Und was machen wir jetzt?"
Ich zuckte die Achseln. „Keine Ahnung."
Ich sah mich um. Courtney war verschwunden, aber Nathan hatte sich nicht bewegt. Er stand leicht schwankend mitten auf dem Flur und starrte ausdruckslos hinter Miss Fay her, als hätte er sie noch nie zuvor gesehen und hätte keine Ahnung, wo ihr Zimmer war.
Gavin beobachtete ihn. „Ich sag doch, mit dem stimmt was nicht", wiederholte er. „Jetzt kann ich seine Gedanken lesen. Aber die sind total durcheinander, er weiß nicht, wo er ist und was er hier macht."
Safi beugte sich zum Boden und hob etwas auf. „Was ist das?"
Sie hielt Nathans zerrissenen Schlips in der Hand, aber den meinte sie nicht. Als ich ihm den Schlips vom Hals gerissen hatte, hatte ich noch etwas anderes erwischt. Ich dachte, es wäre ein Stück Schnur, bis Safi es mir in die Hand drückte. Es war keine Schnur, es war eine Halskette aus geflochtenem hellem Haar – es sah aus wie Menschenhaar, aber ich war mir nicht sicher.
„Äh, warum sollte jemand sich so was um den Hals hängen?", fragte Safi.
Ich hielt es Nathan hin. „Was ist das?"
Er betrachtete es blinzelnd. „Woher soll ich das wissen?"
„Das hattest du um den Hals."
Er warf mir unter seinem Haarschopf hervor einen arroganten Blick zu. „Was faselst du da? Wer bist du überhaupt?"
„Seht ihr", meinte Gavin. „Der hat eine Gehirnerschütterung oder so."

Vielleicht hatte ich ihm wirklich das Hirn zermatscht. „Du erinnerst dich nicht? Wir prügeln uns nun schon die letzten zwei Tage. Ich bin Michael Veryan."
Er wurde ganz steif. „Ich habe dich noch nie gesehen. Ich bin doch erst seit heute Morgen auf dieser Schule."
„Du hast vor *zwei* Tagen hier angefangen", sagte ich.
Er schüttelte den Kopf. „Miss Fay hat mich vor einer Stunde eingeschrieben. Lasst mich in Ruhe." Er wanderte kopfschüttelnd den Flur entlang.
„Warte", rief Safi. Sie hielt das dünne Zopfkettchen in der Hand und runzelte die Stirn. „Darüber habe ich auch was gelesen. Wenn du jemanden steuern willst, verhängst du einen Zauber über ihn und bindest ihn dann mit deinem Haar."
Sie rannte hinter Nathan her.
„Er war verhext!"

20

Die alte Bibliothek roch nach Feuchtigkeit und Schimmel, aber zumindest wurden wir diesmal nicht von Crabzillas verfolgt. Wir hatten ein paar Lampen in die Mitte gestellt und wischten nun die Spinnweben fort, um an die Bücher heranzukommen. Wie aus weiter Ferne konnte ich die Geräusche der Schülerversammlung hören. Die Menge applaudierte verschiedenen Leuten, die in dieser Woche Auszeichnungen und irgendwelche Preise gewonnen hatten.

Ich steckte ohnehin schon in riesengroßen Schwierigkeiten, da war es ein Klacks, dass ich wahrscheinlich nachsitzen musste, weil ich die Schülerversammlung geschwänzt hatte.

„Wir müssen die Abteilung über Volksweisheiten finden", sagte Safi.

Gavin stand an der Tür, die Finger an die Schläfen gedrückt, und benutzte seine telepathischen Fähigkeiten, um nach allem zu lauschen, das vielleicht kommen und uns in Stücke hacken wollte. Nathan saß mit verschränkten Armen in der Ecke.

„Ich wünschte, ich wäre nie an diese dämliche Schule gekommen", murmelte er vor sich hin. „Ihr seid doch alle völlig verrückt." Er bedachte die Bibliothek mit einem angeekelten Blick. „Schaut euch doch nur an, wie es hier drinnen aussieht!"

„Kannst du unseren verhexten Freund hier nicht dazu bringen, dass er die Klappe hält?“, zischte Gavin von der Tür. „Der macht mich wahnsinnig.“

Ich ging zu Nathan hinüber. „Nur mit der Ruhe. Das wird sich sicher bald alles klären.“

Er warf mir einen bösen Blick zu.

„Zumindest wissen wir jetzt, warum er seinen Schlips immer so fest zugezogen hat“, meinte Safi, während sie weiter nach dem passenden Buch suchte.

Sie zog einen dicken, in Leder gebundenen Band heraus und klatschte ihn auf den Tisch.

„Das sieht vielversprechend aus. Es hat ein Inhaltsverzeichnis.“ Sie wischte den Staub vom Einband, und man konnte den Titel lesen: *Volkssagen aus aller Herren Länder.*

Sie schlug es auf und fuhr mit dem Finger am Inhaltsverzeichnis entlang. „Dämonen, Dryaden, Elementargeister …“

„Moment!“, rief ich. Dann sagte ich in beiläufigerem Ton: „Was steht da über Elementargeister?“

Safi blätterte zu einer Seite. „Also, das sind die Geister der Luft, des Feuers, der Erde oder des Wassers. Gewöhnlich wunderschöne Mädchen.“

Das passte. Ellie musste ein Wassergeist sein.

„Sie sind raffiniert“, fuhr Safi fort. „Und Menschen verlieben sich anscheinend oft in sie.“ Sie blickte auf. „Warum fragst du?“

„Nichts. Nur so.“

Ich ließ sie weiter das Buch durchblättern und begann, wieder an meiner Hand zu kratzen. Der Schmerz war weg, aber sie juckte noch immer.

„Salz!“ Safi stieß mit dem Finger auf eine Seite. „Wenn wir uns vor dem schützen wollen, der oder das Nathan das angetan hat, brauchen wir Salz.“ Sie überflog die Seite. „Hexen und Dämonen und so können anscheinend aus einem aus Salz gestreuten Kreis nicht ausbrechen.“

„Wir haben im Labor noch welches für die Todessoße“, sagte ich. „Ich hole es.“

Gavin saß im Schneidersitz in der Türöffnung, die Finger immer noch an den Schläfen, und durchsuchte mit seinen Gedanken die Umgebung.

„Spürst du jemanden?“

Er schüttelte den Kopf. „Bis jetzt nicht.“

„Okay, ich bin gleich wieder da.“

Ich flitzte die Flure entlang zum Labor, fand eine Tüte Salz, steckte sie in die Tasche und rannte zurück zur Bibliothek. Ich schwöre, ich habe dazu weniger als zwei Minuten gebraucht, doch als ich zurückkam, war Gavin nicht mehr an seinem Posten, und die Tür war zu.

„Gav?“, flüsterte ich. „Safi?“

Ich schlich zur Tür und lauschte. Schweigen, und dann …

„Holla!“ Ich fuhr zurück, als die Tür sich lautlos und wie geschmiert ganz von allein öffnete. Eine Welle großer Hitze prallte mir ins Gesicht.

„Komm nur herein, Michael, keine Scheu“, sagte Miss Fay.

21

In der kurzen Zeit hatte sich viel verändert. Nathan kauerte in einer Ecke und murmelte vor sich hin. Safi und Gav standen mit dem Rücken an der Wand, als hätte sie jemand dort hingeworfen und festgeklebt. Gav schüttelte kaum merklich den Kopf und versuchte mich mit den Augen auf die Frau aufmerksam zu machen, die mit verschränkten Armen mitten im Raum stand.

„Miss Fay?“, sagte ich verdattert. „Was ist hier los?“

Wir hatten sie ja erst vor wenigen Minuten gesehen, aber nun wirkte sie ganz anders. Sie war in rotes Leder gekleidet, und ihr Haar war nicht mehr zu einem Zopf geflochten, sondern fiel ihr offen über den Rücken. Sie war von einem Hitzeschimmer umgeben, wie man ihn an heißen Tagen über den Straßen sieht. Sie warf mir ein breites Lächeln zu. Das Lächeln eines Hais. „Rate mal.“

„Ich denke mal, Vertretungslehrerin sind Sie nicht“, sagte ich.

Sie klatschte in die Hände und sandte eine Hitzewelle in den Raum. „Schlaues Kerlchen. Du kannst mich Morgana nennen, wenn du willst. Das hast du immer so gemacht.“

Eine Schweißperle rollte mir übers Gesicht. Noch ein Name, bei dem sich meine Hände zu Fäusten ballten. Er bedeutet mir etwas, aber ich konnte nicht sagen was.

Safi stöhnte auf. „Ich hätte es wissen müssen. Morgana le Fay. Die Hexe. Sie hat versucht, König Artus zu stürzen", sagte sie. Sie wollte sich bewegen und hätte sich beinahe von der Wand gelöst, aber Morgana wedelte nur mit der Hand in Safis Richtung, ohne hinzuschauen, und schon wurde Safi wieder an die Wand gesaugt.

Ich dachte an die Halskette aus geflochtenem blondem Haar. „Sie haben Nathan verhext. Warum?"

Sie sah zu ihm hinüber. „Er war der Neue und damit am leichtesten zu erreichen. Ich musste doch dafür sorgen, dass du Probleme kriegst." Sie lächelte. „Und sobald du Probleme hättest, würdest du zu mir kommen, das wusste ich." Sie legte den Kopf ein wenig schief und warf mir ein weiteres giftiges Lächeln zu. „Wirklich, die Finsternis passt doch viel besser zu dir als die Gesellschaft dieser schwächlichen menschlichen Ritter."

„Ich werde niemals so werden wie du."

Sie wirbelte auf dem Absatz herum, schickte damit einen weiteren saunaheißen Luftschwall ins Zimmer und ging mit schweren Schritten zu Gav und Safi hinüber. Sie schnipste mit den Fingern, und beide rangen nach Luft. Ich sah, wie der Putz hinter Safi Sprünge bekam. Morgana erdrückte sie.

„Wage es bloß nicht!" Ich rannte auf sie zu.

Sie drohte mir mit dem Finger, als hätte sie wieder auf „Lehrerin" umgeschaltet – auf „böse Lehrerin". „Ich habe dich gewarnt, Michael. Noch eine Prügelei, und du gehörst mir. Komm zu uns in die Finsternis."

„Nein“, sagte ich, während mir der Schweiß übers Gesicht strömte. Safi wurde ganz rot, aber sie kämpfte mit all ihrer ungeheuren Kraft gegen die Fesseln an. Gav war in einem viel schlimmeren Zustand, er lief bereits blau an, während er um Atem rang.

„All die Wut in dir. Was für eine Verschwendung!“, sagte Morgana. „Du kämpfst doch für dein Leben gern. Du bringst nichts als Ärger.“

„Das findet Merlin nicht.“ Ich umklammerte den Sack mit Salz. „Er wird übrigens jeden Augenblick hier eintreffen“, log ich.

Sie lachte. „Merlin ist ein solcher Langweiler. Der faselt immerzu vom Licht. Die Finsternis macht viel mehr Spaß. Und wir werden schließlich siegen.“

„Nathan“, zischte ich. „Ich brauche Hilfe!“

Er wiegte sich hin und her und murmelte weiter vor sich hin.

„Zu spät!“, rief sie. „Der hat den Verstand verloren. Schon bald wird es deinen beiden Freunden genauso ergehen.“

„Das hättest du wohl gern.“

Ich schaute zu Gav und Safi hinüber. Die Zeit rannte uns davon. Ich musste näher an sie herankommen …

Morgana verengte ihre Augen und schnipste noch einmal mit dem Finger in Gavins Richtung. Die Kraft, die ihn hielt, musste wohl nachgelassen haben, denn er holte tief und keuchend Luft und sackte in sich zusammen, hing aber immer noch an der Wand fest. Morgana schleuderte ihm eine zweite Kette aus geflochtenem Haar um den Hals. Sofort wurden Gavs Augen glasig.

„Lies seine Gedanken“, blaffte sie.
Gav hob den Kopf wie eine Marionette und sah mich mit trübem Blick an. Ich brauchte dringend etwas, das alle anderen Gedanken auslöschen würde. Ellie. Ihr Bild erschien mir mit Leichtigkeit vor Augen.
„Er denkt an ein Mädchen“, sagte Gavin mit Roboterstimme.
Morgana blickte mich kalt an und tippte sich mit einem Finger an die Lippen. „Hm. Du hältst dich wohl für sehr schlau, was, Michael?“
Ich hielt meine Gedanken bei Ellie. Ihrer glitzernden, durchscheinenden Haut, ihren smaragdgrünen Augen. „Ja“, antwortete ich.
Morgana schüttelte den Kopf. „Du hältst dich immer für ach so groß und mächtig!“
Da erschien etwas über ihrem Kopf. Es krachte herunter. Sie sackte in die Knie und brach dann zusammen. Hinter ihr stand Nathan mit dem dicken Buch über Volkssagen in den Händen. Die Hitze ließ ein wenig nach.
„So verteidigt man sich gegen eine Hexe“, sagte er. Er lächelte arrogant und schaute dann auf seine ehemalige Lehrerin hinunter. „Mich verzaubert niemand.“
Safi und Gav lösten sich von der Wand und fielen keuchend und japsend auf die Knie.
Ich streute einen Kreis aus Salz um Morgana, rannte dann zu Gav und riss ihm die Halskette weg. Sofort wurden seine Augen klar, aber vorsichtshalber streute ich noch ein bisschen Salz auf ihn.

Safi erhob sich taumelnd. „Morgana“, sagte sie säuerlich. „Die mächtigste Hexe der Geschichte. Und wir haben gedacht, sie wäre unsere Klassenlehrerin.“
Als hätte sie ihren Namen gehört, atmete Morgana zischend ein, und mit einer einzigen Bewegung erhob sie sich wieder – obwohl sie sich den Kopf hielt und schwankte.
„Das sollt ihr mir büßen“, fing sie an und machte einen Schritt auf Nathan zu. Aber dann berührte ihr Zeh den Salzkreis, und sie kreischte und wich zurück. Sie hatte vorhin schon verärgert ausgesehen, aber nun war ihr Gesicht eine einzige Maske aus Hass. Das Weiße in ihren Augen begann rubinrot zu glühen.
„Das wirst du bereuen!“, schrie sie mich an, und ein Schwall glühend heißer Luft verbrannte mir das Gesicht. Die Luft schimmerte und knisterte, und das Buch, das auf dem Boden lag, ging in Flammen auf.
„Wir müssen hier raus“, zischte Safi.
„Versuch es ruhig mit all deinen Tricks“, sagte ich zu Morgana. „Wir verschwinden hier, und du gehst nirgendwohin.“
Ich nickte den anderen zu, und wir zogen uns zur Tür zurück. Morgana hob eine Hand, und die Tür fiel krachend vor uns zu. Morganas Augen leuchteten wie Feuerglut.
Die Luft brannte mir in den Lungen. „Safi, tritt die Tür ein“, sagte ich. Morgana stieß einen Schrei aus, und die Tür ging in Flammen auf.
„Ich bin enttäuscht“, sagte Morgana. „Ich hatte gehofft, mindestens noch einen *weiteren* Ritter umzudrehen, ehe man mir auf die Schliche kommt.“
„Einen weiteren Ritter?“, keuchte ich.

Morgana deutete mit dem Finger auf Nathan, der sie ausdruckslos ansah. „Wusstet ihr das nicht? Er ist in eurem Team." Ihre Augen waren jetzt wie glühende Kohlen. „Es hätte Merlin wirklich geärgert, wenn ich dich auf Mordreds Seite gezogen hätte. Und ich ärgere ihn *zu* gern. Aber jetzt muss es reichen, dass ich euch alle umbringe."
„Du kannst das Salz nicht überqueren", erinnerte ich sie.
„Aber ich kann mich verwandeln." Sie begann, sich die Hände zu reiben, schneller und immer schneller. Zwischen ihren Fingern stieg Rauch auf. Er begann nun auch, aus ihren Augen und ihrem Mund zu quellen. Sie stampfte mit den Füßen auf, bis die Fliesen unter ihr in Flammen aufgingen. Die züngelten hoch, bis wir Morgana nicht mehr sehen konnten.
Gavin versuchte, zur anderen Seite der Bibliothek zu sprinten, aber mit einem spöttischen Lachen rollte sich Morgana zusammen und schoss dann in die Höhe. Sie flog durch die Bibliothek, zog einen Flammenschweif hinter sich her und schnitt Gavin von uns ab. Die Bücher gerieten sofort in Brand. Ein alter Globus auf dem Tisch explodierte wenige Augenblicke, bevor der Tisch selbst in Flammen aufging. Selbst die Fliesen unter unseren Füßen begannen zu splittern. Wir flohen von einer Ecke zur anderen, aber wir waren zwischen den Flammen gefangen. Ich spürte, dass meine Wimpern glühend heiß waren und mein Haar zu schwelen begann. Safi beugte sich keuchend vornüber, während Morgana hoch über den brüllenden Flammen jaulend an uns vorbeiflog. Sie stürzte sich hinunter und glitt unter der Tür hindurch wie Rauch.
Die Bibliothek war ein flammendes Inferno.

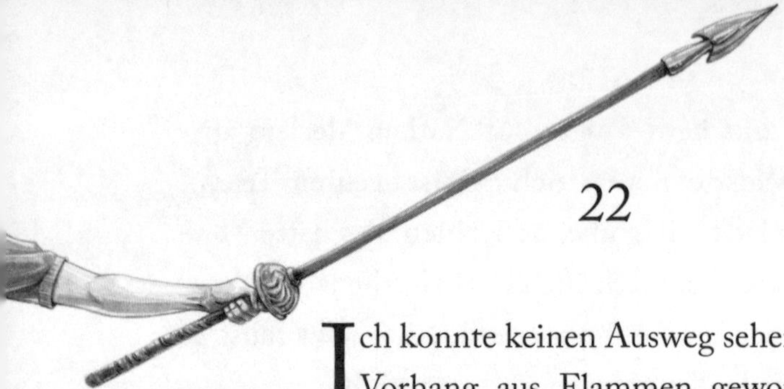

22

Ich konnte keinen Ausweg sehen. Die Tür war ein Vorhang aus Flammen geworden. Der Rauch war bereits so dick, dass ich keuchte. Die einzigen Fenster waren klein und lagen weit oben in der Nähe der Decke. Wir konnten sie nicht erreichen, selbst wenn wir alle Tische aufeinandertürmten.

„Duckt euch ganz nach unten", rief ich den anderen zu. Ich konnte den stechenden Gestank meiner angesengten Haare riechen.

Als wir uns niederkauerten, sah ich etwas durch den Rauch nach oben schießen wie eine Rakete. Von hoch oben hörte man das Klirren von Glas. Sofort wurde der Rauch nach oben gesogen, und die Luft wurde klarer. Jetzt konnte ich das zerbrochene Fenster sehen.

Nathan hockte daneben auf dem Fensterbrett.

„Das ist schon besser", schrie er.

Dann sprang er herunter und landete so leicht wie eine Katze neben uns. Sein Sieg beim *Biest* war also kein Anfängerglück gewesen. Er war ein Ritter, und er hatte eine besondere Kraft. Wie die anderen auch. Also bis auf mich.

Hinter mir hörte ich ein Knallen, und dann das Splittern von Holz.

Safi stand neben den Überresten der brennenden Tür. Wir rannten auf sie zu, aber sie hob den Arm, um uns aufzuhalten.

„Draußen brennt schon alles“, rief sie. „Was jetzt?“
Der Rauch war so dicht, dass wir kaum einen halben Meter weit sehen konnten.
„Arme verschränken und immer ganz unten bleiben“, sagte ich. Ich hörte, wie Nathan in der heißen Luft keuchte. „Zurück ins Musikzimmer“, rief ich. „Wir müssen Alarm schlagen!“
Geduckt und um Atem ringend taumelten wir zur Tür des Musikzimmers. Wir wankten hindurch und schlugen auf unsere schwelenden Kleider. Dankbar füllten wir unsere Lungen mit klarer Luft. Genau in diesem Augenblick begann die Feuerglocke zu schrillen.
Morgana Le Fay hatte ihre Wut nicht nur an uns ausgelassen. Ein Blick aus dem Fenster genügte, und wir sahen eine feurige Spur, die über das Dach der Schule führte, und Rauch, der aus den Fenstern quoll.
Hinter mir war ein kleines Geräusch zu hören, eine Art Japsen. „Habt ihr das auch mitgekriegt?“, fragte ich.
Gav sah mich ausdruckslos an. „Da klingelt eine Feuerglocke. Mehr höre ich nicht.“
Safi packte Nathan beim Ärmel und zog ihn hinter sich her. „Komm schon, du Wunderknabe. Wir müssen hier raus.“ Gavin folgte ihnen, und als sie die Tür öffneten, quoll eine Rauchwolke herein. Sie atmeten noch einmal tief die klare Luft ein, ehe sie sich hineinstürzten.
Ich wollte hinterher, aber erst musste ich noch herausfinden, was es mit dem Geräusch auf sich hatte. Ich schob mich am Klavier und an den Regalen mit Instrumenten vorbei und lauschte. Da war es wieder. Ein kleines Schniefen. Der Raum

füllte sich immer mehr mit Rauch, aber dieses Schniefen kannte ich.

„Courtney?“, fragte ich.

Nichts.

„Courtney!“, rief ich, nun schon verzweifelter.

Noch ein Schniefen, ganz in der Nähe. Ich folgte dem Geräusch. Courtney kauerte in einem Schrank, in dem die Noten aufbewahrt wurden. Was machte sie da? Vielleicht war sie uns gefolgt. Ich hockte mich neben sie.

„Ich bin’s, Michael. Hab keine Angst.“

Sie bibberte. Ich glaube, Merlins Zauber nach dem Krebshorror war noch nicht ganz verflogen. Sie sah aus, als wüsste sie nicht, was hier passierte. Ich würde Merlin umbringen – falls ich nicht vorher hier bei lebendigem Leibe verbrannte.

Ich tastete in meiner Tasche herum. Ich hatte noch ein paar Körner Salz übrig. Ich streute sie auf Courtney.

Sie blinzelte ein paar Mal und sagte dann: „Igitt. Hör auf damit, du Widerling!“ Das erfüllte mich mit Hoffnung.

„Komm schon, wir müssen hier weg.“

Ich packte sie bei der Hand und zerrte sie aus dem Schrank. Während wir den Flur entlang und dann die Treppe hinunterflitzten, wurde der Rauch immer dicker, aber wir holten Safi, Gav und Nathan ein. Hustend und keuchend taumelten wir zusammen aus dem Notausgang.

Während wir zu dem Treffpunkt für die Schüler hasteten, kamen vier Löschzüge die Einfahrt hochgebraust.

„Das war knapp“, meinte Gav, als wir unsere Schritte verlangsamten und in Richtung Sportplatz gingen. Gav sah blass aus, obwohl sein Gesicht rußverschmiert war. „Wo hast du denn Courtney gefunden?"

Ich atmete tief die kühle, klare Luft ein. „Sie hat sich im Musikzimmer versteckt." Wir schauten einander an. Wenn ich sie nicht gefunden hätte, wäre sie gestorben, und wir wären schuld gewesen.

Gav knuffte mich an den Arm. „Ich hab überhaupt nichts gehört. Super aufgepasst."

Auf dem Sportplatz hatten sich die Schüler der Schule in ordentlichen Reihen aufgestellt, die Augen fest auf die Old Hall gerichtet, wo die Flammen aus dem Dach schlugen und schwarzer Rauch aus den Fenstern quoll.

Alle Lehrer hatten jeweils eine Klassenliste und hakten nacheinander die Namen darauf ab, als sich immer mehr Schüler zu ihren Klassen gesellten.

„Veryan, Zhou-Ying, Raja, Rogers – na endlich!", sagte Miss Hopeless, die uns abhakte. Sie hielt unsere Klassenliste und die ihrer eigenen Klasse in den Händen. „Ihr habt nicht zufällig Miss Fay gesehen?", fragte sie und musterte uns besorgt.

„Äh, nein, wir haben Miss Fay nicht gesehen", antwortete Gavin und murmelte dann: „Jedenfalls nicht, seit sie sich in eine Feuerschlange verwandelt hat und fortgeflogen ist …"

Miss Hopeless sah aus, als würde sie gleich in Tränen ausbrechen.

Aus unserer Klasse waren alle da, und es schien ihnen gut zu gehen. Nur ein paar husteten, und einige schluchzten. Wir fünf sahen aus, als hätte man uns durch einen Schornstein gezerrt. Unsere Kleider waren schwarz, und jeder Atemzug klang, als wären wir alte Männer, die mindestens hundert Zigaretten am Tag rauchten.

„Stellt euch in einer Reihe auf und rührt euch nicht von der Stelle." Miss Hopeless starrte Courtney an. „Du bist in Mr Smiths Klasse, nicht wahr? Er hat dich als vermisst auf seiner Liste. Ich sag ihm Bescheid, dass du hier bist." Sie ging zum Direktor hinüber und rief: „Meine beiden Klassen sind vollständig."

„Dann sind jetzt alle draußen", schrie er zurück und sah erleichtert aus.

Entweder die frische Luft oder das Salz hatte Courtney wieder neu belebt. Sie schaute auf meine Hand hinunter. Ich hielt immer noch ihre fest.

„Lass los!", sagte sie mit angewiderter Stimme. Dann bemerkte sie ihre zersplitterten Fingernägel und keuchte vor Entsetzen. Ungläubig fuhr sie mit der Hand durch ihr wirres Haar. „Meine Haare! O mein *Gott*! Was ist denn bloß passiert?" Sie starrte auf das brennende Gebäude.

„Äh, die Schule brennt", antwortete Safi. „Das hättest du schon bemerken können."

„Aber mach dir keine Sorgen, jetzt bist du in Sicherheit", sagte ich.

Sie starrte mich an. „Hast du mich gerettet oder so?"

„Ja, hat er", bestätigte Gavin.

Sie runzelte die Stirn, als wollten wir sie zum Narren halten. „Ja, also dann, na ja." Sie fuhr sich noch einmal mit der Hand durchs Haar und hielt dann einen verkohlten Batzen in den Fingern. Sie kreischte entsetzt und wankte davon.

Ich grinste vor Erleichterung. Courtney war wieder ganz die Alte. Ich würde mich nie wieder über ihre Frechheit beschweren.
„Gern geschehen“, brüllte ich hinter ihr her.
„Sie hat wirklich keine Ahnung, was sie durchgemacht hat“, meinte Safi.
„Ich wünschte, das hätte ich auch nicht.“ Nathan versuchte verzweifelt, ein paar Schmutzflecken von seiner Uniform zu bürsten. „Hab ich wirklich eine Lehrerin mit einem Buch niedergeschlagen?“
Safi, Gav und ich sahen einander an. Die ganze Zeit über war Nathan einer von uns gewesen, ein Ritter der Tafelrunde. Aber selbst jetzt, da der Zauber nicht mehr auf ihm lag, würde es ziemlich heikel werden, ihm das zu erklären.
„Wir müssen reden“, sagte ich. „Los, wir machen, dass wir hier wegkommen.“

23

Der einzige ruhige Ort, fern von schluchzenden Schülern, Feuerwehrleuten oder verschreckten Lehrern war *Das Biest.* Wir setzten uns nebeneinander auf die Betonröhre. Nathan hielt sich ein wenig abseits, strich sich das Haar glatt und versuchte, seine Hände am Saum seines Hemds abzuwischen. Irgendwie war er bei der ganzen Aktion sauberer geblieben als wir anderen. Er war wirklich wie eine Katze – er rannte und sprang wie eine Katze, er grinste wie eine Katze und er war so eingebildet wie eine Katze.

Wir hatten ihm erklärt, dass er bereits zwei volle Tage an unserer Schule verbracht hatte, an die er sich dank Miss Fays Zauber nicht erinnern konnte.

„Das ist doch nicht möglich", sagte er, als wollten wir ihn reinlegen.

„Find dich ab damit", riet ihm Gavin. „Und sei dankbar, dass du die Riesenkrebse verpasst hast."

Daraufhin schaute Nathan nur noch mürrischer.

Rauch hing wie eine dicke Decke über dem Schulgebäude. „Ich fange ganz am Anfang an", sagte ich. Während wir die brennende Schule betrachteten, erklärte ich ihm alles.

Die meiste Zeit hörte er schweigend zu. Schließlich fragte er: „Die Ritter der Tafelrunde von König Artus?"

Wir nickten.

Ein selbstzufriedenes Grinsen breitete sich über sein Gesicht aus. Er stand auf, balancierte einen Moment auf der Betonröhre, stürzte sich dann hinunter, landete nach einem perfekten Salto auf dem trockenen Boden am anderen Ende und warf elegant sein Haar zurück.

Er schaute zu uns herauf. „Ich hab's gewusst!" Er warf uns ein strahlendes Lächeln zu. „Ich habe immer gewusst, dass ich was Besonderes bin!"

Es hätte mich nicht überrascht, wenn noch ein Sonnenstrahl auf seinen weißen Zähnen geblitzt hätte. Als wir hinter ihm von der Röhre kletterten, sagte er: „Ich bin diesen Sommer auf einem Reiterkurs gewesen. Ich hatte noch nie vorher auf einem Pferd gesessen, aber ich bin einfach aufgestiegen und davongaloppiert." Er strich seine Schuluniform glatt. „Ich wette, ich würde in einer Rüstung ziemlich gut aussehen."

Gavin und Safi warfen mir einen Blick zu. Ich sah, dass sie mit Mühe ein Lachen unterdrückten.

„Nun übertreib's nicht gleich maßlos", sagte ich. „Bisher sind wir nur attackiert und mit widerlichen Sachen eingeschmiert worden."

Nathan hörte gar nicht zu. „Das ist einfach unglaublich!" Er machte einen Salto rückwärts. „Ich bin ein Superheld! Was passiert jetzt?"

Hinter der Mauer war Gelächter zu hören.

„Jetzt hast du das Vergnügen, Merlin kennenzulernen", seufzte ich.

Der Zauberer erschien. Ich weiß nicht, woher er seine Outfits bezog, aber Topman war's nicht. Heute trug er eine verwaschene Nadelstreifenhose und ein Fußballtrikot von Manchester United.

Nathan gaffte ihn an. „*Das* ist Merlin?"

„Ich weiß. Fantastisch, oder?" Safi hüpfte auf und ab.

Merlin winkte ihr freundlich zu. Dann wandte er sich mir zu, aber ich bekam nur einen durchdringenden Blick und ein mürrisches: „Was ist diesmal schiefgegangen?", während er mit der Hand auf die lichterloh brennende Schule deutete.

Wieso war alles immer meine Schuld?

„Ach, du weißt schon, es war ein ganz normaler Tag", antwortete ich. „Wir sind von einer Hexe angegriffen worden, die sich in ein Freudenfeuer verwandelt hat. Es hat sich rausgestellt, dass die Vertretungslehrerin Morgana le Fay war." Ich setzte noch eins drauf. „Sie meinte, sie wäre eine Freundin von dir."

Zumindest das brachte ihn einen Moment aus der Fassung. Er schüttelte verwundert den Kopf. „Das war also Morganas Werk? Was für eine Frau!"

„Ich finde das nicht so witzig", erwiderte ich. „Es hätten Leute sterben können."

Da verging ihm das Lächeln. „Nein, ein Witz ist es nicht. Es ist eine Schlacht. Und da werden manchmal Unschuldige mit hineingezogen."

„Nun, das sollte aber nicht passieren", sagte ich und ging weg. Mir reichte es.

Ich war schon beinahe aus dem Wäldchen heraus und wieder auf dem Sportplatz, als Merlin mich einholte, sich vor mir aufbaute und mir mit einem knochigen Finger mit den schwarzen Fingernägeln an die Brust tippte.

„Dann müsst ihr eben eure Aufgabe sofort erledigen. Mordred mobilisiert seine Truppen schneller, als wir erwartet haben. Du musst Artus finden und Mordred aufhalten."
„Wieso hast du Mordred nicht früher erwähnt?", fragte ich.
„Weil ich wollte, dass du dich darauf konzentrierst, deine Ritterkollegen zu finden."
„Und wie finden *wir* jetzt Artus?"
„Das kann ich dir nicht sagen." Er rieb sich die Augen und sah plötzlich sehr alt aus. „Ich kann nicht dafür sorgen, dass ihr ein gemütliches und sicheres Leben habt."
Ich holte tief Luft. „Entschuldigung, aber könntest du statt mir nicht irgendeinen anderen Ritter aufwecken? Ich glaube nicht, dass ich der Richtige dafür bin."

Er schüttelte den Kopf und warf mir ein Lächeln zu, das mich rasend machte. „Du kannst dich da nicht rausziehen. Es ist dein Schicksal."
Ich versuchte es noch einmal. „Aber ich fühle mich nicht wie ein Ritter."
Merlins Mund zuckte, als wollte er gleich loslachen.
„Das ist nicht komisch", grummelte ich.
Er tätschelte mir herablassend die Schulter. „Tut mir leid. Du hast recht, es ist nicht komisch. Aber vertraue mir, wenn du nur daran glaubst, kannst du alles sein."
Ich betrachtete meine Füße und kickte ein paar Steine weg. Ich versuchte, mir einen anderen Grund auszudenken, warum ich nicht mehr mitmachen wollte, aber als ich wieder aufblickte, war Merlin weg.

Ich spähte durch die Bäume hindurch zu den anderen. Sie standen dicht beieinander und unterhielten sich aufgeregt. Ich hätte zu ihnen hinübergehen sollen, aber das wollte ich nicht. Sie alle besaßen besondere Kräfte. Ich nicht. Ich kam mir wie ein Hochstapler vor.

Die Einfahrt zur Schule war mit Löschzügen zugeparkt, und auch die Straße draußen war mit Autos und Fernsehteams verstopft. Eltern, die von dem Feuer erfahren hatten, hasteten herbei, um ihre Kinder abzuholen. Ich sah, wie Courtney auf ihre Mutter zurannte.

Mittendrin entdeckte ich unseren Mercedes mit den verdunkelten Scheiben, der langsam vorfuhr. Jenson musste von dem Feuer gehört haben. Ich rannte los und stieg hinten ein. Es war mir egal, wer mich jetzt sah.

Meine Hand tat wirklich weh, aber gleichzeitig juckte sie auch immer noch. Ich wickelte meine verkohlte Schulkrawatte darum und ließ mich in die Lederpolster sinken.

Meine Schule war niedergebrannt. Was würde heute noch alles passieren?

„Hallo, Michael."

Das war nicht Jensons Stimme. Ich blickte auf. Hector saß am Steuer, neben ihm Mum. Seine Augen starrten mich im Rückspiegel an. So wütend hatte ich ihn noch nie erlebt.

Er hielt eine Hand in die Höhe. Darin war mein Handy.

„Rate mal, wo ich das gefunden habe?"

24

Sogar Hectors Hinterkopf sah wütend aus. Er fuhr wie ein Wahnsinniger, hupte andere Autos an und schleuderte nur so um die Kurven.

„Du hattest die Tür offen stehen lassen“, sagte ich und kreuzte die Finger hinter dem Rücken. „Ich bin hingegangen, um sie zu schließen. Dann habe ich die Maske gesehen und konnte es mir nicht verkneifen, einen Blick darauf zu werfen.“

„Hör auf zu lügen. Das Telefon lag beim Fenster.“

Verdammt! Ich musste es auf der Flucht vor Edwin verloren haben.

Schlimmer noch – hatte er es durchsucht? Hatte er das Foto von dem Brief entdeckt? Ich hielt die Augen gesenkt. Ich wagte es nicht, hochzuschauen und wieder seinen starren Blick zu sehen. Wenn er das Foto gefunden hatte, dann steckte ich in wirklich schrecklichen Schwierigkeiten.

„Du hast mein Vertrauen missbraucht“, sagte er mit gepresster Stimme.

Das brauchte er mir nicht zu erklären. Ich wusste, dass ich damit jede Chance zerstört hatte, ihm je näherzukommen und herauszufinden, was hier wirklich ablief.

Den restlichen Weg fuhren wir schweigend. Mum starrte aus dem Fenster und versuchte sich rauszuhalten, aber als wir in die Park Lane einbogen, klingelte ihr Handy.

„Ja, ich bin Michaels Mutter." Dann folgte nur noch ein paar Mal *aha, aha,* und als sie aufgelegt hatte, drehte sie sich zu mir um. „Die Schule ist für den Rest des Schuljahrs geschlossen. Sie bringen alle Schüler mit dem Bus in umliegende Schulen. Aber bis das organisiert ist, habt ihr ein, zwei Wochen frei."
„Wir stellen einen Privatlehrer für ihn ein", sagte Hector. „Dann können wir ihn im Auge behalten."
Ich verhielt mich still. Mir ging nur eins durch den Kopf: Hatte Hector mein Handy durchsucht? Ich hatte das Gefühl, dass er es nicht gemacht hatte. Sonst hätte er es doch erwähnt, oder?
Mum seufzte. „Ja, ein Privatlehrer ist wahrscheinlich die beste Lösung. Das organisiere ich, sobald wir alle von Tintagel zurück sind."
Das war der einzige Lichtblick, der mir jetzt noch geblieben war: die Reise nach Cornwall nächste Woche, zur Party und zur Eröffnung der Ölbohrinsel. Ellie dachte wahrscheinlich, ich könnte einfach in einen Raum voller Boomgardt-Manager spazieren und sagen: „'tschuldigung, hätten Sie was dagegen, mit den Bohrarbeiten aufzuhören?" Aber das würde nie im Leben funktionieren. Zumindest würde ich nun vor Ort die Chance haben, etwas zu unternehmen. Irgendetwas.
„Er kommt nicht mit", sagte Hector.
Ich setzte mich auf. Ich sah Mum entgeistert an. „Was? Ich kann doch nicht allein hierbleiben."
Ehe Mum etwas erwidern konnte, bremste Hector vor unserem Haus und drehte sich um. „Glaubst du ernsthaft, nach allem, was passiert ist, würde ich dich nach Cornwall mitneh-

men? Träum weiter, Junge! Du bleibst hier. Jenson und seine Frau kümmern sich um dich."
Die Reise war meine einzige Möglichkeit, nah an die Bohrarbeiten heranzukommen und herauszufinden, was da lief.
„Also, es tut mir wirklich leid, dass ich in dein Arbeitszimmer gegangen bin", sagte ich und hielt die Finger gekreuzt. „Ich weiß, das hätte ich nicht tun dürfen. Aber ihr könnt mich nicht hierlassen." Ich warf Mum einen flehentlichen Blick zu. „Bitte, Mum."
„Das entscheide ich", blaffte Hector. „Du hast gegen meine Regeln verstoßen."
„Was wäre, wenn ich …", hob ich an, aber Hector unterbrach mich mit einer Handbewegung.
„Nein bleibt nein." Er warf mir mein Handy nach hinten. „Hier, das kannst du wiederhaben." Ich fing es auf, steckte es in die Tasche und seufzte innerlich vor Erleichterung. „Den Rest des Abends verbringst du auf deinem Zimmer."
Ich stieg aus dem Auto und schlich ohne ein weiteres Wort und mit glühend heißem Gesicht davon.
Mann, konnte es noch schlimmer kommen?

25

Die Nachrichten rollten über den Bildschirm meines Laptops.

GAVSTAR: Warum bist du heute einfach abgehauen, Mike?

SAFIRA: Was machen wir als Nächstes?

Ich war fünf Minuten wütend und fluchend in meinem Zimmer herumgerannt und hatte mich dann bei MSN eingeloggt, um etwas zu tun zu haben.

Dort traf ich auf Gavin, Safi und Nathan. Sie fielen gleich über mich her.

MIKE: Warum fragt ihr mich???? Woher soll ich das wissen?

Das brachte Nathan ins Spiel.

NATE: Ja, warum fragen wir ihn? Wir kommen auch allein klar.

Nun war Gavin wieder an der Reihe.

GAVSTAR: Aber du weißt doch, wie man Merlin kontaktiert.

MIKE: Weiß ich nicht. Der taucht auf, wann er will.

SAFIRA: Die Schule ist geschlossen. Wie sollen wir uns da treffen?

Ich hatte Kopfweh und einen Bärenhunger. So eine Diskussion hatte mir gerade noch gefehlt!

MIKE: Ich weiß nicht.

SAFI: Vielleicht Hector alles sagen?

MIKE: Der redet nicht mit mir.

GAVSTAR: Du musst irgendwie nach Cornwall kommen.

MIKE: Kann nicht. Hausarrest.

Am liebsten hätte ich *Lasst mich in Ruhe!* getippt, aber ich wusste, dass ich mich dann wie ein Siebenjähriger benommen hätte. Also loggte ich mich stattdessen aus und ging auf meinen Balkon. Ich war so niedergeschlagen und sauer, wie man nur sein kann. Ich starrte in die Ferne und dachte an gar nichts. Dann fokussierten meine Augen auf etwas, und meine Trübsal war mit einem Mal wie weggeblasen.

Ein kleiner Raubvogel schwebte nur wenige Meter entfernt auf gleicher Höhe wie das Balkongeländer vor mir. Erst dachte ich, es wäre Merlin, der mir einen kurzen Besuch abstatten wollte – aber die Wahrheit war noch viel merkwürdiger. Es war ein echter Raubvogel, hier in der Park Lane. Meine finstere Laune verschwand für einen Augenblick. Ich beschattete meine Augen gegen die untergehende Sonne und erkannte den Vogel sofort. Es war ein Turmfalke, mit keckem grauem Kopf über kastanienbraunem Brustgefieder mit schwarzen Streifen und Punkten. Es war ein Weibchen, das konnte ich an dem schwarzen Balken im Schwanzgefieder erkennen. Die Weibchen sind ein bisschen größer als die Männchen – obwohl Turmfalken, verglichen mit anderen Raubvögeln, insgesamt eher klein sind. Deswegen mag ich sie, denn sie sind für ihre Größe wirklich beherzt und mutig. Wenn ich im Naturpark arbeitete, verbrachte ich meine Mittagspause immer damit, ihnen zuzuschauen.

Der Vogel stand scheinbar völlig reglos in der Luft, von superschnellen kleinen Flügelschlägen gehalten. Nur ein Turmfalke kann das, und deswegen ist sein Name früher auch Rüttelfalke gewesen. Ich fragte mich, welche Beute das Weibchen so nah bei unserer Wohnung erspäht hatte. Eilig lief ich ins Zimmer und holte mein Fernglas. Als ich zurückkam, war das Turmfalkenweibchen noch näher gekommen.

Es beobachtete keine Beute, es beobachtete mich!

Mit klopfendem Herzen streckte ich die Hand aus und versuchte es zu rufen, wie es die Falkner im Park machen. Ich pfiff leise, schnalzte mit der Zunge und gurrte und piepste, aber es reagierte nicht. Es blieb noch einen Augenblick reglos in der Luft stehen, dann flog es über den Hyde Park davon, bis ich es zwischen den Bäumen aus den Augen verlor.

Ich beschloss, ein Stückchen Steak aus der Küche zu holen, falls der Falke wiederkommen sollte. Ich war gerade auf der Hälfte des Flurs, als ich aus dem Wohnzimmer laute Stimmen hörte. Mum und Hector. Ich schlich zur Tür.

„Mach doch nicht so ein Theater“, sagte Hector gerade. „Er würde sich sowieso zu Tode langweilen. Es ist ja nicht so, dass er Freunde dabeihätte.“

„Du bist zu streng zu ihm“, meinte Mum. „Er hat Tintagel House noch nie gesehen.“

„Er ist in mein Arbeitszimmer eingedrungen. In meine Privatsphäre. Das ist nicht in Ordnung, nicht in unserer Familie.“

„O Hector! Er ist ein Teenager, natürlich macht er dummes Zeug. Das gehört einfach dazu.“

Ich konnte hören, wie Hector auf und ab ging. „Ich denke drüber nach. Ich frage den Vorstand.“

„Was hat das denn mit dem Vorstand zu tun?“, fragte Mum, und ich konnte einen neuen scharfen Tonfall heraushören. „Das geht nur dich und mich was an.“

Ich hörte, dass Hector etwas mit Wucht irgendwo hinpfefferte. „Du kennst meine Meinung – Chris war viel zu nachsichtig mit ihm." Er redete über meinen Vater. Ich stand völlig reglos da. „Nicht genug Disziplin", fuhr Hector fort. „Ein Vater braucht eine festere Hand."
Ich spürte, wie Wut in mir aufstieg. Wie konnte Hector es wagen, meinen Vater in diese Sache mit reinzuziehen? Meine Hand wanderte zum Türknauf, ich war drauf und dran, mich ins Zimmer zu stürzen.
„Lass bitte Chris aus dem Spiel, Hector", sagte Mum. „Er war der beste Vater der Welt für Michael. Frag deinen verflixten Vorstand, so viel du willst, Michael kommt mit."
„Aber …", setzte Hector an.
„Nein!" Mums Stimme war gefährlich ruhig. „Er kommt mit nach Cornwall, und damit basta."
Eine Tür wurde zugeschlagen.
Weiter so, Mum! Ihr beherzter Streit mit Hector hatte auch meinen Kampfgeist erneut geweckt. Cornwall stand wieder auf dem Plan. Und vielleicht nicht nur für mich.
Ich schlich in mein Zimmer zurück und sah, dass die anderen immer noch online chatteten.
Ich tippte: *Tut mir leid wegen vorhin. Stellt euch vor, Mum hat dafür gesorgt, dass es mit der Reise nach Cornwall nun doch klappt. Und ich kriege es auch hin, dass ihr mitkommen dürft. Wer hat also Lust auf Cornwall am Wochenende?*
GAVSTAR: Ich bin dabei!
SAFI: Ich auch.
Es gab eine Pause. Dann:

NATE: War auch höchste Zeit, dass du einen Plan machst.
SAFI: Ich kann es gar nicht abwarten, Artus kennenzulernen.
GAVSTAR: Ich auch nicht. Dann berichten wir ihm, wie hart wir alle für ihn arbeiten, ha!

Das Lächeln verging mir. Aus irgendeinem Grund freute ich mich überhaupt nicht auf dieses Treffen mit Artus.

Ich ging wieder auf meinen Balkon. Es war inzwischen dunkel, und der Turmfalke war schon lange verschwunden. Ich setzte mich draußen auf die Liege. Ein Funken Hoffnung stieg in mir auf. Wir kamen der Sache näher. Dem Geheimnis von Mordred und dem Rätsel, was es mit den Bohrarbeiten wirklich auf sich hatte.

Mum war im Fitnessraum und schlug auf einen Sandsack ein. Anscheinend war das ihre neue Interpretation von Yoga. Ich fand, dass es eher nach Boxen aussah.

„Ich baue Spannung ab“, sagte sie, als sie endlich aufhörte und sich rücklings auf die Matte fallen ließ. Ich setzte mich neben sie und spielte an dem Verband herum, den ich mir um die Hand gewickelt hatte.

Sie stützte sich auf einen Ellbogen. „Hast du dich geschnitten?“

„Nein, ich muss sie mir beim Feuer in der Schule verbrannt haben.“

„Lass mal sehen.“

Sie zog den Verband ab und betrachtete die rote Wunde, die sich über meine ganze Handfläche erstreckte. „Sieht eher wie eine allergische Reaktion aus.“

„Vielleicht. Tut höllisch weh."
Sie wickelte den Verband wieder um meine Hand, küsste sie und sagte: „Das wird wieder besser, mach dir keine Sorgen. Das lohnt sich."
„Was meinst du damit?", fragte ich. Aber sie antwortete nicht. Sie sprang auf und begann ihre Yogamatte wegzuräumen.
„Moment", sagte ich. „Ich möchte dich was fragen. Darf ich Safi und Gavin mit nach Cornwall nehmen? Und einen neuen Freund, der Nathan heißt." Um einem Nein vorzubeugen, zog ich ein jämmerliches Gesicht und fügte noch hinzu: „Es ist wegen Edwin, der schikaniert mich ständig, wenn ich mit ihm allein bin. Irgendwann verprügelt er mich bestimmt mal."
Sie blickte mich scharf an und brach dann in Gelächter aus. „Haha! Du machst Witze, oder nicht, Mikey?" Sie senkte die Stimme und schaute vorsichtig zur Tür. „Edwin ist doch nichts als heiße Luft. Der ist dir nie im Leben überlegen."
Das stimmte mich ein bisschen fröhlicher. Zumindest traute sie mir etwas zu, obwohl sie natürlich meine Mum war und so was sagen musste.
„Trotzdem würde es mit den anderen dreien mehr Spaß machen. Und wir haben ja keine Schule."
Sie wuschelte mir durchs Haar. „Okay, da hast du wohl recht."
„Wir könnten mit dem Zug fahren. Dann habt ihr ein bisschen Ruhe und Frieden, du und Hector. Das wäre cool."
Mum dachte darüber nach. „Hector mit euch allen in einem Auto, das wäre keine gute Idee, da hast du wahrscheinlich recht. Wir fahren am Freitagabend. Also buche ich euch Fahrkarten für Samstag."

Ich reckte die Faust in die Luft. „Danke, Mum. Aber wird Hector damit einverstanden sein?"
Mums Miene änderte sich. Sie wandte sich wieder dem Sandsack zu. „Überlass Hector ruhig mir", sagte sie und hieb erneut auf den Sandsack ein. „Und jetzt ab mit dir."

26

Am Samstagmorgen traf ich Gavin an der Ecke der Straße, wo er wohnte, nicht weit von unserer ausgebrannten Schule. Man konnte den Rauch noch immer in der Luft riechen. Ich war in dieser Siedlung aufgewachsen, und bis letzte Woche war sie mein Zuhause gewesen. Gavin und ich waren jahrelang hier mit dem Skateboard herumgefahren und an dieser Ecke rumgehangen. Jetzt warteten wir auf Nathan, aber von dem war keine Spur zu sehen.

„Muss wahrscheinlich noch seine Haare glätten und mit Gel einschmieren“, sagte ich. Der nicht verhexte Nathan nervte mich beinahe so sehr wie der verhexte.

„Oder er bügelt seine Designerklamotten.“

Wir kicherten. Ich wäre gar nicht böse gewesen, wenn wir ohne ihn losgefahren wären, aber Gavin sagte, er wüsste, wo Nathan wohnt. Also gingen wir hin.

Eine Frau öffnete die Tür. „Mrs Rogers?“, fragte ich.

„Nein, Schätzchen. Aber ich nehme an, ihr wollt Nathan abholen.“ Sie drehte sich um und rief nach ihm. Ich konnte Nathan im Flur sehen. Ich hatte recht gehabt: Er stand vor dem Spiegel und strich sich sein Haar in Form. Als er rauskam, sah er aus wie ein Topfußballer an seinem freien Tag.

„Tschüss, Joan“, sagte er zu der Frau, und wir machten uns auf den Weg.

„Du nennst deine Mum Joan?“, erkundigte sich Gavin.
„Sie ist meine Pflegemutter“, sagte Nathan knapp. „Meine Mum und mein Dad sind gestorben, als ich noch klein war.“
Er begann, unruhig Steinchen zu kicken und vom Bordstein runter und wieder hoch zu hüpfen.
„Als du von Morgana verhext warst, hast du uns erzählt, deine Eltern hätten wichtige Jobs in der City“, sagte ich und wich einem fliegenden Stein aus.
Er sprang auf ein niedriges Gartenmäuerchen vor irgendeinem Vorgarten und balancierte darauf. „Das war nicht der Zauber. Das war ich, denn ich wollte keinem was davon erzählen.“
„Warum? Ist doch nicht deine Schuld“, meinte ich. „Und Joan schien richtig nett zu sein.“
Er schaute uns mürrisch an. „Ich hatte jede Menge Pflegeeltern. Die halten es alle nicht lange aus. Jungs machen zu viel Ärger, sagen sie.“
„Das hab ich schon mal irgendwo gehört“, meinte ich.
Zum ersten Mal waren wir uns beinahe einig. Dann sprang Nathan vom Mäuerchen, schubste uns beide zur Seite und rief: „Wer zuerst bei Safi ist.“
Nachdem wir Safi abgeholt hatten, machten wir uns zusammen auf den Weg zum Bahnhof Paddington. Wir erreichten den Zug ein paar Minuten vor der Abfahrt. Wir ergatterten einen Wagen für uns allein, und dann begann unsere fünfstündige Zugfahrt.
„Packt das Essen aus“, sagte Gavin dreißig Sekunden, nachdem der Zug im Bahnhof losgefahren war.

Wir stürzten uns wie ausgehungerte Wölfe auf die Sandwiches und Chips. Mum hatte jede Menge Proviant eingepackt, aber er reichte nur bis zu den westlichen Vorstädten von London, dann waren nur noch Krümel und leere Tüten übrig.

„Langweilig", meinte Nathan.

Er hatte recht. Die Fahrt zog sich. Der Zug kroch durch die Landschaft, hielt ohne jeden ersichtlichen Grund an, stand an Signalen und ließ sich an den Bahnhöfen jede Menge Zeit.

Wir kauften im Speisewagen noch mehr Essen. Das verputzten wir auch. Safi, Gavin und ich stöpselten die Kopfhörer von unseren Handys ein und starrten aus dem Fenster. Nathan spazierte im Waggon auf und ab, sprang über die Sitze, machte Klimmzüge an der Gepäckablage und bewundert sein Spiegelbild in den Fensterscheiben.

„Vielleicht sollten wir die Zeit dazu nutzen, einen Plan aufzustellen", sagte Safi schließlich.

Ich kratzte mich an der Hand. Sie juckte mittlerweile fürchterlich. Es war das widerlichste Jucken der Welt, so als hätte ich Ameisen unter der Haut. Und das rote Mal wollte auch nicht verblassen. Es sah aus wie eine total hässliche Tätowierung. Ich kratzte noch mal und bemerkte, dass Gavin das auch tat. Er hatte allerdings den Ärmel seines Pullovers hochgeschoben und rieb an einem roten Mal an der Seite seines Handgelenks herum. Es war dreieckig wie eine Pfeilspitze. Er bemerkte, dass Safi und ich ihn beobachteten.

„Was ist? Ich hab mir am Handgelenk wehgetan, das ist alles. Oder vielleicht bin ich von Aliens entführt worden." Er wedelte uns mit dem Pfeilmal vor der Nase herum und summte die Titelmelodie von *Twilight Zone.*

„Das glaube ich eher nicht." Ich zeigte ihm meine Hand. „Ich habe auch so was."

„Ich auch", meinte Safi. Sie streckte uns ihre linke Hand hin. Auf dem Handrücken war ein rotes Kreuz, als hätte sie sich ein billiges Klebetattoo draufgepappt.

„Da hab ich was Besseres", sagte Nathan und ließ sich von einem Klimmzug fallen.

„Na klar doch", murmelte Gavin.

Nathan rollte den Ärmel hoch. Von der Hand bis zum Ellbogen verlief ein roter Strich, als hätte ihm jemand einen glühend heißen Schürhaken darauf eingebrannt. „Das ist gestern Abend aufgetaucht."

„Vielleicht verhext uns Morgana aus der Ferne", überlegte Safi.

„Oder wir sind allergisch darauf, Ritter zu sein", scherzte ich.

„Wenn wir Artus treffen, können wir ihn fragen." Safi schaute mich an. „Der muss doch in Cornwall sein und auf uns warten, oder nicht?"

„Ich denke schon", antwortete ich. „Aber bisher sind wir auch allein ganz gut klargekommen."

„Ja, wer braucht schon jemanden, der kommt und uns rumkommandiert?", meinte Nathan.

„Genau", sagte Gavin grinsend und nahm seine Hypnotiseurpose ein. „Vielleicht kann ich Artus mit meinen geistigen Kräften verwirren."

Das rief Safi wieder auf den Plan. Sie begann, von Artus und den alten Sagen über seine Abenteuer zu erzählen. Ich hatte keine Lust, mir das anzuhören, also saß ich nur da und starrte aus dem Fenster und hielt am Himmel nach Habichten und Falken Ausschau. Die schweben immer gern über Straßen und Eisenbahngleisen, weil sie ihre quiekende, wuselnde Beute leichter ausmachen können, wenn es keine Deckung gibt.

Nach einer Weile setzte sich Safi zu mir.

„Alles in Ordnung mit dir?"

„Mmh." Ich wollte nicht laut sagen, dass ich Ausschau nach Raubvögeln hielt, denn Nathan sollte das nicht mitkriegen. Ganz in der Nähe war ein Punkt am Himmel aufgetaucht, doch als ich ihn mir genauer ansah, erkannte ich, dass es kein Greifvogel war.

Allmählich machten es sich die anderen gemütlich. Nathan kuschelte sich in eine Ecke und schlief ein. Schon bald nickten auch Gavin und Safi ein. Ich musste auch geschlafen haben, aber ich war als Einziger wach, als wir an einem großen Schild vorbeikamen, auf dem „Willkommen in Cornwall" stand. Das bedeutete, dass wir nur noch ein paar Stationen fahren mussten.

„Es dauert nicht mehr lange", dachte ich, aber der Zug hatte andere Vorstellungen. Wir fuhren in einen Tunnel ein, die Bremsen quietschten, und wir kamen ächzend zum Stillstand. Ich starrte auf mein verschwommenes Spiegelbild im Fenster und wartete darauf, dass im Zug das Licht angehen würde, aber nichts geschah. Ich linste aus dem Fenster, aber es kam kein Zug aus der Gegenrichtung, auf den wir hätten warten müssen. Es lief auch kein Schaffner draußen am Zug entlang. Safi schlug kurz die Augen auf.

„Was ist los? Warum fahren wir nicht?"

„Keine Ahnung. Der Zug ist einfach stehen geblieben." Ich stand auf. „Ich geh mal nachsehen."

Ich versuchte es im nächsten Waggon. Der war nur halb mit Reisenden besetzt. Sie schliefen alle tief und fest. Plötzlich prickelte mir etwas im Nacken. Ich tippte einer der Reisenden auf die Schulter.

„Entschuldigung, wissen Sie, warum wir angehalten haben?"

Die Frau bewegte sich ein bisschen, murmelte etwas und ließ dann den Kopf wieder auf die verschränkten Arme sinken. Ich ging zum nächsten Waggon, dem Speisewagen, wo wir unsere Sandwiches gekauft hatten. Auf einer Wärmeplatte blubberte eine Kanne Kaffee, aber der Mann hinter der Theke war verschwunden. Ich hörte ein Schnarchen und lehnte mich über die Theke. Er saß an einen Karton mit Pappbechern gelehnt und schlief. Es sah ganz so aus, als hätte er mitten in der Schicht ein kleines Nickerchen eingelegt.

Jetzt standen mir die Nackenhaare zu Berge. Ich ging weiter durch den Zug und suchte jemanden, der wach war, aber Wagen auf Wagen war voller schlafender Reisender. Endlich kam ich zu einer verschlossenen Tür. Dahinter war das Führerhaus des Lokführers. Die Tür hatte ein kleines Fenster, also schirmte ich meine Augen seitlich mit den Händen ab und spähte hinein. Undeutlich konnte ich die beiden Lokführer erkennen, die über den Führerstand gesackt waren.

Na toll! Wir konnten nicht mal nach Cornwall fahren, ohne dass auf dem Weg was Merkwürdiges passierte. Ich machte kehrt, um den anderen davon zu erzählen, als ich neben mir ein Klicken hörte.

Die Wagentür hatte sich entriegelt. Vielleicht war das nichts Außergewöhnliches. Vielleicht hatten Züge jetzt irgendwelche Sensoren.

Quatsch. Hier geschah wieder was Übernatürliches. Das merkte ich an der Gänsehaut, die ich am ganzen Körper hatte. *Geh zurück, wecke die anderen auf, und stellt euch gemeinsam der Gefahr.* Das sagte mir mein Überlebensinstinkt. Denn eines war schließlich klar: Ich hatte ja nicht mal eine besondere Kraft, auf die ich mich verlassen konnte. Aber dann siegte doch mein hartnäckiger Dickschädel.

Ich öffnete die Tür und schaute nach draußen.

Zwischen dem Zug und der Tunnelwand waren ein paar Meter Abstand. Ein kalter, schrecklich stinkender Wind jaulte vorbei und traf mich wie ein Faustschlag. Ich sah mich um. Keine Lichter, nur ein kleiner Kreis Tageslicht weit weg am Ende des Tunnels zu beiden Seiten. Keine Arbeiter, keine Schaffner.

Dann nahm ich aus dem Augenwinkel eine Bewegung wahr. Irgendetwas war da draußen, bei dem Wagen, in dem die anderen drei schliefen. Mit Mühe konnte ich schwarze Gestalten in der Dunkelheit ausmachen. Der Wind wehte ein gemeines Kichern zu mir herüber. Dann hörte ich die Stimme eines Mädchens, das etwas schrie. Ich schwang mich aus dem Zug und ließ mich auf den Kies neben den Gleisen fallen.

Jemand kam auf mich zugerannt. Ich lief der Gestalt entgegen, stolperte dabei über lose Felsbrocken und rutschte in glitschigen Pfützen aus. Immer noch jaulte mir der Wind um die Ohren, und von der Decke des Tunnels tropfte es wie Eisregen herunter. Die Gestalt hastete näher, bis ich Safis bleiches Gesicht vor dem dunklen Hintergrund erkannte.

„Michael!"

Ich packte ihre Hände. Sie zitterte. Von ihrem Kopftuch und von ihrem Pullover hingen Fäden herunter, Gelee oder so was Ähnliches. Ihr Gesicht war mit Dreck verschmiert, und sie hatte eine Schramme am Kinn, als wäre sie auf den Kies gefallen.

„Die sind uns holen gekommen", keuchte sie. „Sie haben Nathan als Ersten erwischt und rausgezerrt, Gav und ich sind hinterhergerannt. Dann haben sie sich auf uns gestürzt."

„Wer?"

Sie rang nach Atem. „Dinger. Schleimige Kreaturen. Die triefen und stinken. Und haben eine Haut wie Nacktschnecken."

Ich roch die eiskalte Luft. Geh-Abruki. Ich hätte ihren Kloakengestank gleich erkennen müssen.

„Wo sind Gavin und Nathan?"

„Nathan ist ihnen entkommen, glaube ich. Aber wir haben ihn aus den Augen verloren. Gavin ist irgendwo da draußen", antwortete sie verzweifelt. „Die sind wie Dämonen!"

Irgendwas quatschte unter meinem Fuß, nicht nur Schlamm und Kies, sondern etwas Klebriges. Ich zog mein Handy aus der Tasche und klickte die Taschenlampe an. Der schmale weiße Lichtstrahl fiel auf die Erde. Eine Schleimspur kam aus einem verdreckten Gitter in der Tunnelwand heraus.

„Du hast recht. Das sind keine Menschen.“ Ich begann, der Spur im Laufschritt zu folgen. „Die sind viel, viel schlimmer.“

27

Die silbrige Spur führte geradewegs durch den Tunnel und dann zu einem triefenden, mit Ruß verschmierten Torbogen. Dahinter lag eine Nische, die ein paar Meter tief war.

Ich schaltete das Licht aus und zog Safi neben mir an die Wand. Wir schoben uns langsam vorwärts und spähten in die Nische. Durch eine Schachtöffnung in der Decke fiel ein Lichtstrahl. Er leuchtete auf Gavin wie ein Scheinwerfer. Zwei Geh-Abruki standen rechts und links von ihm, beide mit Kapuzen, der eine groß, der andere klein. Der Große hatte Gavins Hals mit einer Hand umklammert. Es sah allerdings so aus, als hätte sich Gavin tapfer gewehrt, denn die Kleidung der beiden Geh-Abruki war mit Trittspuren übersät und hatte einige Risse. Zudem hatte der Große eine Wunde quer übers Gesicht, aus der grünlicher Schleim triefte.

Der Kleinere feuerte ihn an. „Saug ihn bis auf den letzten Tropfen aus!“, zischte er.

Diese eisige Todesumklammerung kannte ich. Gavin hatte die Hände hochgerissen und versuchte verzweifelt, den Griff um seinen Hals zu lockern, aber er wurde immer schwächer.

Ehe wir uns einen Plan für Gavins Rettung ausdenken konnten, musste Safi auf einmal wegen des schrecklichen Kloakengestanks würgen. Die beiden Monster mussten so scharfe

Ohren wie Fledermäuse haben, denn der Kleinere wirbelte herum. Er stieß ein triumphierendes Lachen aus.

„Lauf!"

Stolpernd und rutschend flohen wir an den Gleisen entlang zurück.

„Jawooohl!", kreischte die widerliche Stimme hinter uns.

„Hier rein", sagte Safi, als wir an dem schmalen Spalt zwischen zwei Waggons vorbeikamen. Sie schlüpfte in den Zwischenraum und kauerte sich hin. Ich schaute zurück. Die dunkle Gestalt des Geh-Abruki lauerte noch immer am Eingang zu der Nische. Er folgte uns nicht. Vielleicht konnte er uns nicht sehen. Dann erschallte wieder das zischende Lachen.

„Ich kann euch sehen!"

Ich knipste meine Taschenlampe wieder an. Wenn ich dieses Nachtgeschöpf blendete, würden wir vielleicht entkommen können. Der Lichtstrahl fixierte die Gestalt in einem hellen Quadrat. Sie stand immer noch bei der Nische, mehrere Meter entfernt. Das Maul des Geh-Abruki stand in einem gruseligen Clownslächeln offen und entblößte nadelspitze Zähne.

„Der Killerjunge", spuckte das Monster. „Jetzt können wir Rache für unsere gefallenen Brüder nehmen."

Dann hob es eine schleimige Hand und schleuderte sie auf mich zu, wie ein Chamäleon, das seine Zunge herausschnellen lässt, um eine Fliege zu fangen. Sie schlang sich um meinen Hals, ehe ich auch nur an Gegenwehr denken konnte, und begann sofort zuzudrücken. Ich versuchte, mir die Schlinge vom Hals zu reißen, aber es war, als wollte man sich von einer Anaconda befreien: Je mehr ich zerrte, desto fester zog sie sich zu. Ich spürte schon, wie ich schwächer wurde. Das Monster begann, mich in seine Richtung zu ziehen. Ich wehrte mich, ich stemmte die Hacken in den Boden, ich versuchte die Griffe am Waggon zu packen, als ich daran vorbeistolperte, aber das Monster zog mich unerbittlich weiter.

Ich wartete noch ein paar Sekunden, bis ich nahe genug war und schon den Hass in seinen kleinen Augen sah. Dann hörte ich plötzlich auf zu zerren, ließ los und rannte stattdessen auf das Schleimwesen zu. Es fiel nach hinten, konnte sich nicht schnell genug fangen, und schon war ich über ihm. Jetzt hatte ich meine Hände um seinen Madenhals geklammert. Wir waren in der Nähe des Torbogens gelandet, und wieder konnte ich Gavin wie im Scheinwerferlicht sehen. Er war inzwischen in die Knie gegangen, sein Kopf zitterte, und seine Augen waren fest zugekniffen.

Ich quetschte den schleimigen Hals noch fester.

„Sag deinem Kumpel, er soll meinen Kumpel sofort loslassen, sonst bist du tot, kapiert?“, brüllte ich.

„Niemals“, krächzte das Monster. Und als ich weiterdrückte, wurde es plötzlich ganz weich und knochenlos, die Luft schien aus seinem Körper zu weichen, und sein Hals floss mir zwischen den Händen hindurch wie geschmolzenes Plastik. Mit zwei riesigen madengleichen Schlangenbewegungen, die durch seinen ganzen Körper liefen, flutschte es unter mir weg. Ich fiel nach vorn, versuchte, das Gleichgewicht zu halten, aber das Monster hatte sich hinter mir gleich wieder aufgebaut und schubste mich auf den Kies. Seine eiskalten Hände hielten mich dort fest.

Ich saß in der Falle, wurde auf den Boden gequetscht wie ein Käfer. Mein Gesicht hatte ich Gavin zugewandt. Ich sah, wie er schlaff in den Händen des Schleimwesens hing.
Ich spürte, wie die schreckliche Schläfrigkeit über mich kroch. Ich versuchte mich hochzustemmen. Meine Hände gruben sich in den Kies, aber meine Muskeln wurden mit jeder Sekunde schwächer. Diesmal kam kein Merlin herabgeschossen und rettete mich.
Ich dachte daran, dass Mum jetzt am Bahnhof stand und sich fragte, wo wir blieben. Da schoss mir ein Bild von ihr in den Kopf, wie sie eine frische Kanne Kaffee aufbrühte, wie jeden Morgen. Ich strengte mich noch ein letztes Mal verzweifelt an, um den Seelendieb von mir zu hieven, und ich schwöre, dass ich da den Kaffee sogar riechen konnte.
„Schnell, er ist hier drüben!“, hörte ich Safi rufen.
Der Kaffeeduft wurde stärker. Dann hörte ich das Monster über mir schreien, und etwas Heißes spritzte mir auf den Nacken. Das Gewicht verschwand von meinem Rücken. Ich stemmte mich hoch, zwinkerte und versuchte, klar zu sehen. Der Geh-Abruki kniete jetzt neben mir. Er kreischte wie ein Pfeifkessel und dampfte auch so. In weißen Wolken strömte der Dampf aus ihm heraus, und auf seiner Madenhaut bildeten sich riesige Blasen.
Hinter ihm stand Nathan und hielt die Kanne mit dem brühheißen Kaffee aus dem Speisewagen in der Hand.
Das Geschöpf fiel kreischend und sich windend auf die Erde. Immer mehr Blasen bildeten sich auf seiner Haut. Sein Gesicht schwoll an wie ein zu stark aufgeblasener Ballon. Seine

Augen traten hervor wie Murmeln aus Wackelpudding. Ich wusste, was jetzt kommen würde. Ich sprang zurück, als ein Schwall heißer stinkender Gase über uns hinwegzischte. Ich hielt die Hände schützend über den Kopf.

„Duckt euch!“, rief ich.

Ich warf mich zu Boden, als das Wesen explodierte. Auch Safi duckte sich rechtzeitig weg. Nur Nathan war nicht schnell genug. Der fliegende Schleim traf ihn voll ins Gesicht. Er prustete und keuchte und würgte.

Ich sprang auf und rannte zu der Nische, aber der große Geh-Abruki kam uns schon entgegen. Er hatte Gavin beim Hals gepackt und schleifte ihn hinter sich her.

„Dafür werdet ihr alle sterben“, schnarrte er. „Und mit dem hier fange ich an.“ Er hielt Gavin in die Höhe wie einen nassen Lappen.

Safi schaute nach oben, als lauschte sie auf den Wind, der durch den Tunnel jaulte. „Ich hab eine Idee“, rief sie über den Lärm hinweg.

Alles rings um uns herum begann zu beben, als stünde der Weltuntergang kurz bevor. Die Kiesel auf dem Boden spritzten und sprangen. Das Getöse wurde immer lauter. Dann gab es ein gewaltiges Donnern, und eine Druckwelle brach über uns herein.

Ein Zug kam auf der anderen Seite des Tunnels die Gleise entlanggedonnert. Die heranrasenden Schweinwerfer überfluteten uns mit hellem Licht.

Der Fahrtwind zerrte bereits an uns. Der Zug würde jeden Augenblick an uns vorüberdonnern. Genau da rannte Safi mit voller Kraft auf den Geh-Abruki zu und packte ihn beim Hals. Ehe das Geschöpf auch nur reagieren konnte, riss sie es hoch, sodass ihm der schlaffe Gavin aus den Händen rutschte, wirbelte es herum und schleuderte es in einem mächtigen Wurf über unseren Zug hinweg, direkt vor die entgegenkommende Lok. Über das ohrenbetäubende Donnern hinweg konnten wir einen schwachen Schrei und dann ein Platschen hören. Einen Augenblick später regnete Schleim auf uns herunter.

„Jawohl!", rief Safi und stieß triumphierend eine Faust in die Luft. Nicht einmal Nathan beschwerte sich über den Schleim. Wir waren frei. Gavin lag allerdings immer noch neben mir auf den Knien. Ich beugte mich zu ihm hinunter und rüttelte ihn.

„He, Kumpel, es ist alles vorbei. Hier wird keine Seele mehr ausgesaugt."

Er schlug erst ein Auge auf, dann das andere. Mühsam rappelte er sich auf und hielt sich den Hals. Ich wusste genau, wie er sich fühlte, auch mein Hals war ganz kalt und taub.

„Ich hätte sie spüren müssen", murmelte er. „Ich schätze mal, ich hab's vermasselt. Danke, dass ihr mich gerettet habt, Leute."

Nathan hörte auf, sich den Schleim vom Gesicht zu wischen. „Du hast gar nichts vermasselt", sagte er verlegen. „Du hast mich gerettet. Du hast sie abgelenkt." Er versuchte zu lächeln. „Also, danke." Es klang, als hätte er sich noch nie im Leben bei jemandem bedankt.

„Cool", brachte Gavin gerade noch heraus, ehe die Beine unter ihm nachgaben.

Nathan und ich fingen ihn auf und schleppten ihn gemeinsam zurück zu unserem Waggon. Als wir die Tür erreichten, gingen die Lichter wieder an.

„Die Leute wachen auf", sagte Safi. Sie sprang an Bord. „Schnell, ehe der Zug losfährt."

Sie streckte uns eine Hand hin und zog Gavin in den Zug. Dann warf sie ihn sich über die Schulter und trug ihn in unseren Wagen zurück.

Der Zug machte einen Ruck, und der Lautsprecher schaltete sich krächzend ein.

„Wir, äh, wir entschuldigen uns für diesen außerplanmäßigen Halt", sagte eine verwirrte Stimme. „Er war, äh, er war auf einen unvorhergesehenen mechanischen Defekt zurückzuführen."

„Eher einen Geh-Abruki-Defekt", sagte ich. „So heißen diese Schleimwesen. Merlin hat gesagt, die leben in Gräbern …"

Nathan hielt eine Hand hoch. „Will ich gar nicht wissen." Die anderen beiden nickten.

„Die sind platt und tot!", meinte Gavin. „Dabei wollen wir es belassen."

Wieder krächzte der Lautsprecher. „Nächster Halt ist Bodmin."

„Da müssen wir raus", sagte Safi.

Ich schaute mich und dann die anderen an. Gavin und ich waren von oben bis unten mit Ruß und Schlamm verdreckt, dazu kam noch ein Überzug aus Schleim. Safi klopfte sich gerade ihre Kleider sauber, aber ihr Kopftuch war frisch mit Geh-Abruki-Sprenkeln verziert. Nur Nathan war wunder-

samerweise beinahe so sauber wie zu Beginn der Reise, er hatte nur ein paar kleine Schleimspritzer auf seinen Jeans.
„Wie macht der das?“, grummelte Gavin, als Nathan sein Spiegelbild im Fenster überprüfte und eine Haarsträhne an die richtige Stelle schnipste.
Als wir unser Gepäck zusammensuchten, ging mir ein Gedanke durch den Kopf. Woher hatten die Geh-Abruki gewusst, dass wir im Zug sein würden? Nur meine Mum, Safis Mum und Hector wussten davon. Offensichtlich war Mordred mächtiger als gedacht. Irgendwie konnte er uns aufspüren. Ich hätte wachsamer sein müssen – die hatten mich ja schließlich auch bei der Hochzeit gefunden.
Als wir in den Bahnhof einfuhren, dämmerte es schon. Mum wartete am Bahnsteig auf uns und winkte uns zu.
Ich ließ die übliche peinliche Mum-Umarmung über mich ergehen. „Alles in Ordnung, Mikey?“, fragte sie dann mit gerunzelter Stirn.
Ich kreuzte die Finger hinter dem Rücken. „Mmh. Wieso?“
Sie musterte mich von oben bis unten. „Du siehst ein bisschen ramponiert aus.“
„Ich ziehe den Dreck eben magnetisch an“, sagte ich.
Zum Glück hackte sie nicht weiter darauf herum. Sie führte uns zu dem Parkplatz, auf dem sie den Benz abgestellt hatte. Ich trödelte ein bisschen hinter den anderen her. Während sie ihre Taschen im Kofferraum verstauten und sich darüber stritten, wer vorne sitzen durfte, stand ich da und schaute hinüber zu dem fernen Moor, das düster und dunkelgrau am Horizont lag. Dann schaute ich in die andere Richtung und

schnupperte. Da drüben war die Küste. Ein Bild trat mir vor die Augen. Eine felsige Klippe, die raue blaugrüne See.
„Was ist los?“, fragte Mum und hielt mir die Tür auf.
„War ich schon mal in Cornwall?“
„Nein, Schatz. Wir sind immer nach Schottland in Urlaub gefahren. Und einmal nach Tunesien.“
„Klar, natürlich.“ Ich schaute noch ein letztes Mal in Richtung Küste und stieg dann in den Wagen.
Warum hatte ich dann das Gefühl, als käme ich nach Hause?

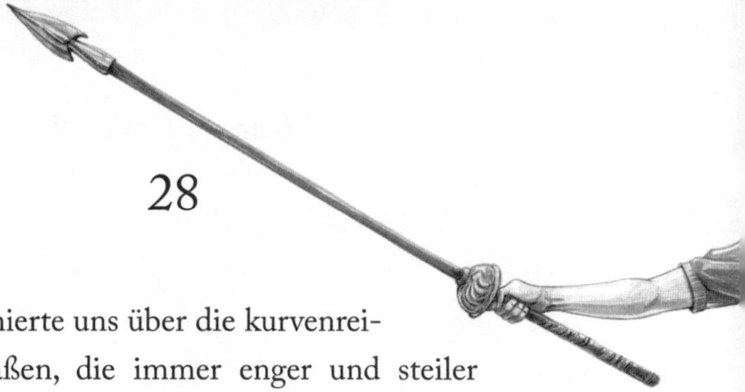

28

Mum kutschierte uns über die kurvenreichen Straßen, die immer enger und steiler wurden, je näher wir der Küste kamen. Die Mauern zu beiden Seiten waren so hoch, dass wir nichts außer bemoosten Steinen, verschwommenen Hecken und hingetupften Wiesenblumen sehen konnten. Endlich schaltete Mum einen Gang herunter, der Benz brummte einen wahnsinnig steilen Hang hinauf, und dann bogen wir rasant auf eine breitere Straße, die hoch über die Klippen führte.

Hinter mir hörte ich Safi japsen. „Super!“, rief sie. Statt auf geheimen schmalen Sträßchen befanden wir uns nun unter einem weiten Himmel, der sich bis zum Horizont erstreckte und dort mit der glitzernden silbrigen See verschmolz.

Mum bog links in eine Einfahrt ein, neben der ein Schild „Tintagel House“ stand, und da lag es vor uns. Im Gegensatz zu den Häuschen, an denen wir vorübergekommen waren, wirkte dieses hier eher wie ein modernes Schloss aus Stahl und Glas. Es stand hoch oben an der Kante der Klippe und schaute auf alles hinunter. Es war von einer hohen Mauer umgeben, an deren Ecken Überwachungskameras angebracht waren.

Das war aber nicht alles. Das Haus war zudem von einer Gruppe von Protestierern umgeben, die ringsum am Straßenrand saßen. Sie hatten wohl unser Auto den Hang hochkommen sehen, denn sie sangen bereits.

„Was, was, was? – Boomgardt raus! Wann, wann wann? – Heute noch!“

Es waren viel mehr als bei der Hochzeit. Ich rutschte tief in meinen Sitz, als Mum vorsichtig an ihnen vorbeifuhr.

„Wer sind all die Leute?“, murmelte ich, als die Gesichter den Wagen umringten.

„Manche sind aus dem Ort“, meinte Mum und schlängelte sich langsam durch die Menge. „Der Tourismus ist hier wirklich wichtig. Sie sorgen sich, dass die Ölbohrinsel das Meer verschmutzen könnte. Und manche sind von Greenpeace.“

Ich rutschte weiter nach unten. „Das ist so peinlich.“

„Ignoriere sie einfach“, murmelte sie und fuhr an ein großes Stahltor heran. Ignorieren? Das war nicht gerade einfach. Denn als Mum die Fernbedienung drückte, um das Tor zu öffnen, umringten die Protestierer das Auto. Ringsum wurden Plakate geschwenkt.

„Boomgardt raus aus Cornwall – heute noch“, las Gavin von hinten vor. „Rettet unser Meer.“ Er begann, den Leuten zuzuwinken und den Daumen in die Höhe zu halten.

Safi knuffte ihn. „Die winken nicht, die drohen uns mit den Fäusten.“

„Mir egal. Ich würde sagen, wir sollten sie bei Laune halten.“

An der anderen Seite warf sich Nathan in Pose und winkte den Leuten zu wie ein Filmstar. Zum Glück hatte der Benz verdunkelte Scheiben. Jetzt ging das Tor auf, und ein paar von Hectors Sicherheitsleuten kamen heraus und begannen, die Protestierer zurückzudrängen. Jemand hämmerte an mein Fenster. Ich hob den Kopf und sah direkt in Ellies grüne

Augen. Die verdunkelten Fenster hinderten sie nicht daran, mich ebenfalls anzustarren.

„Moment“, sagte ich zu Mum. „Ich möchte mit jemandem reden.“

„Machst du Witze?“ Sie stieg aufs Gaspedal. „Die würden dich in der Luft zerreißen.“

Sie fuhr schnell durch das Tor. Die Wachmänner schlossen es hinter uns, ehe jemand uns folgen konnte. Mum fuhr die Einfahrt hinauf, bis wir die Haustür erreichten.

„Ich gehe jetzt Hector und Edwin abholen“, sagte sie. „Fühlt euch wie zu Hause. Wir sehen uns beim Abendessen.“

Als sie losfuhr, sagte Gavin. „Hoffentlich bleibt sie nicht zu lange weg. Ich sterbe vor Hunger.“

Ich nickte. „Sie hat gesagt, wir sollen uns wie zu Hause fühlen.“ Ich drückte die Haustür auf. „Dann suchen wir mal die Küche und einen kleinen Snack.“

Danach wollte ich mich auf die Suche nach Ellie machen.

29

Ich weiß nicht, warum der überhaupt eingeladen ist", sagte mein stets charmanter Stiefbruder. „Und warum sind auch noch seine jämmerlichen Freunde hier und machen eine Mordsunordnung im Haus?"

Die Stimmung beim Abendessen war nicht besonders gut.

Edwin war mit Clementine aufgekreuzt, als wir uns gerade zum Essen hinsetzten. Jetzt hockte er finster am Tisch und schaute mich wütend an.

„Sie sind eingeladen", antwortete Hector mit einem Seufzen.

Er sah zu Mum hinüber, die Edwin ein liebliches Lächeln zuwarf.

„Iss woanders, wenn dir die Gesellschaft nicht gefällt", meinte sie.

„Das mache ich." Edwin nahm seinen Teller und stürmte aus dem Raum, Clementine im Schlepptau.

Schweigend aßen wir weiter. Die meiste Zeit starrte ich aus dem Esszimmerfenster, das aufs Meer hinausging. Weit weg am Horizont, etwa eine Meile von der Küste entfernt, konnte ich die Silhouette der Ölbohrinsel ausmachen. Jetzt, da ich sie gesehen hatte, nahmen meine Sorgen gewaltig zu.

Was plante Mordred? Was würde passieren?

Als ich wieder auf den Tisch schaute, merkte ich, dass Hector mich beobachtete.

„Du scheinst dich für die Bohrinsel zu interessieren", sagte er. Ich setzte rasch mein Technikfreak-Gesicht auf. Es war eine Kombination aus nachdenklich gerunzelter Stirn, einem eifrigen Blick und einem ernsten Mund. „Die ist ziemlich eindrucksvoll."

Es waren die ersten Worte, die wir gewechselt hatten, seit ich hier angekommen war. Ich war Hector lieber aus dem Weg gegangen.

„Und das Modell da ist auch cool", fügte ich noch hinzu.

Auf einem Tisch mitten in dem riesigen Wohnzimmer stand eine perfekte maßstabsgetreue Nachbildung der Bohrinsel. Sie war einen Meter hoch und aus einem Meccano-Metallbaukasten gebaut. Die Hauptplattform ruhte an allen vier Ecken auf zylindrischen Stützen. Ringsum am Rand der Plattform waren winzige Stapel von Kisten, Berge von Ketten und Seilen und Miniaturrohrabschnitte zu sehen. Im Zentrum war ein kleiner Bohrer angebracht, der in ein gemaltes Meer darunter eintauchte. Es gab sogar kleine Bohrarbeiter aus Plastik. Und in der gläsernen Steuerungswarte, die eine ganze Seite der Plattform einnahm, waren Technikerfigürchen und winzige Computer und Steuerpulte zu sehen. Auf einem gesonderten Turm darüber befand sich ein Hubschrauberlandeplatz mit dem Modell eines Hubschraubers drauf.

Hector drehte sich um und betrachtete die kleine Ölbohrinsel voller Bewunderung. Dann wandten wir uns beide um und blickten auf die echte Plattform draußen auf dem Meer. Jetzt, da es Nacht wurde, verwandelte sie sich in ein Muster aus Lichtern vor dem dunklen Himmel.

„Hat man dort schon Öl gefunden?", erkundigte ich mich.
„Nein, aber das wird sehr bald geschehen." Hectors Finger begannen, nervös auf den Tisch zu trommeln. „Unsere seismische Analyse hat ergeben, dass wir uns unmittelbar über einem riesigen Unterwasservorrat an Öl befinden."
Er bekam keine Gelegenheit, noch mehr zu sagen, denn draußen ließ das Krachen eines Gewehrs die Fenster erzittern. Darauf folgte das Klirren unserer Messer und Gabeln, die auf den Boden fielen, weil wir erschrocken aufgesprungen waren.
„Der verdammte Vogel!"
Das war Edwins Stimme. Etwas Kleines, Fedriges schoss am Fenster vorbei. Dann war ein weiterer Gewehrschuss zu hören.
Mum hastete zur Tür, dicht gefolgt von Safi, Gavin, Nathan und mir. Draußen hatte Edwin Hectors Jagdgewehr angelegt. Er zielte auf einen kleinen Punkt am Himmel. Den erkannte ich.
„Halt!", schrie ich. „Du darfst keine Greifvögel schießen. Das ist verboten!"
„Die verdammte Krähe! Hätte mir beinahe ein Auge ausgestochen."
Er zielte erneut. Es war ein Turmfalke, die gleiche Vogelart, die ich in der Park Lane beobachtet hatte. Ich sah, wie sich Edwins Finger am Abzug krümmte. Ich warf mich nach vorn, aber Mum war schneller. Sie riss Edwin das Gewehr aus den Händen. „Lass dich bloß nicht noch mal erwischen, wie du in meinem Haus mit einem Gewehr schießt", knurrte sie ihn an. Dann marschierte sie mit der Waffe zurück ins Haus.

Edwin schaute wütend hinter ihr her. „Das ist nicht dein Haus“, rief er, aber sie ignorierte ihn.
Wir beachteten ihn auch nicht und folgten Mum nach drinnen.
„Wartet nur“, schrie er hinter uns her. „Das wird ihr noch leidtun. Es wird euch allen noch leidtun.“

30

Später, als alle im Bett waren, zog ich mir ein Kapuzenshirt über, schlich mich aus dem Haus und ging auf die Veranda, von der aus man auf die Klippe sehen konnte. Unten waren unser Privatstrand und ein kleiner Hafen zu sehen. Links und rechts von mir konnte ich die zerklüftete Küste ausmachen, deren Klippen steil zum Meer abfielen. Das Wasser glänzte silbern im Mondlicht.

Ich hatte das alles schon einmal gesehen. Ich kannte diesen Ort.

Der Gedanke ging mir nicht mehr aus dem Kopf. Auf keinen Fall würde ich schlafen können, also ging ich vorsichtig und leise um das Haus, bis ich das Tor sah. Dort strahlte die Sicherheitsbeleuchtung und erhellte das kleine Zeltlager auf der anderen Seite des Tors, wo einige beherzte Protestierer ihre Zelte aufgeschlagen hatten. Sie hatten Lagerfeuer angezündet und saßen ringsum, spielten Gitarre und sangen leise.

Ein paar der Sicherheitsleute von Boomgardt gingen mit Hunden Patrouille, also duckte ich mich in den Schatten und wartete ab. Ich hatte Glück. Nachdem die Männer eine Weile auf und ab gegangen waren, erschien ein anderer und rief sie zu sich herüber. Sie standen in einer kleinen Gruppe da. Ich sah, wie dort drüben ein Streichholz aufflammte.

Das war meine Chance.

Ich rannte auf die Mauer neben dem Tor zu, deren Krone mit Klingendraht gesichert war. Hector mochte ja glauben, dass das ein gutes Hindernis war, aber verglichen mit *Dem Biest* war das ein Kinderspiel. Ich fand Halt mit den Füßen und zog mich vorsichtig auf die Mauerkrone. Mein Kapuzenshirt hatte ich vorher über die scharfen Klingen geworfen. Okay, die Sicherheitskameras hatten mich gefilmt, aber wenn sie die Aufzeichnungen später ansehen würden, wäre es zu spät, um mich noch aufzuhalten.

Ich sprang auf der anderen Seite ins weiche Gras. Niemand hatte mich gesehen. Ich zog mir den Pulli wieder an, streifte mir die Kapuze über und ging zum Zeltlager hinüber. Ich lief zwischen den Feuern herum und musterte jedes Gesicht.

Ich konnte Ellie nicht finden. An einem der Lagerfeuer fragte ich schließlich eine junge Frau mit blonden Dreadlocks und einem Nasenknopf, ob sie ein Mädchen mit grünen Haaren gesehen hätte. Sie lächelte mich an und sagte: „Die ist manchmal hier, aber heute Abend nicht." Sie hielt mir eine Blechtasse mit Tee hin. „Magst du einen Schluck?"

„Danke." Ich nahm die Tasse und setzte mich neben sie.

Eine Möwe flog knapp über unsere Köpfe hinweg.

„Die Vögel sind aber noch spät unterwegs", meinte ich.

„Das ist die Bohrinsel – die stört alles", sagte die junge Frau. „Die Fischer sagen, dass sämtliche Fische weggezogen sind. Und die Möwen nisten auch nicht mehr auf den Klippen. Irgendwas wird passieren."

Ich spürte, wie der Boden unter meinen Füßen bebte. „Wow! Was war das denn?"

„Weißt du das nicht? Die Bohrungen verursachen Erschütterungen.“ Die junge Frau schien daran gewöhnt zu sein und nippte ruhig an ihrem Tee. „Noch ein paar mehr, und Klippen rutschen ab.“ Sie schaute hoch. Von der Hauptstraße am Ende der Zufahrt näherten sich Autogeräusche. „’tschuldigung. Ich muss hingehen und die VIPs beschimpfen.“ Sie wirkte müde. Selbst wenn man eine noch so motivierte Öko-Kriegerin ist, ist es auf Dauer wahrscheinlich langweilig, immer ignoriert zu werden und nichts zu erreichen.
Ich folgte den Protestieren die Zufahrt hinunter. „Welche VIPs sind das?“
„Der Vorstand von Boomgardt Energy“, antwortete sie. „Die kommen zur Eröffnung.“
Die Protestierer standen da, schwenkten ihre Plakate und riefen ihre Sprechchöre, während die von Chauffeuren gelenkten Limousinen vorbeirollten und zu einem großen Hotel außerhalb von Tintagel weiterfuhren.
Sechs Autos für sechs Mitglieder des Vorstands, tippte ich.
Mir lief es eiskalt über den Rücken. Was, wenn Mordred in einem dieser Wagen saß? Wie konnten wir das herausfinden? Und was sollten wir dann machen?
Diesmal war ich einer Meinung mit Safi. Vielleicht brauchten wir Artus doch.
Wenn wir ihn überhaupt fanden.

31

Der nächste Tag war ein Sonntag. Die feierliche Eröffnung der Bohrinsel war für Montag geplant. Als ich die Treppe hinunterkam, sah ich, dass Leute Körbe mit Essen und Kisten mit Wein ins Haus trugen. Draußen hatte eine ganze Reihe von Lieferwagen geparkt. Niemand nahm Notiz von mir. In der Küche kommandierte eine kleine Frau mit einer karierten Schürze alle herum.

„Was ist denn hier los?“, fragte ich einen der Männer.

„Wir sind das Catering. Für die Party heute Abend.“ Er schob sich an mir vorbei. „’tschuldigung, aber die Chefköchin fängt sonst gleich wieder an zu brüllen.“

Ich ging den Leuten aus dem Weg und holte mir eine Schüssel Cornflakes. Etwas später schlurften die anderen auch gähnend herein und wurden ebenfalls weggescheucht. Wir setzten uns dicht nebeneinander, und ich erzählte den anderen von den VIPs, die gestern Nacht angekommen waren.

„Und die kommen alle zu dieser Party?“, fragte Safi.

„Ja. Vielleicht ist sogar Mordred dabei. Aber Hector hat bestimmt, dass die Party nur für Erwachsene ist. Wir sind nicht eingeladen.“

„Wir wissen ja sowieso nicht, wie der aussieht“, nuschelte Gavin, der den Mund voller Haferflocken hatte.

In dem Augenblick kam Mum herein. „Wie wer aussieht?“

„Niemand." Ich wartete, bis sie sich Kaffee eingeschenkt hatte.
„Mum", sagte ich dann mit meiner besten Bettelstimme. „Wir müssen uns ja verziehen, wenn die Party anfängt – dürfen wir dann stattdessen wenigstens zur Eröffnung mit auf die Bohrinsel?"
Sie rührte in ihrem Kaffee. „Nein, tut mir leid. Da gehe nicht mal ich hin."
„Aber du gehst nicht hin, weil du gar nicht gern auf dem Wasser bist und dich nicht mal auf ein Boot traust." Ich schaute die anderen an. „Los, wir gehen da hin. Wir stehen bestimmt auch niemandem im Weg. Das wird spannend."
Mum nahm sich ein Croissant aus einem Korb. „Nein, das wird es nicht. Ihr seht nur den großen Bohrer in der Mitte, der sich dreht, und dann bleibt er stehen, und Hector verkündet, dass sie Öl gefunden haben. Das kommt nicht mal aus dem Bohrloch geschossen, habe ich mir sagen lassen, das gibt's nur im Film. Dann trinken alle ein Glas Champagner und kehren an Land zurück." Sie schüttelte den Kopf. „Tut mir leid, Leute. Heute Abend und morgen geht ihr allen aus dem Weg. Kapiert?"
Wir murmelten ein zögerliches Ja.
„Ich weiß was", sagte Mum, als die Chefköchin gerade wieder zu zetern begann. „Warum macht ihr nicht einen Ausflug? Ich habe genug zu tun und kann auf Edwins Tobsuchtsanfälle wirklich verzichten." Sie kaute auf ihrem Croissant herum und überlegte. „Ihr könntet an den Klippen entlangreiten. Auf der Farm an der Küstenstraße gibt es Pferde, die Bewegung brauchen."

Ich lachte. „Ich kann nicht reiten, Mum."
Sie deutete mit dem Croissant auf mich. „Dann lernst du es eben, Mikey."
„Ich kann reiten", sagte Nathan.
„Siehst du! Das ist die richtige Einstellung. Nathan kann es dir beibringen."
„Nein, ist schon gut, ich schaffe es bestimmt auch so", sagte ich, als ich Nathans selbstgefälliges Grinsen sah.
Sobald wir den letzten Bissen heruntergeschluckt hatten, bugsierte Mum uns zur Haustür hinaus.
„Ab mit euch! Viel Spaß. Reitet nach Tintagel. Ihr könnt die Pferde im *Guinevere* lassen. Ich kenne die Wirtin."
„Was gibt's denn in Tintagel?", fragte ich.
Sie warf mir ein strahlendes Lächeln zu. „Die Burgruine. Die Höhlen. Es wird euch bestimmt gefallen."
Dann war die Tür zu. Wir schauten einander an.
„Und Tintagel ist der Geburtsort von König Artus", sagte Safi nachdenklich.

32

Ich bin schon Skateboard gefahren, mit Quadbikes und Mountainbikes herumgebrettert, am Meer auf einem Esel geritten und damals in Tunesien auf einem Kamel. Aber ich hatte noch nie auf einem Pferd gesessen, und ich freute mich nicht darauf. Als wir auf dem Hof standen, verrieten mir Gavins und Safis Mienen, dass es ihnen ähnlich ging.

Nathan saß schon hoch oben auf einem eleganten Schimmel. „Es ist ganz leicht“, rief er, als er davontrabte. Das war's also mit Nathans Unterricht. Aber ich war eigentlich ganz froh, denn ich glaube nicht, dass ich eine Reitstunde von Nathan ausgehalten hätte.

Safi stieg als Nächste auf. Zuerst wirkte sie unsicher, doch sobald sie auf dem Rücken eines braunen Pferdes mit weißen Söckchen saß, schaute sie nicht mehr ängstlich, sondern angenehm überrascht.

„Er hat recht. Es ist wirklich einfach.“ Sie schob die Füße in die Steigbügel, wendete ihr Pferd und ritt ein paar Runden im Hof.

Der Bauer guckte verwirrt. „Ich dachte, ihr wärt noch nie geritten?“

„Wir lernen schnell“, rief Safi ihm zu und trabte hinter Nathan her.

„Du bist der Nächste.“ Der Bauer zeigte auf Gavin, verschwand im Stall und kam mit einem Apfelschimmel zurück.

„Er ist ein bisschen nervös, wenn man aufsteigt“, meinte der Bauer. „Ich halte ihn besser fest.“

Ehe wir uns versahen, murmelte Gavin dem Pferd etwas zu. „Das Zaumzeug ist ein bisschen zu eng, das ist alles.“ Der Bauer runzelte die Stirn, lockerte aber die Riemen. „So ist es besser“, meinte Gavin. Er stellte einen Fuß in den Steigbügel und hievte sich schwerfällig auf den Rücken des Pferdes. Vorsichtig nahm er die Zügel auf, glitt dann mit den Händen daran entlang und fasste sie mit einem sehr professionell wirkenden Griff. Sein Pferd beugte den Hals, und als Gav ihm einen kleinen Stups in die Flanken gab, spielte es mit den Ohren und trabte schwungvoll vom Hof.

„Wie hat er das denn gemacht?“, fragte der Bauer.

„Telepathie“, antwortete ich.

Der Bauer warf mir einen säuerlichen Blick zu. „Rasend komisch.“

Jetzt war ich an der Reihe. Was für ein wunderbares Ross würde ich wohl bekommen?

Der Bauer ging mit großen Schritten in den Stall, und als er zurückkam, zerrte er ein riesiges schwarz-weißes Pferd hinter sich her. Es sah aus, als sollte man es eigentlich vor einen Wagen spannen. Seine Hufe waren so groß wie Frisbeescheiben, und jeder schien mindestens eine Tonne zu wiegen.

„Leider ist nur noch Roger übrig“, meinte der Bauer und zog das Pferd zu mir herüber.

Als Roger mich sah, schnaubte er und schleuderte dabei jede

Menge widerlichen Sabber in alle Himmelsrichtungen. Dann kaute er gemütlich weiter auf einem Büschel Heu.
„Das soll wohl ein Witz sein“, murmelte ich.
„Roger oder gar kein Pferd“, antwortete der Bauer.
Er half mir auf den Rücken des Pferdes – es war, als kletterte man auf einen behaarten Berg. Dann brachen wir auf.
Roger wollte sich nur im Schritttempo bewegen. Die anderen waren schon weit voraus und ritten bereits über den Klippenpfad. Ich versuchte, Roger anzutreiben, aber sein Wille war stärker als meiner. Er trottete gemütlich weiter. Schließlich gab ich auf.
„Super! Ich, blöd und machtlos auf einem blöden, langsamen Gaul“, grummelte ich vor mich hin. Roger spielte unwillig mit den Ohren und machte einen Schritt zur Seite. Irgendwas hatte seine Aufmerksamkeit erregt.
Aus dem Augenwinkel hatte ich die Bewegung auch mitbekommen.
Der Turmfalke war wieder da. Er schwebte über dem Rand der Klippe, auf gleicher Höhe mit mir. Ich brachte Roger zum Stehen, was nicht sonderlich schwierig war, und beobachtete den Vogel. Er ließ sich von der Luft tragen, verharrte beinahe reglos, während er die Felsen unten nach Beute absuchte. Er sah genauso aus wie das Weibchen, das ich in London gesehen hatte. Und je länger ich ihn beobachtete, desto überzeugter war ich … dass es dasselbe Weibchen war. Obwohl wir über zweihundertfünfzig Meilen von London entfernt waren.

Ich wartete darauf, dass sie sich herunterstürzen und mit ihren starken Krallen eine Maus oder Spitzmaus fangen würde.
Starke Krallen. Das weckte eine Erinnerung in mir. Starke Krallen? *Strongclaws!* Da begriff ich es. Ich hielt meine Hand in die Höhe. Ich pfiff leise.
„Strongclaws!"
Einen Augenblick lang geschah nichts, doch dann legte sie ganz leicht die Flügel schräg und kam auf uns zugeschossen. Einen Meter von mir entfernt blieb sie in der Luft stehen, und ihre Flügel schlugen so schnell, dass ich sie nur verschwommen sah. Und dann landete sie – wie unglaublich, wie wunderbar! – auf meiner ausgestreckten Hand!
Mit ihren Krallen hätte sie meine nackte Hand in Fetzen reißen können, aber sie hielt sich nur ganz leicht fest. Sie wog fast nichts, als hätte sie Helium in den Knochen. Und als hätte er gespürt, dass etwas Wunderbares geschehen war, beugte Roger seinen Kopf nach unten. Eine Brise erfasste seine Mähne. Er schnupperte. Irgendwas würde gleich geschehen. Ich glaube, Strongclaws spürte das auch, denn sie breitete ihre Flügel aus und krallte sich gleichzeitig auf meiner Faust fest, um das Gleichgewicht halten zu können. Mit meiner freien Hand ergriff ich die Zügel.
Roger spannte alle Muskeln an und fiel dann in einen runden, leichten Galopp.
Eigentlich hätte ich vom Pferd fallen müssen. Ich hatte einen Greifvogel auf der Hand. Ich hielt mich nur an einem dünnen Lederriemen fest, und ich war noch nie im Leben geritten. Aber meine Knie lagen eng an Rogers Flanken. Meine

Hacken bewegten sich nach unten. Ich lehnte mich vor, nahm den Rhythmus auf und ließ Roger das Tempo bestimmen. Er beschleunigte, und Strongclaws ließ meine Hand los und schwang sich über uns in die Lüfte. Ich beugte mich weiter vor, nahm die Zügel in beide Hände und legte leicht die Schenkel an, um Roger noch mehr anzutreiben. Er gehorchte nur zu gern. Ich vermute, dass er jahrelang nicht so galoppiert war. Die frische Seeluft von Cornwall ließ Rogers Mähne flattern und wehte mir durch die Haare. Ich schrie vor Entzücken. Als Antwort zuckte Roger mit den Ohren und galoppierte noch schneller.

Es war, als wäre ich schon immer geritten. Alle Bewegungen waren da, jederzeit abrufbar, genau wie beim Schwertkampf. So sollte es sein: Strongclaws flog über uns, und Roger und ich holten die anderen mit Leichtigkeit ein.

Die hatten angehalten und waren an der Stelle abgestiegen, wo der Klippenpfad auf die Straße nach Tintagel mündete. Ich wusste sofort, dass etwas nicht stimmte. Irgendwas hatte sie erschreckt. Gav, Safi und Nathan mussten die Zügel fest packen, während ihre Pferde nervös tänzelten. Auch Roger hatte etwas gespürt und begann, seinen Kopf hin und her zu werfen. Die anderen winkten mir verzweifelt zu, aber ich begriff nicht, was los war.

Roger galoppierte auf sie zu, und seine großen Hufe pflügten den Boden auf, als er bremste. Ich blieb im Sattel – der Übergang vom Galopp zum Schritt schien ein Leichtes zu sein. Erst als wir die anderen erreicht hatten, hörte ich ein Getriebe knirschen und sah einen Jeep auf der Straße schlitternd

zum Halt kommen. Edwin kletterte an der Fahrerseite heraus, und hinter ihm schaute eine bleiche Clementine aus dem Fenster.
„Siehst du, ich hatte recht“, grunzte er Clementine zu. „Es ist genau derselbe Vogel.“ Seine Augen waren starr auf Strongclaws geheftet, die über uns im Wind schwebte.
Edwin hob ein Gewehr an die Schulter und zielte. Ich sprang von Rogers Rücken.
„Wag es bloß nicht!“
Er hielt die Flinte im Anschlag. „Und ob ich das wage.“
Strongclaws schwebte noch immer über uns. Ich wedelte mit dem Arm in ihre Richtung und schrie. Gav machte es mir sofort nach. „Verscheucht sie!“, rief ich. Safi und Nathan schlossen sich ebenfalls an, aber das Turmfalkenweibchen blieb, wo es war.
„Eddy, lass es sein“, plapperte Clemmie, die hinter ihm ausgestiegen war. „Das ist nur ein blöder Vogel, sonst nichts.“ Sie packte ihn am Arm, aber er schüttelte sie ab und legte erneut das Gewehr an.
Ich machte das Einzige, was ich noch tun konnte. Ich hob meinen Arm und rief Strongclaws zu mir. Sie kam pfeilschnell auf mich zu und landete auf meiner ausgestreckten Hand.
Edwin fluchte und legte erneut auf sie an. „Lass den Vogel los, Michael“, brüllte er. „Diesmal erwische ich ihn.“
Ich nahm die Hand vor die Brust. Der Gewehrlauf folgte meiner Bewegung.
Edwin tobte. „Lass ihn fliegen, oder du kriegst was ab.“

„Nein." Ich verzog verächtlich den Mund. „Sie gehört mir. Wenn du auf sie schießt, dann musst du auch auf mich schießen."
Edwin lachte boshaft und entsicherte das Gewehr. Mein Herz blieb beinahe stehen, aber ich schaffte es, ihn anzuschauen, ohne mit der Wimper zu zucken.
„Bring mich nicht in Versuchung", knurrte er.
Clementine tänzelte zu ihm hin. „Eddy-Baby, ich habe gesagt, lass es sein." Sie warf mir einen bitterbösen Blick zu. „Der ist das nicht wert." Sie legte ihre Hände auf den Gewehrlauf und drückte ihn nach unten. Das schien Edwin den Wind aus den Segeln zu nehmen. Er taumelte rückwärts und schubste Clementine dann weg. Aber er hielt das Gewehr gesenkt und wehrte sich auch nicht, als Clementine es ihm abnahm. Sein Gesicht war vor Wut verzerrt, als er sich wieder zu mir umdrehte.
Er stieß einen Finger in meine Richtung. „Bald", fauchte er, „bald bin ich euch alle los."
„Was soll das denn heißen?", fragte ich mit bebender Stimme.
Aber diesmal hatte Clementine das Sagen. Sie bugsierte Edwin in den Jeep. Dann fuhr sie zu mir herum. „Verpiss dich einfach, Michael!" Sie verzog das Gesicht. „Was glaubst du eigentlich, wer du bist?"
Sie war mindestens so wütend wie er.
„Er hat doch angefangen", antwortete ich.
„Egal." Sie stöckelte zu mir und stieß mir einen Finger an die Brust. „Er wird bald eine wichtige Persönlichkeit sein. Also pass besser auf."

Sie stieg in den Jeep und fuhr davon.
„Was hat der denn für Probleme?", fragte Safi. „Du hast ihm doch nicht seinen Platz weggenommen, und er ist auch kein kleiner Junge, der auf seine neue Stiefmama eifersüchtig ist."
„Der spinnt", meinte Gavin. „In seinen Gedanken laufen die Ruhmeshymnen mit Militärkappelle auf Endlosschleife."
„Der träumt wohl, wenn er glaubt, dass er bald wichtig wird", sagte Nathan. „Wer würde dem denn was Wichtiges zu tun geben?"
Ich sah dem Jeep hinterher, der die Straße hinunterfuhr. Mein Herz pochte noch immer wie wild. Ich hielt die Hand hoch, und Strongclaws stieß einen Schrei aus und erhob sich in die Lüfte.
„Die ist wunderbar", meinte Gavin und beschattete seine Augen, während sie hoch aufstieg. „Wo kommt sie her?"
„Sie scheint mich zu kennen. Ich habe sie Strongclaws genannt."
Safi warf mir einen seltsamen Blick zu.
„Was ist?", fragte ich.
Sie zuckte die Achseln und lächelte. „Cooler Name für einen Turmfalken, das ist alles. Gute Wahl."
Wir schauten Strongclaws hinterher, die fortflog, über die Klippen hinaus und auf die Burgruine von Tintagel zu.
Die Überreste der alten Festung ragten hoch auf einer felsigen, windgepeitschten Landzunge auf, die geradewegs aus dem Meer aufstieg. Sie war durch einen schmalen Felsgrat mit dem Festland verbunden und an drei Seiten von donnernder Brandung umgeben.

Die Burg musste früher atemberaubend ausgesehen haben. Einen Augenblick lang sah ich sie vor mir, wie sie einmal gewesen sein musste: Die Türme erhoben sich hoch über dem Dorf, lange Banner flatterten im Wind, die Festungswälle waren wieder vollständig, und die glatten grauen Steinmauern ragten mächtig und schroff empor. Dann zerrfloss das Bild, und ich erblickte wieder die Ruine.

Ich schaute zu den anderen. Hatten sie das auch gesehen? Gavin und Nathan stiegen gerade wieder auf ihre Pferde, aber Safi hielt ihres noch am Zügel und starrte auf die Ruine.

„Hast du grade was gesehen?“, fragte ich.

Safi runzelte die Stirn. „Blitzartig. Als hätte sich ein anderes Bild kurz über die Ruinen gelegt.“

Ich grinste sie an. „Ging mir genauso.“

Wir sahen zu, wie Strongclaws sich auf dem höchsten Punkt eines der zerstörten Türme niederließ. Aus dieser Entfernung war sie nur als Punkt zu erkennen, aber trotzdem wusste ich, dass sie zu uns herüberschaute.

„Sie will, dass wir da hingehen.“

33

Mir gefällt Tintagel", sagte Gavin. „Passt super zu uns."

Wir schlenderten durch die schmalen Straßen, die vor Touristen nur so wimmelten. Wir kamen dabei an einem *Knights Café* vorbei, vor dem eine komplette Rüstung stramm stand und eine Schiefertafel mit der Speisekarte umklammert hielt.

„Artus dreht sich bestimmt im Grab um", meinte Gavin.

Nathan blieb stehen und musterte die Rüstung, klappte das Visier auf und bewegte die Armteile hin und her. „Gar nicht mal schlecht gemacht. Die könnte ich in der Vergangenheit getragen haben."

Etwas weiter die Straße entlang kamen wir an *Merlin's Tearoom* vorbei.

„Oh, seht nur", sagte Safi. „Hier kann man Merlins magischen Eisbecher bestellen."

„Ich würde zu gern Merlins Gesicht sehen, wenn er das mitkriegt", sagte ich gedankenverloren.

All der Touristenrummel um die Ritter und Merlin machte mich nervös. Ich wollte zur Burg. Ich wollte sie mir aus der Nähe anschauen. Ich musste herausfinden, ob ich mich noch an etwas anderes erinnerte.

„He, *Artus' Antiquitäten*", rief Gavin, als wir an einem Schaufenster vorbeigingen, das mit alten Militärsachen und Schwertern vollgestopft war, lauter Zeug, das Hector gefallen würde. Vielleicht hatte er einen Teil seiner Sammlung in diesem Laden gekauft.

„König Artus, der Antiquitätenhändler“, sagte Nathan. „Vielleicht haben wir ihn deswegen noch nicht zu sehen bekommen.“ Er deutete auf den Pub an der Ecke, der *King's Head* hieß. Außerdem war auf dem Wirtshausschild ein blonder König mit einer Krone abgebildet. „Vielleicht bedient er auch am Tresen.“

„Das glaube ich nicht“, meinte Safi und kaute auf der Innenseite ihrer Wangen herum.

Den Eingang zur Burg erreichte man über einen steilen Hang gleich hinter den Geschäften. Mit jedem Schritt kam mir alles vertrauter vor. Ich kannte diesen Ort so gut …

Außer dem Kiosk und dem Geschenkeladen, die heute statt der Zugbrücke den Weg versperrten.

„Bitte anstellen, wenn ihr den Geburtsort von König Artus sehen wollt“, witzelte Nathan. Er spazierte zu einem Ständer mit Broschüren hinüber. „*Die Geschichte von Artus. Die Höhlenlegenden. Mythos und Zauber der Ritter.* Ich wette, da steht nur Mist drin.“

Ich musste immer weiter auf die Ruine starren, die hinter dem Laden aufragte. Jetzt war es größtenteils nur noch ein Haufen Steine, aber meine Augen sahen einen großen Saal mit Bannern und Wandteppichen und eine Küche mit einer Feuerstelle, die groß genug war, dass man ein ganzes Schwein darauf braten konnte. Draußen war die Festungsmauer, auf der man stehen und aufs Meer hinausblicken konnte.

„Entschuldigung. Wollt ihr jetzt Karten für die Führung oder nicht?"

Eine ungeduldige Stimme riss mich aus den Träumen, und ich kam wieder auf den Boden der Tatsachen zurück. Die Frau hinter der Theke sah mich an.

„Äh, nein danke."

Gavin knuffte mich. „Was ist los? Ich dachte, wir sollten in die Burg gehen?"

„Nicht nötig. Ich kenne sie."

Gavin starrte auf die verfallenen Türme. „Ich verstehe dich gut." Er deutete auf eines der Tore. „Ich glaube, ich bin da mal durchgeritten. In ziemlicher Eile."

„Vielleicht von Dämonen gehetzt", meinte Nathan, der sich zu uns gesellte.

„Erinnerst du dich auch?", fragte ich und hoffte, dass er Nein sagen würde. Sein arrogantes Grinsen ging mir wirklich auf die Nerven.

Er zuckte die Achseln, als wäre es ihm egal. „Ich erinnere mich an schönere Burgen als diese. Eine aus weißem Stein auf einem Berg, mit einem Wassergraben ringsum und einer Zugbrücke und einem runden Tisch."

„Camelot", sagte Safi. Sie zwinkerte ein paar Mal. „Das ist es wohl. Da haben wir uns damals alle versammelt. Kannst du dich noch erinnern, wo das ist?"

Nathan schüttelte den Kopf. „Nein, die Burg ist für immer verschwunden, denke ich, sonst hätten wir davon gehört."

„Und sie würden Führungen veranstalten, so wie hier", fügte ich hinzu.

Die Frau an der Kasse starrte mich an. „Wenn ihr nicht in die Burg wollt, dann geht zur Seite. Ihr haltet die Schlange auf."

Wir schlurften wieder nach draußen, aber da wimmelte es nur so vor Touristen. Links führten Stufen zum Meer hinunter. Niemand sonst ging in diese Richtung, also winkte ich die anderen zu mir herüber, und wir stiegen hinunter. Die Stufen führten zu einer kleinen Bucht mit einem schmalen Strand. Ringsum türmten sich die Klippen auf, durchsetzt mit Höhlen und alten Bergwerksschächten. Unsere Schritte knirschten auf dem Kiesstrand.

„Was jetzt?", fragte Gavin.

„Psst!"

Wir fuhren herum und sahen einen kleinen, runzeligen alten Mann, der uns zu sich heranwinkte. Er hielt ein handgeschriebenes Schild hoch, auf dem stand: *„Ächte Spuktuhr durch die Höölen unnter der Burk"*

Hinter ihm führte ein niedriger dunkler Tunnel in die Klippe hinein.

„Seid ihr mutig genug für meine Tour?", gackerte er. „Zum halben Preis für euch junges Gemüse."

Er trug eine Art altmodische Bergmannskleidung mit einem uralten geschwärzten Helm, an dem vorne eine Lampe befestigt war.

Er deutete mit einer Kopfbewegung auf den Eingang. „Nur was für die ganz Mutigen allerdings."

Ich ging hinüber und spähte ins Dunkel. Die Luft, die herausströmte, war kalt und roch nach Meer, und ich war mir sicher, dass ich von irgendwo tief drinnen das Rauschen von Wellen hören konnte. Ich wandte mich zu den anderen. „Das wäre schon eher was. Also, was ist?“

„Statt einem schönen Rundgang durch die Burg sollen wir in eine Höhle krabbeln?“, murmelte Safi. Sie warf Nathan einen raschen Blick zu, als wollte sie sich versichern, dass er es nicht gehört hatte.

„Ist das ein Problem?“, fragte ich.

Sie kam näher zu mir. „Du weißt, dass ich schwindelfrei bin und keine Angst vor Spinnen oder Schlangen oder Gespenstern habe. Na ja, ich habe aber Platzangst. Ich mag nicht mal Fahrstühle.“

Das hatte Nathan jetzt doch gehört. Er begann zu grinsen. „Das wird schon“, sagte er. „Es sind ja nur ein paar Tonnen Fels über dir, wenn du dich in den altersschwachen kleinen Tunnel quetschst.“

„Halt die Klappe“, sagte ich.

Er lachte. „Und denk dir nur, wenn er einstürzen sollte, finden uns die Leute in ein paar Tausend Jahren zerquetscht wie Fossilien.“

„Das ist nicht mal ansatzweise komisch“, meinte Gavin. Er drehte sich zu Safi um. „Bleib einfach draußen und halte Wache, wenn du magst. Das ist schon okay.“

Safi warf Nathan einen kühlen Blick zu. „Nein, danke. Ich kann meine Angst bezwingen.“

Der kleine Bergmann lungerte immer noch bei uns herum.

„Okay, also was soll es kosten?“, fragte ich.

„Was immer ihr habt.“

Wir legten unser Geld zusammen und schaufelten ihm die Münzen in die Hände. Er sackte alles ein. „Das wird viel interessanter als die alte Ruine", versprach er.
Aus einer Hütte holte er vier verdellte Bergmannshelme mit Kopfleuchten. Ich schaltete meine ein, und er winkte uns durch den niedrigen Eingang zum Felsentunnel. Sofort verebbte der Lärm der Menschenmenge, die vor dem Eingang zur Ruine Schlange stand. Wir betraten eine kalte, klamme Welt, in der alles triefte und kleine Rinnsale über den Boden flossen. Der alte Bergmann schloss hinter uns am Eingang ein rostiges, quietschendes Tor.
„Wir wollen ja nicht, dass irgendwelche wildfremden Leute uns folgen", sagte er fröhlich.
„Ich dachte, Sie würden sich mehr Leute wünschen, damit Sie mehr Geld einnehmen", meinte Gavin, der mir einen O-Gott-worauf-haben-wir-uns-da-eingelassen-Blick zuwarf.
Der alte Mann lachte keckernd. „Nein, nein, meine Lieben. Ich suche mir ganz genau aus, wer hier mit runter darf."
Eine ungute Vorahnung zuckte mir durch den Körper – aber wir waren bereits mit Monsterkrebsen und den Geh-Abruki fertig geworden, wir würden auch hier klarkommen. Das hoffte ich zumindest.
„Sind Sie Bergmann?", fragte ich.
Da musste er lachen. „War ich mal."
Er winkte uns hinter sich her. Wir traten in den Tunnel und ließen das letzte Tageslicht hinter uns zurück, das noch durch das Tor strömte. Im schwachen, flackernden Licht der Helmlampen sah ich rau behauene Wänden, von denen das Wasser

strömte und an denen man immer noch die Spuren der Äxte erkennen konnte, die sie aus dem Stein geschlagen hatten. Meine Füße platschten durch Pfützen, und von der niedrigen Tunneldecke tropfte es mir in den Nacken. Die Temperatur sank immer weiter. Safi bibberte und zog sich die Ärmel weit über die Hände. Jede Bewegung, die wir machten, hallte wider, sodass es klang, als marschierte ein unsichtbares Heer neben uns.

„Alles in Ordnung mit dir?", murmelte ich Safi zu.

Sie verlangsamte ihren Schritt und wartete, bis Nathan und Gavin ein Stück voraus waren. „Nein. Aber ich glaube, das hier ist wichtig." Sie schauderte. „Warum kann so etwas Wichtiges nicht auf einer schönen, freien Bergkuppe stattfinden?"

Nun wurde der Geruch nach Meer stärker, und es tropfte von der Decke.

Kein Wunder, dass der alte Mann nicht viel Kundschaft hatte. Er war ein völlig unfähiger Fremdenführer. Während wir tiefer und immer tiefer in den Tunnel stapften, murmelte er nur vor sich hin. „Seht ihr den Felsen da drüben? Der sieht aus wie eine Hexe." Ich konnte nie entdecken, worüber er da faselte.

„Das ist die reine Zeitverschwendung", zischte Nathan. „Ich wette, der hat keine Ahnung, wo er uns hinführt."

„Doch", meinte Gavin. „Ich spüre da vorne was."

„Und was?", fragte ich rasch, weil mir weitere Höllengeschöpfe in den Kopf kamen.

„Ich weiß es nicht. Irgendwas, das kein Mensch ist", flüsterte er zurück.

„Wahrscheinlich Fledermäuse", sagte Nathan. „Kommt, wir sagen ihm, dass wir umkehren wollen. Das bringt doch nichts."

„Nein, wir schauen uns an, was da vorne ist." Ich blickte zu Gav. Der nickte. Nathan stöhnte und ging mit großen Schritten vorwärts, unmittelbar hinter dem alten Mann.
„Ich hoffe, er weiß, wo er hingeht", flüsterte ich. „Sonst finden wir niemals wieder zurück."
Safi schloss dicht zu mir auf und umklammerte ihren Körper mit den Armen.
„Wir hätten ein Wollknäuel mitbringen sollen wie dieser Held, der dem Monster ins Labyrinth folgt", sagte sie mit erstickter Stimme. Sie kratzte sich das rote Kreuz an ihrer Hand.
„Juckt es wieder?" Ich streckte meine rechte Hand aus. Selbst im schwachen Licht war das Mal auf meiner Handfläche zu sehen. „Meins auch."
Wir trotteten hinter dem alten Mann her, und die Tunnel verzweigten sich immer und immer wieder. Die Pfützen auf dem Boden waren nun schon ein paar Zentimeter tief. Wasser sickerte in unsere Sportschuhe. Unsere Füße waren pitschnass und eiskalt.
„Das ist schlimmer als Wandertag", flüsterte Gavin.
Wir erreichten eine Gabelung. Ein kleinerer Tunnel führte tiefer in die Erde hinunter. Der Eingang war mit einem Seil versperrt, an dem ein Schild hing: VORSICHT! EINSTURZGEFAHR! Der andere Tunnel führte nach oben, wo es heller zu werden schien.
Der alte Mann deutete auf den dunklen, einsturzgefährdeten Tunnel. „Da wären wir!", verkündete er stolz. „Runter mit euch."
„Endlich was Interessantes", sagte Nathan und sprang über das Seil.

„Äh, beim Eingang zur Burg stand ein Schild, dass man nicht in abgesperrte Tunnel gehen soll“, merkte Safi an. „Das sind alte Bergwerksschächte, und die könnten einstürzen.“

Der alte Mann zwinkerte ihr zu. „Mach dir keine Sorgen, Mädel. Der hier ist völlig sicher. *Er* hat gesagt, dass ich euch hinbringen soll.“

Wir starrten ihn an. Gavin stockte auf halbem Weg über das Seil. Sogar Nathan kam aus dem Tunnel zurück.

„Was?“, fragte ich.

„Du hast's gehört.“

„Wer hat Ihnen gesagt, dass Sie uns hier runterbringen sollen?“, fragte ich.

Der alte Mann schnitt eine Grimasse. „Ein Typ namens Merlin.“

„Hat er Ihnen gesagt warum?“

„Ja. Ihr bekommt die Antworten.“ Er schaute mich an. „Besonders du, Michael.“

Mir lief es eiskalt über den Rücken. Sein Lächeln war viel zu selbstgefällig.

„Na, geh schon“, forderte er mich auf und deutete auf die anderen, die bereits die Strahlen ihrer Lampen in die hallende Dunkelheit richteten.

„Ich kann Wellen plätschern hören“, sagte Gavin. „Da unten ist Wasser.“

Wir schauten angestrengt in den wirklich wenig einladenden Tunnel.

„Traust du ihm?“, fragte Safi.

„Wem?“, erwiderte Nathan. „Er ist nicht mehr da.“

Wir drehten uns alle um und schauten an die Stelle, wo der Mann gestanden hatte. Wir waren allein, mitten in diesem Labyrinth unterirdischer Gänge.

„Das ist ja toll", sagte Safi. „Wir finden nie im Leben allein zurück."

Ich stieg über das Seil. „Dann gehen wir einfach weiter." Antworten, hatte er gesagt. Ich wollte Antworten.

Ich ging voraus, ließ die Finger an der rauen, mit Moos bedeckten Wand entlanggleiten. Als wir um eine Biegung kamen, wurde der Stein auf einmal glatt. Ich leuchtete mit meiner Lampe darauf. Glühend, als hätte man sie mit Leuchtfarbe gemalt, waren da viele Zeilen mit seltsamen Symbolen und geometrischen Formen und Zeichen, die wie Hieroglyphen aussahen.

„Gruselig", flüsterte Safi, als wir daran vorübergingen.

Diese Tunnel nervten mich jetzt wirklich. Ich fühlte mich eingesperrt, in der Falle.

„Es heißt, dass die Geister der toten Bergleute in diesen Gängen spuken", sagte Safi.

„Äh … ist jetzt wirklich der richtige Zeitpunkt für solche Geschichten?", murmelte Gavin.

„Da vorn ist Licht", rief Nathan.

Er hatte recht. Es war zunächst nur ein schwacher grünlicher Schimmer, aber er wurde immer heller, je näher wir kamen.

„Bitte, lass es einen Ausgang sein", murmelte Safi.

Wir beschleunigten unsere Schritte, und allmählich erfüllte das Licht den ganzen Tunnel. Der Gang weitete sich immer mehr, bis wir in eine riesige Höhle traten, die so hoch war wie eine Kathedrale. Das grünliche Licht kam von einem See, der die Höhle ausfüllte und zu unseren Füßen an einen schmalen Sandstrand plätscherte. Die Decke dieser Höhle war so hoch, dass sie in der Dunkelheit verschwand, und die hoch aufragenden Wände schienen aus einem glitzernden Gestein, vielleicht Quarz, gehauen zu sein. Der See schimmerte in verschiedenen Schattierungen von Türkis und Blau. Es war, als stünden wir unter der Mittelmeersonne und nicht tief im Inneren einer kalten Höhle in Cornwall.

Die Anspannung war aus Safis Gesicht verschwunden. Sie beugte sich vor und plätscherte mit den Fingern im kristallklaren Wasser. „Es ist warm!"

„Was machen wir jetzt?", flüsterte Gavin. „Von hier führen keine anderen Tunnel weg."

Plötzlich schrie Safi auf und sprang zurück.

„Was ist?", fragte ich.

„Da ist was im Wasser."

Sie deutete mit dem Finger auf die Wasseroberfläche. Von irgendwo mitten im See breiteten sich kräuselnde Wellen aus, die an den Strand platschten und Lichtkringel über die Wände tanzen ließen.

„Das ist nur ein Fisch", sagte Nathan. Aber seine Stimme klang nicht mehr ganz so fröhlich. Vielleicht erinnerte er sich an die Crabzillas. So ging es mir jedenfalls.

Ich beschattete meine Augen und beobachtete den Ausgangspunkt der Wellen. „Zu groß. Ich sehe was unter der Oberfläche."

„Einen Seehund?", fragte Gavin hoffnungsvoll. „Ich wette, ein Seehund könnte hierherfinden."

Etwas brach durch die Wasseroberfläche. Ich zwinkerte.

„Kein Seehund. Es sei denn, die haben Finger."

„Und Hände und Ellbogen", meinte Safi. Sie hob einen Stein vom Ufer auf und stellte sich in Wurfposition.

„Jetzt kommt es", sagte Nathan.

Ein Arm tauchte aus dem Wasser auf, von grünlichem Licht umflossen. Wasser rann in Kaskaden von den Fingerspitzen, glitzernd wie Diamanten. Ich ging näher heran, trat in das flache Wasser und spürte, wie es warm in meine Turnschuhe sickerte.

„Komm zurück", sagte Gavin.

Ich ignorierte ihn. Ein Kopf kam zum Vorschein, dann Schultern und schließlich der restliche Körper eines Mädchens. Ich lächelte. Ihr langes grünes Haar schimmerte im unwirklichen Licht des Sees.

„Es ist die Herrin vom See", keuchte Safi. „Die echte Herrin vom echten See."

„Das ist Ellie", erwiderte ich, als sie auf mich zuglitt und dann wieder fast ohne einen Spritzer im türkisen Wasser abtauchte.

„Wer? Was?", stammelte Gavin, der immer noch völlig erschrocken dastand, während Ellies Schatten elegant wie ein Delfin unter Wasser auf uns zuschoss.

„Sie ist die Hüterin von Excalibur", sagte Safi.

Ellie tauchte in der Nähe des Strandes auf, erhob sich und kam dann zu uns herüber. Das Wasser rann in Bächen an ihr herunter.

Sie sah wunderbar aus. Als Protestiererin hatte sie Jeans und Docs getragen. Jetzt hatte sie ein Kleid an, das ihr bis zu den Knöcheln floss und aus gewobenem Meerwasser in Silber und Grün zu bestehen schien. Ketten mit Korallenperlen waren um ihren Hals geschlungen und baumelten ihr von den Ohren und Handgelenken. Ihr Haar war zu winzigen Zöpfen geflochten, die ihr über den Rücken hingen und vor Wasser trieften. Sie schüttelte sich und lächelte mich an.

„Endlich!", sagte sie. „Ich habe jetzt wirklich die Nase voll vom Warten."

„Du wartest auf uns?"

„Mmh. Ihr habt euch ganz schön Zeit gelassen."

Die anderen hatten sich um uns versammelt, aber Ellie hielt ihren Blick fest auf mich geheftet. Ich spürte, wie mein Magen Purzelbäume schlug.

„Wir werden ja dauernd von irgendwem angegriffen", erklärte ich so beiläufig wie möglich. „Einschließlich meines dämlichen Stiefbruders." Meine Hand begann wieder zu jucken. Ich wollte nicht kratzen, konnte aber nichts dagegen machen. Ellie bemerkte es. Sie streckte mir ihre wässrige Hand entgegen.

„Lass mal sehen." Sie untersuchte meine Hand. „Du Ärmster."

„Ich habe auch ein Mal", sagte Nathan rasch und trat näher. Er war es gewohnt, bei den Mädchen immer im Zentrum der Aufmerksamkeit zu stehen. Pech! Ellie schaute ihn kurz an und schob ihn weg.

„Du kommst schon noch an die Reihe", sagte sie. „Du bist zu ungeduldig. Zuerst Michael."

Sie tupfte sanft mit einer Fingerspitze auf das rote Mal. Ich hatte erwartete, dass ihre Berührung lindernd und kühl sein würde. Ganz im Gegenteil: Sobald sie mich berührte, schoss mir eine Welle des Schmerzes den Arm hinauf. Ich taumelte zurück. Mir wurde schwarz vor Augen, als würde ich gleich ohnmächtig werden. Nicht vor ihr, befahl ich mir! Bloß nicht! Sie ließ meine Hand nicht los. Ich schaute vorsichtig zu ihr hin, und sie beobachtete mich mit ihren Smaragdaugen. Ich holte tief Luft, kniff die Augen zu und versuchte, den Schmerz zu verdrängen. Nach ein paar Sekunden hörte er plötzlich auf.

Ich öffnete die Augen und starrte Ellie an.

Das Jucken war völlig verschwunden. Ich ballte ein paar Mal die Faust.

„Wie hast du das gemacht?“, keuchte ich.

Sie verdrehte die Augen. „Hallo! Ich bin ein Elementargeist. Wie oft muss ich dir noch sagen …“

„Mach meines auch“, bat Gavin. „Bitte, ehe mich das Jucken verrückt macht.“

„Bald.“ Ellie hielt die Augen auf mich gerichtet. Sie warf ihre langen Zöpfe zurück. „Und jetzt zum interessanten Teil. Wisst ihr, warum ihr hier seid?“

Ich schüttelte den Kopf.

„Hier erhält Artus Excalibur.“

„Hab ich doch gesagt“, murmelte Safi.

Ich schaute die anderen an. Safi starrte mich mit großen Augen an. Gavin guckte verdutzt. Nathan runzelte die Stirn.

„Sieh dir deine Hand an“, sagte Ellie.

Das tat ich. Dort war nun keine Wunde mehr, sie war vollständig verheilt. Von dem Mal war nur noch ein Umriss zu sehen wie eine ganz zarte Tätowierung, eine lange Linie, die unten von einer kürzeren gekreuzt wurde.

Sie grinste. „Dieses Mal hat auf etwas gewartet."

„Male warten nicht auf etwas", erwiderte ich. Aber irgendwas passierte mit meiner Hand. Ich hatte Mühe, sie gerade zu halten. Es fühlte sich an, als lastete etwas Schweres, aber Unsichtbares darauf. Die Luft um mich herum schien sich elektrisch aufzuladen. Ich merkte, wie mir die Haare zu Berge standen. Kleine Funken sprühten mir von den Fingerspitzen.

Ellie legte den Kopf schief und beobachtete mich. Alle beobachteten mich. Ich fühlte mich dämlich, wie ich dastand und versuchte, mit der Hand etwas Unsichtbares festzuhalten.

„Wehre dich nicht mehr gegen das, was du wirklich bist", sagte sie. „Beginne, an dich zu glauben. Sieh nur."

Sie blickte auf meine Handfläche. Zuerst sah ich nichts. Dann schien der Geist eines Gegenstandes in der Luft zu schweben, ein Glitzern, das die gleiche Form hatte wie das Mal in meiner Handfläche, nur viel länger war. Zauberte Ellie? War das ein Trick?

„Glaub ich nicht, Kumpel", sagte Gavin in meinem Kopf. „Ich glaube, das machst du selbst."

Sobald er es gesagt hatte, berührte etwas Kaltes meine Hand.

„Mach, dass es Wirklichkeit wird, Michael", sagte Ellie. „Rufe es zu dir."

Der Umriss wurde heller und sah jetzt aus wie diese dreidimensionalen, halb durchsichtigen Modelle im Computer.

Das Ding hatte die Form eines Schwertes. Es knisterte nur so vor statischer Elektrizität. Mein Herz schlug einen Trommelwirbel. Ein Teil von mir wollte weglaufen. Ein anderer Teil weigerte sich immer noch, das alles zu glauben

Der Umriss der Klinge begann sich auszufüllen und verwandelte sich in glatten Stahl, um den ein weißliches Licht schimmerte.

„Excalibur?", flüsterte ich. Als hätte ich es gerufen, verfestigte sich der Schwertknauf in meiner Handfläche. Juwelen erschienen auf dem Griff, glitzerten und warfen Lichtfunken überall in die Höhle.

„Es ist, als wäre es wirklich echt", sagte ich. „Wie hast du das gemacht?"

„Es *ist* echt, Michael", erwiderte Ellie. „Ich habe gar nichts gemacht. Du hast Excalibur zu dir gerufen. Dein Schwert – schon immer und für alle Zeit."

Ich hörte, wie Gavin keuchte und Nathan „Warum er?" murmelte.

Ich bewegte meine Hand und packte den Griff fester. Ich ließ das Schwert durch die Luft sausen. Es bewegte sich wie der Blitz. Ich konnte es kaum kontrollieren. Mit Wucht krachte es nach unten, schlug wenige Zentimeter neben meinem Turnschuh in den Boden und schnitt den Felsen, als wäre es Käse.

„Okay", sagte ich langsam. „Es ist echt." Ich zog das Schwert heraus und hielt es nun vorsichtiger. „Zum ersten Mal habe ich es neulich gesehen, als ich mit Merlin im Burgerking war." Das war nur ein paar Tage her. Inzwischen war ungeheuer viel geschehen, aber ich fühlte mich noch wie der gleiche alte

Michael, der in der Schule ständig in Schwierigkeiten geriet, seine Hausaufgaben vergaß und nachsitzen musste. Ich sollte nichts so Mächtiges und Gefährliches wie Excalibur in den Händen halten.

Behutsam drehte ich das Schwert um und hielt Ellie den Griff hin. „Tausend Dank, aber ich kann es nicht behalten. Es gehört mir nicht."

Sie ignorierte Excalibur und kniete sich mit einem gebeugten Knie vor mich hin. Dann warf sie mir ihr elementarstes, bezauberndstes Lächeln zu. „Klar gehört es dir", sagte sie und zog die Nase kraus. „Du bist der König", sagte sie. „Du bist Artus."

34

„Was?“, rief Nathan. „*Er* ist der König?“

„Der König, schon immer und für alle Zeit.“ Ellie zwinkerte mir zu und erhob sich Gott sei Dank wieder. Gavin und Safi kamen näher, um Excalibur zu bewundern. Nathan blieb mit verschränkten Armen ein wenig abseits stehen.

„Hast du ein Problem damit?“, fragte Ellie.

Nathan zuckte die Achseln. „Ich brauche niemanden, der mich rumkommandiert, das ist alles.“

Ellies Augen wurden so kalt und stürmisch wie die arktische See. „Doch. Gerade du. Es kommen tödliche Zeiten. Ohne Artus werdet ihr alle sterben.“

„Ich bin so froh, dass du es bist“, sagte Safi und grinste mich an. „Ich hatte es schon vermutet.“

Gavin knuffte mich an den Arm. „Und Könige passen ja immer gut auf ihre besten Kumpel auf, stimmt’s?“

„Ja. Danke für die Blumen“, murmelte ich und wurde rot.

Ich war genauso benommen wie Nathan. Ich – der König? Aber als ich Excalibur in der Hand hielt, erinnerte ich mich daran, wie gefährlich dieses Schwert sein kann. Bisher waren die Erinnerungen allerdings nur vage Gefühle, Schatten.

Deswegen also hatte ich keine besonderen Kräfte. Ich hatte das Schwert. Was brauchte ich mehr?

Selbst wenn es wie jetzt nur locker in meiner Hand lag, war es von einer Aura von Kraft und Stärke umgeben. Es sah eindrucksvoll aus, jederzeit zum Schlag bereit. Seine Klinge war das Vollkommenste, was ich je gesehen hatte.
„Ich wünschte, Dad könnte das sehen", dachte ich. Einen Augenblick später flüsterte mir eine Stimme ins Ohr, nah bei mir, doch gleichzeitig fern und leise.
Keine Sorge. Ich bin hier. Das hätte ich niemals verpassen wollen.
Einen Moment war ich wie benommen. Ich konnte keinen klaren Gedanken fassen. Diese Stimme – das war Dads Stimme! Die würde ich überall erkennen. Ich sah mich um, aber natürlich war da niemand.
Ich hielt mich sehr ruhig, wartete ab, ob ich ihn noch einmal hören würde. Ich hatte keine Ahnung, wie das gerade passiert war, aber eines wusste ich: Ich hatte es mir nicht eingebildet.
„Geht's dir gut?", fragte Safi. „Du siehst aus, als wärst du einem Gespenst begegnet."
„Jetzt hör aber mal auf", mischte sich Gavin ein. „Der ist gerade gekrönt worden, da darf er doch mal dastehen und glotzen."
Ich schüttelte mich. Ich speicherte die Erinnerung an Dads Stimme in meinem Kopf ab. Später wollte ich darüber nachdenken. Jetzt lieber nicht. Ellie zupfte mich am Ärmel und erzählte mir, dass ich mit Excalibur eine Aufgabe zu erledigen hätte.
„Der hat's leicht", grummelte Nathan. „Er hat eine Waffe. Das ist nicht fair."

„Ihr habt alle Waffen“, antwortete Ellie. „Aber erst müsst ihr vom König zu Rittern geschlagen werden.“ Sie wirbelte herum, dass ihre grünen Zöpfe nur so flogen. „Michael, kannst du dich noch erinnern, wie das geht?“

Ich dachte darüber nach und überraschte mich selbst. „Ja.“ Ich grinste meine Freunde an. „Ähm, tut mir leid, aber ihr müsst euch hinknien. Gav, du zuerst.“

Gavin ging sofort auf ein Knie nieder. Ich erhob Excalibur. Das hätte meine Arme anstrengen sollen, aber das Schwert war so gut ausbalanciert, dass es sich beinahe leicht anfühlte. Ich wusste, was ich als Nächstes tun musste, die Erinnerung wartete schon in meinem Gehirn. Ich berührte Gavin mit der Klinge leicht auf beiden Schultern. Genau wie die Bewegungen kamen mir auch die Worte mühelos von irgendwoher.

„Hast du den Mut, den Eid zu erfüllen, den du gleich schwören wirst?“

Gavin nickte.

„Willst du die Schwachen und Hilflosen beschützen. Den Freundlosen ein Freund sein. Für das Licht kämpfen?“, fragte ich.

Gavin nickte wieder. „Ja klar.“

„Wirst du von diesem Tag an bis zu deinem letzten Atemzug nach diesem Kodex leben?“

Zum ersten Mal, seit ich ihn kannte, schaute Gavin völlig ernst. „Ja.“ Dann schrie er auf und schlug die Hand auf das Mal mit der Pfeilspitze an seinem Handgelenk. „Da passiert was!“

Wieder wurde die Luft ganz stickig vor Elektrizität. Kleine Funken stoben von Gavins Hand. Er streckte sie von sich.
„Äh … die brummt richtig."
Es war, als hielte er einen Schwarm wütender Bienen in der Hand. Das Summen wurde lauter und wilder, bis sich etwas in seiner zitternden Hand materialisierte – ein langer, schmaler Bogen, so hoch wie Gavin, mit einer eleganten Biegung an beiden Enden und wie zur Warnung mit gelben und schwarzen Streifen verziert. Das Summen erfüllte jetzt die Höhle. Es kam von dem Bogen. Sogar Ellie machte einen Schritt zurück.
„Seht euch die Sehne an", zischte Safi.
Aber das konnte ich nicht, denn sie vibrierte so schnell, dass sie sich wie eine verschwommene Linie zwischen den beiden Spitzen des Bogens erstreckte. Gavin hielt den Bogen mit einer Mischung aus Ehrfurcht und Schrecken im Gesicht auf Armeslänge von sich.
„Ich erinnere mich an was", flüsterte er. „Es … nein … *sie* ist Yumi."
Nathan beäugte den bebenden Bogen. „Das Ding sieht gefährlich aus. Und Bögen sind nicht weiblich."
Gavin schüttelte behutsam den Kopf, als wollte er den Bogen nicht stören. „Nein, so heißt sie."
„Ein japanischer Samurai hat sie dir gegeben", sagte Ellie, die immer noch ein wenig im Hintergrund stand. „Keine Sorge, du hast das bald wieder raus."
Gavin stand auf, stemmte vorsichtig einen Arm gegen den Bogen und zog mit der anderen Hand die vibrierende Sehne

nach hinten, bis sie auf Kinnhöhe war. Es sah aus, als hätte er sein Leben lang Unterricht im Bogenschießen genommen. Dann ließ er los. Ein zischendes Geräusch erschallte.

„Au“, sagte er und lutschte an seinem Finger, als hätte ihn etwas gestochen. „Fantastisch!“ Er versuchte es noch einmal und zog wieder die Sehne zurück. „Aber wo sind die Pfeile?“

Ich grinste. „Vielleicht bekommst du die, sobald du nicht mehr schaust, als würde dein Bogen dich jeden Augenblick beißen.“

„Jetzt ich“, sagte Nathan, rieb über das Mal an seinem Arm und schaute auf die summende Yumi.

„Erst hinknien“, sagte ich.

Er verzog mürrisch das Gesicht, ließ sich dann aber zögerlich auf ein Knie herab. Ich berührte seine Schultern mit Excalibur und stellte ihm dieselben Fragen wie Gavin. Er murmelte seine Antworten und starrte dann auf seine Hände.

Nichts erschien in der Luft, kein Umriss, kein Schimmer, aber als er aufstand, begann die Linie auf seinem Arm sich zu winden und zu verschlingen, bildete Buchstaben, schrieb ein Wort: S-c-h-i-c-k-

„Schicksal“, keuchte Nathan.

Er schrie auf und fiel wieder auf die Knie, als hätte ihn etwas Schweres niedergedrückt. Das hatte es auch. Die Luft lud sich knisternd auf, und Nathans Waffe materialisierte sich. Sie sah aus wie ein Speer mit einer bösartig scharfen Spitze und einem sehr fein gearbeiteten Handschutz aus Metall. Nathan erhob sich mühsam auf die Füße, das eine Ende des Speers unter den Arm geklemmt, während die lange Spitze vor ihm glänzte.

Er hob die Waffe leicht an, balancierte sie aus, blickte uns an und lächelte. Aller Missmut war vergessen.

„Meine Lanze, die Lanze des Schicksals."

Er visierte einen meterhohen Felsen am Rand des kleinen Strandes an. Zwei Schritte, und er rannte los, stieß die Lanze vor und stach die Spitze in den Felsen. Selbst wenn sie aus dem härtesten Stahl gewesen wäre, hätte sie abprallen müssen, aber es gab nur ein Zischen und einen Hitzeschwall, und die Spitze der Lanze durchdrang das Gestein so leicht, als ginge ein heißes Messer durch Butter.

„O *ja*!" Nathan wirbelte herum und kam mit großen Schritten zurück. Er kniff die Augen zusammen und fixierte mich. Dann schwang er die Lanze und stürzte erneut vor – diesmal geradewegs auf mich zu.

Ich hörte ein „He!" von Gavin und ein Keuchen von Safi. Ich bewegte mich nicht. Ich sagte nichts. Die Spitze der Lanze bremste einen Zentimeter vor meinem Brustkorb ab. Nathans Augen bohrten sich in meine.

Ich erwiderte den Blick und schob die Lanze zur Seite. „Lass die Spielchen."

Er zog die Lanze zurück. „Du wagst es nicht, mit mir zu kämpfen." Auf seinem Mund lag wieder dieses hämische Grinsen. „Die Lanze des Schicksals nimmt es leicht mit deinem glänzenden Schwert auf."

Ich zögerte nicht. Ich hob Excalibur an und verspürte ein Aufwallen von Kraft. Ich sah das Licht auf der Klinge blitzen. Ich führte das Schwert im Bogen, merkte, wie Excalibur immer schneller wurde und seitlich gegen die Lanze krachte. Es gab ein ohrenbetäubendes Klirren, und die Lanze des Schicksals flog ein paar Meter weit. Safi, Gavin und Ellie sprangen erschrocken zurück. Die Lanze schlitterte über den Boden der Höhle, wirbelte herum und zerstörte alle Felsen, auf die sie traf, bis sie sich schließlich mit einem Zischen in die Höhlenwand bohrte. Nathan stand da, hielt sich die Hand und starrte mich an.

„Wir sind nicht hier, um miteinander zu kämpfen", sagte ich. „Wir kämpfen Seite an Seite. Verstanden?"

Er zögerte, neigte dann den Kopf zu einem winzigen Nicken.

„Und was ist mit mir?", fragte Safi.

Ich grinste. „Das Beste habe ich mir bis zum Schluss aufgehoben."

Sie beugte rasch ein Knie. Ich schwang Excalibur und berührte ihre Schultern.

„Schwörst du den Eid?", sagte ich.

Sie lächelte. „Klaro. Ich lebe auf immer nach dem Kodex."

Dann sprang sie auf und starrte aufgeregt auf ihre leeren Hände. Sie starrte und starrte.

„Konzentriere dich", sagte ich. „Schau auf deine Hand."

Das rote Kreuz auf dem Rücken ihrer linken Hand wuchs und wurde heller. Es dehnte sich nach außen, bis es über ihrer Hand in der Luft schwebte, inzwischen blutrot und so hell, dass ich mir die Augen mit den Händen abschirmen musste. Den anderen ging es genauso.

„Jetzt kommt es“, sagte Ellie, als sich die Luft wieder
und uns die Haare zu Berge stehen ließ. Hinter dem
Kreuz bildete sich ein schneeweißer Hintergrund, er war etwa
einen Meter breit und sah aus wie ein …

„Ein Schild?“, fragte Safi. Sie schwang die Hand nach unten und dann vor ihre Brust. Der Schild war aus Stahl, schneeweiß emailliert und mit diesem glühenden scharlachroten Kreuz verziert.

„Pah!“, sagte Nathan verächtlich. „Ein Schild? Ist das alles?“ Er lachte spöttisch. „Du hast wirklich die Niete gezogen.“

Plötzlich schrie Gavin auf und schwenkte seinen Bogen.

„Blitze! Die Pfeile sind aus Blitzen gemacht“, rief er. Yumi brummte wütend, und schon tauchte an der Sehne ein abschussbereiter Lichtpfeil auf. Gavs Hand begann zu zittern.

„Ich kann ihn nicht halten“, rief er. „Duckt euch!“

Der Blitz schnellte von der Bogensehne und raste durch die Höhle auf Safi zu, böse brummend wie eine Wespe.

Safi schrie, fiel auf ein Knie und hob die Arme, um ihr Gesicht zu schützen. Der zischende Pfeil prallte von ihrem Schild ab und flog donnernd geradewegs zur Decke der Höhle. Ein Klumpen geschmolzener Lava plumpste mit einem Zischen in den See.

Gavin starrte auf das Loch in der Höhlendecke.

„Mein Bogen feuert Energieblitze ab“, sagte er und hielt Yumi wieder auf Armeslänge von sich entfernt. „Ich habe eine Waffe, die Felsen schmelzen kann.“

„Du Idiot!“, kreischte Safi. „Du hättest mich umbringen können!“

„Tut mir leid, tut mir leid, tut mir leid!“ Gavins Gesicht war kreidebleich. „Gut, dass du den Schild in der Hand hattest.“

„Ja, nicht wahr?“ Sie fuhr zu Nathan herum. „Das würde ich nicht als Niete bezeichnen. Wollt ihr wissen, warum das Kreuz so blutrot ist?“

Gav und ich nickten sofort. Aber Safi schaute nur Nathan an.

„Das ist das Blut von all den Ungeheuern, die ich je getötet habe.“ Wie sie dastand mit ihrem stolzen Gesicht und dem blutroten und schneeweißen Schild, sah sie tatsächlich eher wie ein Ritter als wie ein Schulmädchen aus. „Ich habe übermenschliche Kräfte, und mit dem Schild kann ich mich in jeder Lage schützen. Ich bin die vollkommene Kriegerin.“

„Mir doch egal“, meinte Nathan und stolzierte davon, um seine Lanze aus der Felswand zu ziehen. Als er sie gerade gepackt hatte, bebte der Boden unter unseren Füßen. Der See wurde aufgewühlt, kleine Felsbrocken fielen von der Decke hinunter.

Gavin packte sich an den Kopf und duckte sich. „O nein, ich habe ein Erdbeben ausgelöst!“

„Warte!“, rief Ellie. Das seichte Wasser schäumte um sie, als weitere Felsbrocken in Kaskaden herunterstürzten. „Das warst nicht du!“

„Wir müssen hier raus“, sagte ich. „Und zwar jetzt gleich!“

Eine Sekunde später erschallte in der Höhle ein ächzendes Stöhnen. Wir rannten auf den Tunnel zu, durch den wir die Höhle betreten hatten.

„Nicht auf diesem Weg", rief Ellie, deren Haut zu einem hellen Blau verblasste. Sie zog Safi in die entgegengesetzte Richtung und machte uns ein Zeichen, ihr zu folgen. „Ich kenne einen alten Luftschacht."

Während der Boden unter uns bebte und wankte, rannten wir stolpernd und schlitternd hinter ihr her. Schützend hielten wir die Hände über den Kopf, um fallenden Steinstaub und Kiesel abzuhalten.

Ellie blieb am anderen Ende der Höhle neben einem Haufen Felsbrocken stehen.

„Der Schacht ist dahinter. Schafft die Steine weg", befahl sie.

Safi krallte sich ein paar große Steinbrocken und rollte sie zur Seite, als wären es Bowlingkugeln. Gavin, Nathan und ich mühten uns mit den kleineren ab.

„Warum passiert das?", fragte ich Ellie.

Sie kauerte auf dem Boden und hatte die Hände auf den Fels gelegt, als wollte sie die Stärke des Erdbebens prüfen.

„Das müssen die Bohrarbeiten von Boomgardt sein." Sie schaute mich an, und ein leichtes Kräuseln breitete sich über ihre Haut aus, als würde der Wind über eine Wasseroberfläche streichen. Ich glaube, Elementargeister zittern so vor Angst. „Die kommen jetzt der Unterwelt schon gefährlich nah."

Ich schaufelte weitere Steinbrocken beiseite. „Wo die Geschöpfe der Finsternis wohnen?"

„Ja." Sie deutete auf die bebende Erde. „Genau hier unter unseren Füßen. Dorthin hast du vor zweihundert Jahren Mordred verbannt – als du das letzte Mal aufgeweckt wurdest."

Ich packte noch ein paar Steinbrocken und warf sie nach hinten. Ich konnte zwar jeden Augenblick platt gedrückt werden, doch nun wusste ich endlich, warum Mordred Hector zwang, hier in Tintagel zu bohren. Er wollte befreit werden.
„Die Bohrungen haben bald ihr Ziel erreicht, und sie bringen auch die Klippen ins Rutschen“, sagte Ellie. Sie unterbrach sich, als Safi einen riesigen Felsbrocken aufhob und ein nadelfeiner Lichtstrahl wie ein Laserstrahl durch die Höhle blitzte. „Beinahe geschafft! Macht weiter!“
Als wir nun die Steine um den Lichtstrahl herum wegräumten, flüsterte mir plötzlich eine bösartige, hämische Stimme ins Ohr.
„Bald, Artus, bald sehen wir uns wieder.“ Ich kannte diese Stimme. Ich hatte sie schon einmal gehört, und zwar in Hectors Arbeitszimmer, als sie aus der Maske erschallte. Aber ich hatte sie nicht vergessen. Sofort standen mir die Nackenhaare zu Berge, und ich bekam Gänsehaut an den Armen. Meine Fäuste ballten sich, und meine Zähne knirschten. Der Klang dieser Stimme war für mich schlimmer, als wenn jemand mit den Fingernägeln über eine Schiefertafel kratzt. *„Mach dich bereit, zum letzten Mal zu sterben“*, höhnte die Stimme.
Ich hatte keine Zeit, mich zu erkundigen, ob die anderen das auch gehört hatten. Von oben kam ein schreckliches Krachen. „Die Decke stürzt ein!“, schrie Ellie. „Schützt euch!“
Ich starrte auf die vielen Tonnen Gestein, die über unseren Köpfen zu grollen und zu schwanken begannen. Im Bruchteil einer Sekunde breitete sich ein Riss von einer Seite zur anderen aus. Dann noch einer und noch einer, bis es da oben aussah

wie Mosaikstraßenpflaster. Jetzt musste sich nur ein einziger Felsbrocken verschieben, und dann würde alles auf uns herunterstürzen.

Ein weiteres Krachen, und Staub rieselte herab. In der Mitte löste sich ein riesiger Felsbrocken und fiel zu Boden.

Wir waren tot.

35

Wir lebten.

Ich setzte mich in der Dunkelheit auf und prallte mit dem Kopf gegen etwas. „Wo sind wir?“

„Was ist passiert?“, fragte Nathan.

Ich wischte mir den Steinstaub aus den Augen und blinzelte. Irgendwas war über unseren Köpfen und hielt die Felsbrocken von uns ab. Es war so groß wie ein kleines Kuppelzelt, aber aus weißem Stahl mit einem aufgemalten roten Kreis. Und es machte ein brummendes Geräusch.

„Das ist mein Schild“, sagte Safi.

„Der ist gewachsen“, keuchte ich. „Wie hast du das gemacht?“

„Keine Ahnung! Ich glaube, wir verschwinden lieber, ehe ich es wieder verlerne.“

„Ich kann Tageslicht sehen“, sagte Gavin, der unter der Kante des Schilds hervorlinste.

Safi spannte die Muskeln an und drückte den Schild nach oben. Felsbrocken rollten herunter. Der nadeldünne Lichtspalt wurde nun so breit, dass wir uns hindurchquetschen und in die Freiheit gelangen konnten.

Wie die Maulwürfe schoben und kämpften wir uns an die Oberfläche, und schließlich waren wir draußen, auf einer Wiese oberhalb der Klippen.

„Jawohl, wir haben überlebt!", krähte Gavin, als wir uns hustend auf das Gras fallen ließen und uns die Augen rieben. Ich setzte mich auf und schaute mich um. Jemand fehlte.
„Wo ist Ellie? Sie war doch bei uns, als die Decke eingestürzt ist."
Ich krabbelte zum Schacht zurück und rief: „Ellie! *Ellie!*" Ich wollte schon wieder hineinkriechen, als ein Rumpeln zu hören war und mir eine Staubwolke ins Gesicht geblasen wurde.
„Noch ein Felssturz." Gavin packte mich beim Arm. „Du kannst da nicht mehr rein."
„Aber vielleicht ist sie verletzt."
Nathan, der sich gerade den Staub aus der Kleidung bürstete, blickte von dieser wichtigen Aufgabe auf. „Immer mit der Ruhe. Sie ist doch kein Mensch." Wir starrten ihn an. Er starrte zurück, als wären wir völlig verblödet. „Sie ist die Herrin vom See. Sie konnte einfach im Wasser abtauchen."
Safi seufzte erleichtert. „Ich wette, das hat sie gemacht", sagte sie und tätschelte mir den anderen Arm. „Du wirst schon sehen, sie taucht bald wieder auf." Völlig überzeugt klang sie allerdings nicht.
Ich schüttelte Gavs Hand ab und entfernte mich ein paar Schritte. Vielleicht hatte Nathan recht, aber ich machte mir trotzdem Sorgen. Und er ging mir immer noch auf die Nerven.
„Ich will ja keine Panik verbreiten", sagte Gavin langsam. „Aber ich glaube, wir haben unsere Waffen verloren." Er spähte vorsichtig in den Schacht. „Die arme Yumi, ich hatte sie nur wenige Minuten, und jetzt ist sie begraben."

„Wir haben die Waffen in den Händen gehalten, als das Erdbeben ausbrach“, überlegte ich. „Aber sie waren nicht mehr da, als wir die Steine weggeräumt haben.“ Ich blickte auf meine leeren Hände hinunter. „Ich kann doch Excalibur nicht so schnell verloren haben.“ Kaum hatte ich den Namen ausgesprochen, da spürte ich wieder das Gewicht in meiner Hand.

„Augenblick“, sagte ich.

Ich betrachtete das Mal in meiner Handfläche. Ich stellte mir den mit Juwelen besetzten Griff von Excalibur vor, der quer darüberlag. Ich spürte, wie mir die Haare zu Berge standen, als die Luft sich erneut auflud. „Ich weiß, wie es geht“, sagte ich. „Sagt einfach die Namen eurer Waffen und konzentriert euch.“

Elektrizität knisterte rings um uns herum. Die Klinge von Excalibur erschien, beinahe blendend weiß im Tageslicht. Ich packte den Griff, schwang das Schwert und testete sein Gewicht.

Die anderen riefen: „Blutrot“ – „Schicksal!“ Und dazwischen Gavins leicht besorgte Stimme: „Yumi?“

Wenige Sekunden später hielten sie den blutroten und schneeweißen Schild, die brummende, gefährliche Yumi und die Lanze des Schicksals wieder in den Händen.

„Wir können sie jederzeit zu uns rufen“, sagte ich.

Stimmen erschallten. Ich blickte auf. Nicht weit entfernt kam eine Gruppe von Touristen an der Klippe entlang auf uns zuspaziert. Ich hielt mir Excalibur vor die Augen und wünschte mir, es wäre fort. Das Schwert verschwand.

„Und wir können sie jederzeit verbergen."
Auch Safis und Nathans Waffen verschwanden. Gavin musste Yumi ein wenig länger anstarren, aber schließlich wurde der Bogen mit einem wütenden Brummen ebenfalls unsichtbar.
„Was jetzt?", fragte Gavin.
Ich schaute über den Rand der Klippe aufs Meer hinaus. Am Horizont lag die Bohrinsel. Zwei Meilen von der Küste entfernt ragte sie auf ihren vier riesigen Beinen über den Wellen auf. In der Mitte erhob sich der große Bohrturm. Irgendwo in dieser Masse von Gerüststangen grub sich der Bohrer tiefer und immer tiefer in den Meeresboden.
„Wir müssen die Bohrarbeiten stoppen. Sonst kommt Mordred frei." Ich zog mein Handy aus der Tasche und blätterte meine gespeicherten Bilder durch, bis ich die Aufnahme fand, die ich vom Brief des Geologen gemacht hatte. „Das habe ich in Hectors Arbeitszimmer gefunden. Die Information spielen wir der Presse zu. Dazu müssen wir nur einen Reporter auftreiben."
Gavin starrte in die Ferne und begann sich zu drehen wie eine Antenne, die versucht, ein Signal zu finden. Schließlich blieb er stehen.
„Hab einen. Folgt mir."

Das Fernsehteam hatte sich neben der Hauptstraße an einer Stelle aufgebaut, von wo aus man einen guten Blick aufs Meer hat. Die Reporterin beendete gerade ihren Bericht vor der Kamera, als wir uns einen Weg durch die gaffenden Touristen bahnten.

„Das war Jane Summers aus Tintagel, wo Cornwalls erste Ölbohrinsel eröffnet werden soll“, sagte sie in ein Mikrofon. „Und jetzt zurück ins Studio.“

„Schnitt!“, rief der Regisseur. „Prima, Jane, geh dir einen Kaffee holen. Wir haben noch eine Viertelstunde bis zur nächsten Sendung.“

Ich duckte mich an dem Tontechniker mit seinem Mikrofongalgen vorbei und rannte auf die Reporterin zu. „Möchten Sie über die Sensation des Jahres berichten?“

Jane sah mich an und lachte. „Du machst Witze, oder?“

„Nein, ich meine es ernst. Ich habe Beweise dafür, dass da unten überhaupt kein Öl ist.“

„Ach so, klar, du bist einer von diesen Umweltfreaks.“ Sie lächelte nicht mehr. „Hör mal, ich bin müde. Ich bin schon den ganzen Tag auf Sendung, und ich brauche jetzt einen Kaffee. Mach dich besser vom Acker.“

„Ja, aber zuerst müssen Sie das hier lesen.“ Ich reichte ihr mein Handy. Sie überflog im Laufen den Text und blieb unvermittelt stehen.

„James Mackie? Das war doch dieser Umweltberater …“

„War?“

„Der ist verschwunden.“ Sie las den Brief bis zu Ende. Dann blickte sie auf. „Wer bist du?“

„Jemand, der Zugang zu Hector Boomgardts Schreibtisch hat. Es ist nicht seine Schuld, das Unternehmen wird von stärkeren Kräften kontrolliert. Die Bohrarbeiten müssen aufhören.“

Sie hielt mir das Handy hin. „Kann ich das behalten?“

„Ja, aber passen Sie gut drauf auf. Ich habe keine Kopie.“

Sie nickte. „Keine Sorge. Ich lese diesen Brief in meinem nächsten Bericht vor. Und eine halbe Stunde später werden eine Menge Leute Antworten auf ihre Fragen verlangen." Sie schaute verärgert zum Himmel. „Falls man uns überhaupt verstehen kann!"

Über unseren Köpfen hatte ein Schwarm Möwen zu kreischen angefangen, als wäre etwas Gefährliches in ihr Territorium eingedrungen. Schon bald erspähte ich den Grund dafür. Über der Hauptstraße und der Menschenmenge, die die Filmarbeiten beobachtete, schwebte Strongclaws.

Als sie mich sah, schoss sie tief über die Köpfe der Zuschauer hinweg und flog mit einem lauten *Kie kie kie* die Straße entlang.

„Sie will, dass wir ihr folgen", sagte ich und drängte mich durch die Menge. Im Laufen hielt ich immer ein Auge auf Strongclaws. Plötzlich schoss sie im Sturzflug auf jemanden herunter. Edwin, mein Stiefbruder, bog gerade eilig in eine Gasse ein und hielt sich die Hände schützend über den Kopf. Wieso spionierte Edwin uns nach?

36

Wir holten unsere Pferde im *Guinevere* ab, wo sie genüsslich das Gras rund um den Biergarten fraßen.

Ich streichelte Rogers Nase.

Seit ich ihn das letzte Mal gesehen hatte, war ich König Artus geworden, beinahe bei lebendigem Leib begraben worden und hatte zu guter Letzt noch das Unternehmen meines Stiefvaters bei der Presse verpetzt.

Gavin las meine Gedanken und kam zu mir herübergeschlendert, während sein Pferd ihm wie ein zahmes Hündchen folgte. „Das musstest du machen. Es könnte die Welt retten."

Das hoffte ich. „Kommt, wir gehen nach Hause."

Roger war immer noch munter und schwang freudig die Hufe, als wir den Biergarten verließen.

Safi kam mit ihrem Pferd neben mich. „Er weiß, dass er den König auf dem Rücken tragen wird", flüsterte sie.

„Hör auf damit", grummelte ich. Aber Roger strafte mich Lügen, indem er tatsächlich den Hals hochwarf wie ein übereifriges Streitross, als ich ihn aus dem Biergarten in Richtung Straße führte.

Ich glaube, wir freuten uns alle auf zu Hause. Wir waren knapp dem Tod entkommen und wir hatten den geheimen Brief der Presse übergeben. Der Rest war jetzt Sache der Reporterin. Wir hatten im Augenblick alles getan, was wir tun konnten.

Ich blieb am Törchen zur Straße stehen und wartete, dass die anderen zu mir aufschließen würden.
Da raste ein Polizeiauto mit jaulenden Sirenen an uns vorbei. Die Pferde tänzelten aufgeregt.
„Moment. Bleibt stehen!“ Die Wirtin kam mit einem Telefon in der Hand aus dem Pub gerannt. „Es kommen noch mehr Autos. Es hat einen Unfall gegeben. Bleibt hier, bis der Krankenwagen auch vorbei ist.“
Wir hörten die Sirenen näher kommen, und dann schoss der Notarztwagen um die Ecke und raste die schmale Straße nach Tintagel hinauf. Die Wirtin stand neben uns am Tor. Sie gab uns den Weg noch nicht frei. „Polizei und Notarzt sind schon vorbei, Brenda“, sagte sie ins Telefon. „Wie schlimm ist es?“
Mein erster Gedanke galt Ellie. Hatte man sie verletzt aufgefunden? Aber würden menschliche Sanitäter einem Elementargeist überhaupt helfen können?
Eine weitere Sirene kreischte, und ein Krankenwagen raste vorbei.
Die Wirtin war immer noch am Telefon. „Wer? Von den Fernsehleuten?“, fragte sie. „Wer denn? … Nein!“
Ich hatte ein ungutes Gefühl. Doch sicher nicht … Aber an den Gesichtern der anderen konnte ich ablesen, dass sie genau dasselbe dachten.
„Was ist los?“, fragte ich, als die Wirtin ihr Telefonat beendet hatte.
„Das war Brenda, die in *Merlin's Tearoom* arbeitet.“ Sie schüttelte den Kopf. „Es hat im Dorf einen Verkehrsunfall gegeben.“

Mir drehte sich der Magen um. „Sie haben etwas von Fernsehleuten gesagt …“

Sie nickte. „Ja, es geht um diese wirklich nette junge Reporterin, die die Fernsehberichte über die Bohrinsel macht. Jane Irgendwas.“

„Jane Summers?“, krächzte ich, während die anderen erschrocken die Luft anhielten.

„Genau die. Die ist überfahren worden.“

Manchmal sagen die Leute, es wäre ihnen eiskalt den Rücken runtergelaufen, nachdem man ihnen eine schreckliche Nachricht übermittelt hatte. Mir kam es vor, als hätte mir jemand einen ganzen Eimer Eiswürfel in den Kragen gekippt.

„Aber wir haben doch eben noch mit ihr geredet“, sagte ich.

Die Wirtin schüttelte traurig den Kopf. „Ist gerade passiert. Brenda und ich sagen ja schon immer, dass die Straßen zu schmal sind für all den Touristenverkehr.“

Safi stellte die Frage, vor deren Antwort wir uns alle fürchteten: „Ist sie schwer verletzt?“

„Sie sagen, es könnte tödlich ausgegangen sein.“ Die Wirtin trat zur Seite, um uns vorbeizulassen. „Am besten, ihr beeilt euch und seht zu, dass ihr sicher auf den Küstenpfad kommt, weg vom Straßenverkehr.“ Sie tätschelte Rogers Hals, als wir an ihr vorbeigingen. „Wir wollen keine weiteren Unfälle.“

„Das war kein Unfall“, sagte ich bitter, als wir lostrabten. „Jemand hat sie überfahren, weil sie Informationen hatte, die die Bohrarbeiten gestoppt hätten.“

„Jemand, der für Mordred arbeitet“, ergänzte Safi.

„Aber niemand sonst wusste, dass wir ihr dein Handy gegeben haben“, meinte Gavin.
Nathan sah mich an. „Ich denke schon, dass es noch jemand wusste. Dein dämlicher Stiefbruder.“
Er hatte recht. Ich erinnerte mich, wie Strongclaws vorhin hoch über der Straße geschwebt war. Sie hatte mich warnen wollen, dass er uns nachspioniert. Und dann war sie auf ihn hinuntergeschossen.
„Ja. Edwin wusste es“, sagte ich.
Ich war schockiert. Edwin war ein Trampel; er schikanierte Leute und konnte sein Temperament nicht zügeln. Aber würde er tatsächlich jemanden umbringen?
Wurde er vielleicht auch von Mordred gesteuert?
Wir waren an der Stelle angekommen, wo der Küstenpfad nach Tintagel House abzweigte.
„Was machen wir jetzt?“, fragte Nathan.
„Es gibt noch andere Reporter im Ort. Wir könnten versuchen, die zu überzeugen“, schlug Gavin vor.
Ich schüttelte den Kopf. „Wir haben keine Beweise mehr. Und ich will nicht noch ein Leben aufs Spiel setzen.“ Ich sah hinüber zur Bohrinsel. „Es bleibt uns nur eins: Wir müssen uns morgen auf die Bohrinsel schleichen und die Sache selbst in die Hand nehmen. Wir sabotieren die Bohrarbeiten.“
„Und du weißt auch schon, wie wir das anstellen, ja?“, erkundigte sich Nathan.
Ich zügelte Roger, sah meine Freunde an und zuckte die Achseln. „Es wird gefährlich. Ich kann keinen von euch zum Mitmachen zwingen.“

„Ich bin dabei", sagte Safi.

„Ich auch", versprach Gavin.

Ich sah Nathan an.

Er nickte. „Ich habe einen Eid geschworen. Und ich meine immer, was ich sage."

37

Es dämmerte schon, als wir Tintagel House erreichten. Autos versperrten die Einfahrt, und überall wuselten Leute vom Catering herum. Hector hatte sogar einen Pianisten und eine Band mit vier Musikern für den Abend engagiert. Wir schlichen ins Haus, wollten mit niemandem reden und ganz gewiss nicht Edwin begegnen.

Als wir auf Zehenspitzen am Esszimmer vorbeihuschten, kam gerade ein Kellner heraus, und ich warf einen kurzen Blick hinein.

Da waren sie, Männer in Anzügen und Frauen in schicken Kleidern: unsere Feinde, Mordreds Verbündete, und sie saßen da und aßen und tranken.

„Die sehen aus wie ganz normale Leute", murmelte Safi.

„Außer dass sie Blut an den Händen haben", antwortete ich. „Kommt, ich weiß, wo wir uns verstecken können, bis das hier vorbei ist."

Doch ehe wir einen Schritt machen konnten, erschien Hector an der Tür. Ich weiß nicht, ob es Zufall war oder ob er uns gesehen hatte, aber er kam sofort zu uns herüber. Safi, Gav und Nathan sprinteten zur Treppe und ließen mich allein zurück.

„Tut mir leid", sagte ich. „Wir wollten gerade verschwinden."

Hector tätschelte mir gedankenverloren die Schulter. Da

konnte ich nicht anders. Obwohl ich wusste, dass es höchstwahrscheinlich nichts nützen würde, sagte ich: „Hector, bitte, bitte, stoppt die Bohrarbeiten, jetzt sofort."

Er runzelte die Stirn.

„Ich habe gehört, dass da überhaupt kein Öl ist", fuhr ich fort. „Dass ihr euer Geld verschwendet. Stell dir vor, wie dankbar die Leute vom Vorstand dir sein werden, wenn sie das erfahren."

Er verengte die Augen zu Schlitzen. „Wie kommst du darauf, dass es da kein Öl gibt?", fragte er.

„Eine der Protestiererinnen hat das gesagt."

Er schüttelte den Kopf. „Michael, lass es gut sein. Das stimmt nicht." Er lachte bitter. „Und der Vorstand wird mir niemals für irgendwas dankbar sein." Er blickte mit einem angewiderten Gesichtsausdruck ins Esszimmer und zu seinen Gästen. „Jetzt geh rauf in dein Zimmer", sagte er dann. „Schaut euch eine DVD an und vergesst den ganzen Unsinn hier."

„Das ist schon okay. Wir gehen zum Strand runter", antwortete ich.

Er nickte und lächelte traurig. „Zieht euch warm an. Die Nächte in Cornwall sind kalt."

Als er fortging, überkam mich das dringende Bedürfnis, ihn zurückzurufen und ihm alles zu erzählen, aber das würde nichts lösen.

Der kleine Privatstrand unterhalb des Hauses war dunkel. Nur der aufgehende Vollmond warf silbrige Strahlen auf den Sand. Wir trugen dunkle Oberteile und hatten uns die Kapuzen übergestülpt. Gavin hatte dazu noch eine Wollmütze tief ins Gesicht gezogen. Nathan hatte eine Jacke gefunden, die ihm perfekt passte. Ich hatte mir eine ausgesucht, die für ein Tele-Tubby gemacht zu sein schien, aber zumindest hielten mich die vielen dicken Stoffschichten warm. Safis Jacke war ihr viel zu groß. Sie hatte die Ärmel hochgerollt, aber es sah immer noch aus, als trüge sie einen langen Mantel.

Der Strand war windgeschützt, und die See war ruhig, aber kalt war es trotzdem. Zum Glück hatten wir Schlafsäcke mitgebracht. Von der Party wehten einzelne Melodiefetzen zu uns herunter.

„Macht ein Lagerfeuer", sagte Safi. Sie hatte gegen die Kälte die Arme um den Körper geschlungen. „Das haben die Ritter vor der Schlacht immer gemacht."

Während die anderen den Strand nach Treibholz absuchten, ging ich zu einem Grasstück am Fuß der Klippe und pflückte dort einen Strauß kleiner Wildblumen.

Gavin entfachte das Feuer mit einem Feuerpfeil von Yumi. Schon bald brannte es lichterloh. Gavin und Nathan ließen sich daneben nieder und hörten Musik auf Gavins Handy. Safi saß da und legte ab und zu Zweige und kleine Holzscheite nach. Ich wanderte am Ufer entlang.

Als ich weit genug von den anderen entfernt war, flüsterte ich: „Die sind für dich, Ellie. Ich hoffe, du bist in Sicherheit." Dann warf ich meinen Blumenstrauß ins Meer. Die Blüten schwebten auf der Wasseroberfläche.

In der Ferne hockte die Bohrinsel wie ein Geschöpf, das aus der Tiefe aufgestiegen war. Was würden wir dort ausrichten können – falls wir überhaupt hinkamen? Nathan konnte vielleicht den Bohrschacht mit seiner Lanze zerstören, aber dann wären wir völlig aus der Deckung gekommen. Und was würde das Ergebnis unserer Sabotage für Boomgardt und für Hector bedeuten? Was würde es für Mum bedeuten?

Im Wasser türmte sich eine Welle auf, die größer war als die anderen, brach und rollte an den Strand. Ich musste rasch rückwärtsgehen, damit sie mir nicht über die Turnschuhe schwappte. Ein paar Meter weiter draußen im Wasser tauchte ein Kopf auf.

„Hi", sagte Ellie.

Zum Glück war es dunkel, denn ich wurde ganz rot vor Verlegenheit, und meine Knie wurden vor Erleichterung ganz weich. Sie hielt die Blumen in der Hand.

„Wirklich süß." Sie watete aus dem Wasser. Sie war triefnass, schien aber die Kälte nicht zu spüren. „Habt ihr geglaubt, ich wäre tot?"

„Irgendwie schon." Ich versuchte, cool zu wirken, aber es klappte nicht. Ich lächelte. „Es hat mich total wahnsinnig gemacht, dass du nicht mit uns hochgeklettert bist."

„Es ist nicht unmöglich, mich umzubringen, aber doch recht schwierig."

„Aha." Ich setzte mich auf den nächsten Felsen. Sie schüttelte sich, und mit dieser einen Bewegung stob alles Wasser von ihr ab. Als sie sich neben mich setzte, war sie trocken.

„Jedenfalls wirst du mich so leicht nicht los." Sie roch salzig und warm wie Sommerferien, obwohl ihr Zuhause dieses kalte Meer war. „Ich bin schon lange Zeit da."

„Wie alt bist du?“
Sie dachte darüber nach. „Ungefähr dreihundertsechzehn Jahre.“
Ich lachte laut. „Sieht man dir nicht an.“
„Das liegt daran, dass ich sechzehn war, als meine Mama, die erste Herrin vom See, ermordet wurde. Ich musste ihre Aufgabe übernehmen und seither hatte ich keine Geburtstage mehr.“
Sie hatte das so nüchtern gesagt, dass ich eine Weile brauchte, um zu begreifen, was sie gesagt hatte.
„Deine Mum ist ermordet worden? Das ist ja schrecklich.“
Sie seufzte. „Das ist schon lange her. Ich habe mich dran gewöhnt.“
Ich hob ein Stück Seetang auf. „Mein Dad ist vor einer Weile gestorben. Weißt du, wer sie umgebracht hat?“
„Mmh.“ Sie nahm eine Handvoll Sand auf.
„War es Mordred?“
Sie nickte und ließ den Sand durch die Finger rieseln. „Eines Tages sorge ich dafür, dass er bestraft wird. Ich habe dreihundert Jahre darauf gewartet, ich warte, wenn's sein muss, auch noch mal dreihundert Jahre.“ Es kam wieder dieses durchsichtige Glitzern über sie, und mich schauderte. In einem Augenblick sah sie fremd und elementargeisterhaft aus und im nächsten hätte sie ein Mädchen aus unserer Schule sein können.
„Er hat heute eine junge Frau in Tintagel umbringen lassen“, sagte ich. „Und dabei ist er noch nicht mal aus der Unterwelt befreit.“

„Jemand muss ihn aufhalten!"

Ich schaute auf das Meer und dann zu Ellie. Für uns war es sehr weit bis zur Bohrinsel, aber das Wasser war Ellies Welt.

„Kannst du uns zur Bohrinsel rüberbringen?"

„Natürlich." Sie stand auf. „Wir treffen uns morgen früh hier." Dann lehnte sie sich zu mir, küsste mich auf die Wange, tauchte ins Meer und war fort. Ein paar Minuten saß ich einfach da, mit heißem Gesicht und einem dämlichen Grinsen.

Dann ging ich zum Lagerfeuer zurück. Die anderen hatten schon angefangen, sich über die Vorräte herzumachen, die wir aus der Küche geklaut hatten.

„Warum hältst du dir so bescheuert die Wange?", fragte Nathan und reichte mir eine kleine Fleischpastete.

„Nur so." Ich lächelte vor mich hin.

„Ich weiß es", sagte Gavin mit einem Grinsen, aber zum Glück behielt er es für sich.

„Mach, dass du aus meinem Kopf rauskommst", dachte ich. Sein Grinsen wurde noch breiter.

„Was haben die Ritter gemacht, wenn sie um ein Lagerfeuer saßen?", fragte ich Safi, um das Thema zu wechseln.

„Ihre Waffen überprüft, denke ich mal."

Das musste man uns nicht zweimal sagen. Mit einem satten „Schschschtck" rammte Nathan seine gerade materialisierte Lanze des Schicksals in den Sand und lehnte sich dagegen. Safi legte sich den blutroten Schild übers Knie und begann, die glänzende Oberfläche mit dem Ärmel zu polieren. Neben Gav hörte man ein wütendes Brummen, als hätte jemand in ein Wespennest getreten. „Psst, alles in Ordnung. Entspann

dich“, sagte Gavin beschwichtigend. Yumis gelbe Streifen leuchteten lebhaft im Dunkel.
Plötzlich flutete ein Lichtstrahl über uns. Er kam aus meiner Hand. Ich hatte Excalibur nicht gerufen, aber das Schwert war schon da, so als wüsste es, dass es gebraucht wurde. Die Klinge blitzte. Ich hielt sie in die Höhe, und das Mondlicht spiegelte sich in den Smaragden am Griff. „Morgen kämpfen wir“, flüsterte ich.
Die Erde bebte. Wir alle wussten, was das war. Die Bohrungen gingen weiter. Mordred würde sehr bald frei sein. Wir schmiegten uns in unsere Schlafsäcke und redeten bis tief in die Nacht darüber, was der morgige Tag wohl bringen würde. Nathan beteiligte sich nicht. Er lehnte mit geschlossenen Augen an der Lanze des Schicksals. Irgendwann blaffte er: „Seid doch mal leise. Ich versuche zu schlafen.“
„Unser Wunderknabe kann es nicht ertragen, dass er nicht der Anführer ist“, flüsterte Gavin.
„Lass ihn in Ruhe“, sagte ich. „Der hört schon irgendwann auf zu schmollen.“
Schließlich legte ich mich neben Excalibur und starrte zu den Sternen hinauf. Ich war König Artus. Aber so, wie die Dinge liefen, war ich nicht sicher, wie lange ich das noch bleiben würde.

Am nächsten Morgen wachte ich auf, und alles ringsum war grau. Irgendwann in der Nacht war ein dicker Nebel hereingezogen, wie es ihn nur in Cornwall gab. Der Meeressaum war nur wenige Meter von mir entfernt, aber vor mir sah ich nur

eine graue Wand. Gavin setzte sich als Nächster auf, gähnte und rieb sich die Hände. Er sah sich um.
Das Feuer war bis auf etwas Glut heruntergebrannt. Die anderen beiden sahen in ihren Schlafsäcken wie Gespenster aus. Ich bibberte und fuhr mir mit der Hand durch das feuchte Haar.
„Wohin ist denn die Welt verschwunden?", fragte Gav.
„Der Nebel könnte gut für uns sein", antwortete ich. Ich blickte zur Klippe hinauf. Oben konnte man gerade eben ein paar Lichter aus Tintagel House erkennen, aber von dort aus gesehen verschwand hier unten sicher alles in einem dichten Nebelmeer.
Nathans Schlafsack bewegte sich, dann setzte Nathan sich auf. Er sah trocken und überhaupt nicht verwuschelt aus. Kaum stand er auf den Beinen, da begann er sofort mit ein paar Streckübungen.
„Was machen wir jetzt, Art?", fragte er dann.
Safi setzte sich auf. „Hört mal", sagte sie und starrte zum Meer. „Da kommt was."
Aus dem Nebel erscholl das gedämpfte Plätschern von Rudern, die ins Wasser tauchten. Wir standen ächzend auf, reckten unsere steifen Beine und gingen zum Wasser. Die wenigen Meter, die wir sehen konnten, waren so flach wie ein Dorfteich und von einem matten Grau, das mit dem Nebel verschmolz. Es war schwer zu erkennen, wo das Meer aufhörte und der Himmel anfing.
Ein kleines Ruderboot kam aus dem Nebel auf uns zu und lief mit einem weichen Knirschen auf den Sand auf.

Ellie sah aus wie ein Gespenst, als sie die Ruder sinken ließ, über die Bootswand hüpfte und zu uns gewatet kam. Ihr Haar war triefnass, und in dem matten Licht schimmerte es in einem stürmischen, dunklen Seegrün.

Sie betrachtete mich mit einem kleinen Naserümpfen. „Kommt. Zeit die Welt zu retten. Wieder mal."

38

Der Nebel zog sich bis weit aufs Meer hinaus. Safi ruderte mit Höchstgeschwindigkeit, und das Boot schoss nur so durchs Wasser, aber wir waren blind. Vor uns war nichts zu sehen außer einer grauen Wand. Ellie schwamm voraus, elegant wie ein Seehund. Sie rollte sich im Wasser, schaute zu uns hin, tauchte dann wieder ab und erschien plözlich neben unserem Boot.

„Es wäre einfacher, wenn wir sehen könnten, wohin wir fahren“, erklärte ich ihr.

„Kein Problem. Den Nebel kann ich verschwinden lassen.“

Ich muss sie wohl ungläubig angestarrt haben.

„Nebel, das sind nur winzige Tropfen. Ich kann mit Wasser alles machen, ich bin seine Herrin“, sagte sie knapp und verschwand ohne einen Spritzer in der dunkelgrauen See.

Sie tauchte vor uns wieder auf, und als sie mit den Armen wedelte, schien der Nebel sich an sie zu heften.

„Siehst du“, rief sie zu uns zurück.

Sie schwamm davon, sprang durch das Wasser wie ein Delfin, und mit jedem Sprung verschwand mehr Nebel, bis sie für uns einen schmalen Pfad in die graue Wand gepflügt hatte. Ein paar Minuten später sahen wir die massige Bohrplattform im Nebel aufragen. Selbst aus dieser Entfernung wirkte sie riesig, doch als Safi sich in die Riemen legte und im Höchsttempo

weiter darauf zuruderte, wurde die Stahlkonstruktion geradezu ungeheuerlich.
Die Bohrinsel sah genauso aus wie das Modell in Tintagel House, als wäre sie aus einem Riesenmetallbaukasten gebaut worden. Die vier Stützpfeiler waren mit Seetang und kleinen Schnecken bedeckt und so breit, dass ein Lastwagen hineingepasst hätte. Die Hauptplattform ragte gespenstisch über uns auf, halb vom Nebel verdeckt. Irgendwo im Trüben hörten wir das Knattern von Hubschrauberblättern. Natürlich – nur so konnten die Gäste auf die Bohrinsel gelangen.
Safi legte sich noch einmal mächtig in die Ruder, und dann prallte unser kleines Boot gegen einen der Stützpfeiler wie ein Floh gegen ein Regenrohr. Ein kleiner Landesteg führte zu einer Stahltür. Nathan sprang auf den Steg, ich warf ihm die Leine zu, und er machte das Boot an der Plattform fest.
Als wir anderen drei aus dem Bott kletterten, tauchte Ellies Kopf aus dem Wasser auf. „Viel Glück! Ich bleibe in der Nähe", rief sie uns zu.
„Danke." Doch da, wo wir hingingen, brauchten wir mehr als nur Glück. Ich winkte ihr zu, als sie unter Wasser verschwand, und folgte den anderen durch die Stahltür, die in den riesigen Stützpfeiler führte. Drinnen zog sich eine schier endlose Spirale von glitschigen Stufen hinauf. Oben wartete die Bohrplattform auf uns.
Nathan sprang schon auf die Stufen zu.
„Warte!", zischte ich. „Es könnten Wachen da sein."
„Der Letzte ist ein faules Ei!", rief Nathan und rannte los.

Fünfhundert Stufen später holten wir keuchend Nathan ein, der neben einer roten Stahltür wartete.

„Die ist abgeschlossen“, sagte er.

„Für mich nicht“, erwiderte Safi und schlug kurz mit der Handfläche dagegen. Die Tür öffnete sich mit einem lauten Knarren.

Nebelschwaden wehten herein. In der Nähe hörten wir ein mahlendes, quietschendes Geräusch. Aber niemand schlug Alarm, keine Schritte näherten sich. Vorsichtig spähte ich hinaus. Neben der Tür lag ein unordentlicher Stapel Kisten. Ich winkte die anderen zu mir, und geduckt rannten wir hinter den Stapel. Zwischen den Kisten gab es genug Zwischenräume, durch die wir schauen konnten, ohne selbst gesehen zu werden.

Ich linste durch den nächsten Spalt und warf einen ersten Blick auf die Plattform.

Sie erstreckte sich so lang wie ein Fußballfeld vor mir, gespenstisch beleuchtet im wabernden Nebel. Sie war aus dicken Stahlblechen gebaut, die mit dunkelrotem Rost und schwarzem Schmierfett überzogen waren. Die Nieten, die alles zusammenhielten, waren so groß wie meine Faust. Im Zentrum befand sich ein Loch, das von einem Geländer umgeben war. Es war so groß, dass man ein ganzes Haus hinunter in die See hätte werfen können. Der Bohrturm und sein wirres Stahlgerüst erhoben sich hoch in den Himmel, die Spitze war im Nebel nicht auszumachen. Der riesige Bohrer in der Mitte arbeitete sich mahlend und quietschend tiefer und immer tiefer in den Meeresboden hinein.

Der Nebel hatte allem die Farbe genommen und es in Grau getaucht. Es war, als sähe man die Welt durch eine schmutzige Netzgardine.

Uns gegenüber befand sich dort, wo auf dem Fußballfeld das Tor gestanden hätte, die Steuerwarte mit ihren Glaswänden. Sie strahlte so warm und freundlich wie eine hell erleuchtete Konzertbühne. Ich konnte die Kellner sehen, die dort herumflitzten und Tabletts mit Getränken herumtrugen. Die Gäste waren schon angekommen und schlürften Champagner, obwohl es höchstens neun Uhr am Morgen war. Ich entdeckte auch Edwin – aus irgendeinem Grund stolzierte er in seiner Militäruniform herum.

„Wir müssten es doch schaffen, den Bohrer von da drinnen abzuschalten", sagte ich.

„Gibt es da keine Sicherheitsleute?", fragte Nathan.

Er hatte recht. Hector ging nirgendwo ohne seine Bodyguards hin.

„Die müssen irgendwo sein", meinte Safi.

Da sah ich aus dem Augenwinkel eine fluoreszierende gelbe Jacke aufblitzen. „Runter! Ich habe einen gesehen."

Wir duckten uns hinter die Kisten.

Gav hatte die Finger an den Schläfen und die Augen konzentriert geschlossen. „Bist du sicher? Ich kann außerhalb der Steuerwarte keine Gedanken wahrnehmen."

Ich spähte noch mal hinaus. „Da draußen bewegt sich eindeutig was."

Gavin verzog das Gesicht und zuckte zusammen. „Keine Menschen. Was anderes." Er stöhnte. „Geh-Abruki."

Zu der gelben Jacke gesellte sich eine weitere, und die beiden marschierten im Gleichschritt über die Plattform. Gav hatte recht. Diesen Gang würde ich überall erkennen. Die beiden bewegten sich von der Steuerwarte fort und machten sich auf den Weg zu unserer Seite der Plattform. Im einen Augenblick waren sie deutlich zu sehen, im nächsten bereits im Nebel verschwunden. Ich fragte mich, ob Hector überhaupt wusste, dass sie da waren.

„Wie viele sind es?"

„Vier", sagte Gav. „Und da ist noch was." Er blinzelte und schloss die Augen, riss sie dann rasch wieder auf. „O Gott! Was wirklich Hässliches!"

Wir starrten ihn an. „Was?", fragte ich.

„Es ist groß und dumm. Seine Knöchel schleifen über den Boden wie beim Hulk."

Safi spähte durch einen Spalt. „Die kommen auf uns zu", flüsterte sie.

Der Nebel dämpfte den Klang ihrer Schritte, aber nicht ihren Gestank. Safi legte die Hand vor den Mund. Der Gestank wurde stärker und stärker, dann wieder schwächer.

Gavin schlug die Augen auf und atmete auf. „Sie sind vorbeigegangen."

„Wenn die Geh-Abruki hier Patrouille laufen, wie kommen wir dann in die Steuerwarte?", fragte ich.

„Es gibt doch Deckung", meinte Nathan.

Wir schauten über die Plattform. Als der Nebel kurz fortwaberte, sahen wir, dass an den Seiten der Plattform große Fässer, Rollen mit dickem Stahltau, Kisten- und Palettenstapel und Regale mit riesigen Bohrstücken und irgendwelchen Maschinenteilen verstreut waren.

„Und der Nebel hilft auch", sagte Safi.

Er war aber löcherig, denn vom Meer wehte ab und zu eine Brise herüber, sodass er einmal dichter zu werden schien und sich dann ohne Vorwarnung auflöste.

„Los jetzt!", sagte Nathan.

„Warte noch", erwiderte ich.

Er schubste meine Hand weg, rannte tief gebückt hinter den Kisten hervor und landete mit einem Salto hinter den Fässern.

„Der sorgt noch dafür, dass wir alle umkommen", meinte Gavin. „Irgendjemand wird uns entdecken."

„Ich weiß." Ich linste hinter den Kisten hervor. „Aber wir müssen zusammenbleiben." Ich konnte Hector hinter den hell erleuchteten Fenstern der Steuerwarte sehen. Zum Glück redete er mit seinen Gästen und schaute nicht in unsere Richtung. Aber ausgerechnet in diesem Augenblick bewegte sich Edwin zum Fenster. Er hatte ein Glas in der Hand und starrte nach draußen. Der Angeber hatte sich sogar einen Orden an die Uniform gesteckt. Ich wusste gar nicht, dass man heutzutage schon Orden dafür bekommt, dass man sich die Schnürsenkel binden kann.

„Wartet, bis ich es euch sage, und dann kriecht hinter Nathan her." Ich beobachtete, wie sich ein paar Gäste Edwin näherten. Er wandte sich zu ihnen um und schüttelte ihnen die Hand. „Jetzt!"

Wir gingen in die Hocke und halb rannten, halb krabbelten wir zu den Fässern hinüber. Unsere Füße schlitterten über den öligen Boden, und unsere Knie waren mit Schmierfett überzogen. Erleichtert sackten wir hinter den Fässern zusammen. Ich fand wieder einen Spalt und schaute hinaus.

Edwin hatte erneut seinen Posten bezogen und starrte aus dem Fenster. Es sah sogar so aus, als drückte er das Gesicht gegen die Scheibe. Vielleicht hatte er eine Bewegung bemerkt.

Ich zog mich zurück. „So schaffen wir das nicht." Ich packte Nathan beim Ärmel. „Nicht mal du", warnte ich ihn. „Das nächste Mal bleiben wir zusammen."

Er sagte nichts und riss nur seinen Arm weg.

Ein Lautsprecher über uns trat krächzend in Aktion, und Hectors Stimme erschallte laut über die Bohrinsel.

„Meine Damen und Herren, heute ist ein großer Tag für Boomgardt. Unsere harte Arbeit und die großen Investitionen werden in wenigen Minuten belohnt. Und was für eine Belohnung das sein wird! Der Bohrer muss bis zum Durchbruch nur noch einen Meter zurücklegen. Bei unserer gegenwärtigen Bohrgeschwindigkeit bedeutet das, dass wir nur noch fünf Minuten zu warten haben."

Hector stand jetzt am Fenster, ein Glas in der einen Hand und ein Mikrofon in der anderen. Seine Stimme hatte aufgeregt geklungen, aber in meinem Innersten wusste ich, dass er keine Ahnung hatte, was er da gleich entfesseln würde. Die Gäste scharten sich um ihn.

„Bohrer greifen lassen!"

Nach einem Klappern und Grummeln spürte ich eine gedämpfte Vibration unter meinen Füßen.

Wir sahen einander an, die Augen weit aufgerissen. Das ging alles viel zu schnell. Wie sollten wir jetzt ungesehen diese riesige dreckige Plattform überqueren und zur Steuerwarte gelangen?

Vielleicht hatte Ellie unsere Gebete erhört, vielleicht hatten wir einfach nur Glück. Jedenfalls quoll genau jetzt eine dicke graue Nebelwolke über das Deck der Bohrinsel und verwandelte es in eine Geisterstadt mit schemenhaften Umrissen. Die helle Steuerwarte war nur noch ein schmutzig gelber Fleck in der Ferne.

Alle Geräusche wurden leiser, als hätte man Watte in den Ohren. Außer dem gedämpften Mahlen und Quietschen des Bohrers, der sich durch die letzten paar Zentimeter Felsgestein fraß.

„Wir müssen uns vorsichtig bewegen", sagte ich. „Hier sind überall Hindernisse, die kaum zu erkennen sind. Und vergesst nicht das große Loch in der Mitte."

Und die vier Geh-Abruki, die irgendwo lauern, und noch was anderes, das Gavin so erschreckt hat, dass er aussah, als müsste er sich gleich übergeben.

„Waffen", flüsterte ich.

Excalibur erschien, strahlend hell, sogar im Nebel.

Dann hörte man ein wütendes Brummen, als Yumi in Gavs Hand landete. Safis Schild materialisierte sich mit einem blutroten Blitz.

„Wo ist die Lanze des Schicksals?", fragte ich Nathan.

Er warf mir ein selbstgefälliges Lächeln zu. „Die wird schon da sein, wenn ich sie brauche. Können wir jetzt gehen?"

„Noch vier Minuten …“, dröhnte Hectors Stimme. *„Der Nebel verdirbt uns ja ein bisschen die Aussicht, aber ich glaube, Sie können sich trotzdem auf einen gewaltigen Anblick freuen!“*

Wir traten hinaus in die graue Welt, tasteten uns vorwärts, während verschwommene Umrisse vor uns aufragten. Wir tappten über abgelegte Bohrer und Maschinenteile und stolperten beinahe über Taue, die sich über den Boden schlängelten.

Wir bewegten uns wie eine Einheit, waren ganz natürlich in Gleichschritt verfallen. Nathan neben mir kletterte mühelos und katzengleich über die Hindernisse. Gavin und Safi bildeten die Nachhut, wandten sich immer wieder um und hielten uns den Rücken frei.

„Seid ihr sicher, dass wir in die richtige Richtung gehen?“, zischte Safi.

„Ja“, flüsterte Gavin nervös. „Aber ich kann immer noch diese Geh-Abruki in der Nähe spüren.“

„Ich finde, wir sollten rennen“, meinte Nathan. „Wenn ich die Lanze des Schicksals in den Bohrschacht ramme, ist das alles hier vorbei.“

„Nein. Du hast Gavin gehört. Möchtest du direkt mit einem Schleimwesen zusammenprallen?“

Er seufzte verärgert. „Dann gehe ich eben vor und mach den Weg für euch frei.“

Ein Streit war das Letzte, was wir jetzt brauchen konnten. Wir hatten schließlich auch so genug Feinde.

„Komm mal von deinem hohen Ross runter“, zischte ich. „Wir halten zusammen.“

„Du bist nicht der Einzige, dem was einfällt." Ehe ich Nathan aufhalten konnte, war er verschwunden. Einen Moment später hörte man den Klang von etwas Metallischem, das auf etwas Weiches traf. Danach ein *Uff.*

„Nathan!", zischte ich und bewegte mich vorsichtig vorwärts. Gedämpfte Schritte kamen auf uns zu, etwas wurde über den Boden geschleift.

„Jetzt ist er von seinem hohen Ross runter", sagte eine schleimige Stimme.

Die Geh-Abruki erschienen aus dem Nebel und hielten Nathan vor sich wie einen Schild. Er hatte eine Platzwunde quer über den Kopf. Die Geh-Abruki hatten ihre gelben Sicherheitswesten abgelegt, und ihre schmutzig grauen Kapuzenshirts und das dreckige Grau ihrer Haut verschmolzen mit dem Nebel. Ich verspürte die gleiche Welle der lähmenden Angst und des Abscheus wie früher. Aber jetzt hatte ich Excalibur, und das Schwert bebte ungeduldig in meiner Hand. Ich hielt meine Stellung und ließ die Schwertspitze von einem Schleimwesen zum anderen wandern. Ihre Köpfe fuhren hoch, und sie lachten. „Du kannst uns nicht durchbohren, ohne deinen Freund zu treffen", sagte der eine. „Aber vielleicht ist dir das auch gleichgültig. Wir haben euch zugehört, der ist kein großer Verlust."

Nathan regte sich und versuchte sich loszureißen, aber ihre widerlichen Hände hielten ihn fest.

„Und ich glaube nicht, dass deine anderen Freunde großen Widerstand leisten werden." Das Schleimwesen leckte sich die nadelspitzen Zähne und schaute zu Gavin und Safi, die

ihre leeren Hände in die Luft hielten, als wollten sie sich ergeben.
„Bitte, wir haben keine Waffen“, sagte Gavin und fiel auf die Knie.
Ich wusste, was ich zu tun hatte. Ich machte einen großen, angeberischen Ausfallschritt mit Excalibur auf die Geh-Abruki zu. Das Schwert sauste durch die Luft und durchschnitt den Nebel. Die Monster machten einen Satz nach hinten und schleiften Nathan mit, der sich stöhnend den Kopf hielt und immer wieder um sich schlug.
Ich hatte die beiden nicht getroffen, aber ich hatte ihre Aufmerksamkeit erregt.
Ich hörte Gavin etwas murmeln, und dann das *Pling* von Safis Schild. Die Geh-Abruki hatten all das nicht bemerkt. Sie waren zu sehr damit beschäftigt, Excalibur im Auge zu behalten. Ich machte einen weiteren spielerischen Ausfallschritt. Der mir am nächsten stehende Geh-Abruki keckerte, während er zurückwich. Es war der letzte Laut, den er je von sich gab.
Mit einem wütenden Brummen und einem Aufblitzen schoss ein Lichtpfeil von Gavs Bogen glatt durch den Kopf des Schleimwesens und hinterließ ein blubberndes Loch. Dann hörte man ein schwaches Platschen, und das Wesen schnurrte zu einer Schleimpfütze zusammen, die einen grässlichen Stinkbombengeruch verströmte.
Der andere machte den Mund auf, um zu schreien, aber Nathan kickte ihm rückwärts den Fuß in die Zähne. Einen Augenblick später wirbelte Safis Schild herbei wie eine töd-

liche Frisbeescheibe und klatschte dem Schleimwesen gegen den Kopf. Der Geh-Abruki sackte zu einem knochenlosen Haufen zusammen.

„Die zwei wären erledigt“, sagte Gavin grimmig.

„Gute Arbeit“, lobte ich. „Aber da draußen sind noch zwei.“ Ich sah zu Nathan hinüber, der sich mühsam aufrappelte und sich eine Beule am Kopf rieb. Er schaute mir nicht in die Augen. „Diesmal bleiben wir zusammen.“

Er sagte nichts, marschierte aber an meiner Seite. Nach ein paar Metern wurde der blassgelbe Fleck der Steuerwarte heller, und das Gebäude tauchte vor uns aus dem Nebel auf.

„Wir haben es geschafft“, flüsterte Safi.

Leise bewegten wir uns in einem großen Bogen darauf zu, duckten uns unter dem Fenster, bis wir uns flach an die Wand pressen konnten. Selbst wenn nun jemand hinaussah, würde er uns nicht entdecken. Wir gingen zu der Seite, wo es eine Tür zum Empfangsraum gab.

Safi schlich vor und nahm die Klinke in die Hand.

„Noch zwei Minuten, meine Damen und Herren.“ Hectors Stimme schallte aus den Lautsprechern. Dahinter hörte man das Murmeln aufgeregter Stimmen und das Klirren von Gläsern.

„Das ist unsere letzte Chance“, flüsterte ich und wollte schon hineingehen.

„Warte!“, sagte Gavin plötzlich. „Au!“ Er umklammerte seinen Kopf.

Ich fuhr herum. „Was?“

Er starrte mir über die Schulter, die Augen schreckensweit. „Das andere Ding. Es ist hier.“

39

Ich wirbelte auf dem Absatz herum und prallte gegen eine Wand aus Rhinozeroshaut, die über einen gigantischen affenartigen Körper gespannt war.

Neben mir sagte Safi mit benommener Stimme: „Ein Troll. Ich habe Trollblut auf meinem Schild …“

Erinnerungsblitze durchzuckten mich, als ich auf diese riesige Masse schaute. Trolle hatten eine Haut, die härter als Stahl war.

Hinter dem Troll standen die letzten beiden Geh-Abruki und hielten ihn an einer Kette. Sie trugen Overalls und hatten sich Schutzhelme über ihre Schleimköpfe gestülpt.

„Du gehst uns wirklich auf die Nerven, *Artus*“, schlabberte der eine. „Bringst unsere Brüder um. Das mögen wir gar nicht.“ Er fuhr sich mit der spitzen Zunge über die nadelscharfen Zähne. „Also haben wir unseren Wachhund mitgebracht.“

Er zog an der Kette, und der Troll riss ein Maul auf, in dem Zähne wie abgebrochene Elefantenhauer drohten.

Ich straffte die Schultern und schwang Excalibur. „Wir sind vier, und ihr seid nur drei.“ Ich konnte Safi und Gav aus dem Augenwinkel sehen. Yumi brummte angriffslustig. Nur Nathan war nicht da. Ich schaute mich um.

Der zweite Geh-Abruki kicherte. „Drei. Dein Freund ist schlau. Der ist weggelaufen.“

„Wo ist er?“, zischte ich Gavin zu.
„Macht wahrscheinlich irgendwo Klimmzüge“, antwortete Gavin, immer noch grün im Gesicht.
Ich blickte wieder zu dem Troll und packte Excalibur mit festem Griff. Ich wäre auch lieber woanders gewesen. Ich schwang das Schwert zurück, zum Schlag bereit. Der Troll zuckte nicht mit der Wimper.
„Wir haben keine Angst vor deinem Schwert“, spottete der Geh-Abruki. „Du wirst gar nicht nah genug herankommen, um es benutzen zu können.“ Seine Hand machte die schnellende Chamäleonbewegung und schlug Gavin den Bogen mit solcher Wucht aus der Hand, dass Yumi in die eine Richtung und Gavin in die andere Richtung über den Boden schlitterten.
„Noch eine Minute …“, dröhnte Hector. Aufgeregtes Stimmengewirr erklang vom oberen Ende der Treppe.
„Ihr habt's vermasselt“, krähte der Geh-Abruki. „Es ist beinahe vorbei.“
Über ihm bewegte sich etwas. Dann hörte man das *Schschtk* von Metall. Nathan sprang von einem Stahlträger herunter, landete neben den Geh-Abruki und sprang mit vorgereckter Lanze auf sie zu. Stahl blitzte auf, und heißes Metall schmolz sich zischend durch Schleim. Er hatte beide wie Schaschlik auf seine Lanze aufgespießt. Sie platzten mit völlig überraschtem Ausdruck auf ihren Madenköpfen und trieften dann aufs Deck. Einzelne Glibberfäden hingen noch von der Lanze des Schicksals wie geborstene Quallen.
„Ich laufe nicht weg“, sagte Nathan. Der Troll, der nun frei war, blinzelte mit seinen winzigen Augen und holte mit einer

Faust aus, die so groß war wie ein Vorschlaghammer. Er erwischte Nathan und hielt ihn am Hals in die Luft.

Ich schwang Excalibur, aber der Troll sprang zurück. Die Klinge verfehlte ihn, zischte weiter und grub sich halb in eine Stahlsäule ein. Ich zog daran, aber nichts passierte. Sie steckte fest.

„Lass ihn los", fauchte Safi und fixierte den Troll mit ihrem Blick. Sie schwang ihren Schild vor und hieb seine Kante mit aller Kraft gegen den baumstammdicken Oberschenkel des Trolls. Er hätte dieses Bein in zwei Stücke schneiden sollen, prallte aber an der harten Haut ab. Gavin rappelte sich hoch und rannte zu Yumi, die auf dem Boden im Kreis wirbelte wie eine auf dem Rücken liegende Wespe.

Der Troll machte ebenfalls einen Satz nach vorn und versuchte den Bogen mit dem Fuß festzuhalten. Gavin konnte ihn gerade noch in letzter Sekunde wegziehen, ehe der Troll seine Hand zu einem Pfannkuchen zerquetscht hätte.

Ich nahm all meine Kraft zusammen und zerrte an Excalibur. Die Klinge löste sich tatsächlich, und durch den Schwung hätte ich mich beinahe um meine eigene Achse gedreht.

„Dreißig Sekunden bis zum Durchbruch …" , verkündete der Lautsprecher.

Nathan gurgelte und japste, als sich die Hand des Trolls fester um seinen Hals schloss.

Safi rannte los, packte den Troll beim Arm und zog. Aber selbst mit ihrer ungeheuren Kraft konnte sie den Griff des Trolls nicht lockern. Gavins Lichtpfeile drangen zischend in die Brust des Riesenwesens ein, hinterließen Brandflecken auf

der Haut und rangen dem Troll ein schmerzgepeinigtes Grunzen ab.
„Schnell!“, gurgelte Nathan. Sein Gesicht war puterrot. Er grub verzweifelt die Fingernägel in die Finger des Trolls.
Excalibur bewegte sich so schnell, dass es eine Lichtspur hinter sich herzog. Mit einem glatten Schnitt durchtrennte es den Hals des Trolls. Eine Sekunde lang glaubte ich, ich hätte ihn verfehlt. Der Troll schaute verwundert, soweit das einem Troll überhaupt möglich ist. Dann kippte ihm der Kopf vom Hals und fiel auf den Boden. Der Körper sackte daneben zusammen.
Nathan fiel japsend auf die Knie.
„Alles okay?“, fragte ich.
Er nickte.
„Danke. Du hast uns gerettet.“
„Zehn … neun …“
Safi schaute durch die Tür in die Steuerwarte und schob sie dann mit aller Kraft auf. Das Bolzenschloss aus Metall zersplitterte. Sie machte uns ein Zeichen, ihr zu folgen.
„Alle versammeln sich am Fenster, aber die Kellner rennen noch immer überall herum. Wir schaffen es nicht zum Steuerpult!“
„Sechs … fünf…“
Wir duckten uns, als ein Kellner vorüberkam. Dann riskierten wir noch einen Blick. Hinten im Raum befand sich eine ganze Reihe von Computern, und auf Monitoren konnte man das Innere des Bohrschachts aus verschiedenen Winkeln sehen. Ganz hinten an der Wand befand sich hinter einer Glas-

scheibe ein großer Hebel. Ringsum waren Warnhinweise angebracht. Der Notausschalter. Er war so nah, aber wir konnten ihn nicht erreichen.

„Drei … zwei … eins!"

Eine Hupe ertönte triumphierend durch den Nebel. Es war nun das einzige Geräusch. Das Kreischen des Bohrers hatte aufgehört.

„Meine Damen und Herren – wir sind durch!", rief Hector. „Unser Ziel ist erreicht!"

Wir beobachteten von der Tür aus, wie die Gäste sich an die Fenster drängten, wir hörten ihre Jubelrufe und ihr Lachen. Sogar die Kellner hatten sich zu ihnen gesellt.

Wir hatten es nicht geschafft! Wir hatten den Bohrer nicht angehalten! Ein paar Herzschläge lang passierte nichts. Dann sah auf einmal alles verschwommen aus. Ich legte meine Hand an die Wand – die Bohrinsel bebte. Der Tisch mit den Getränken begann zu klirren und sich über den Boden zu bewegen. Die Gäste streckten die Arme aus, um das Gleichgewicht zu halten. Eine Frau schrie. Das Glas in der Tür, hinter der wir kauerten, zerbarst.

Von drinnen brüllte Edwin: „Dad, sollte das passieren?"

Gavin hatte die Hände um den Kopf geklammert. „Es kommt irgendwas. Was ganz Schlimmes!"

Jetzt hatten wir einen freien Blick. Wenn wir in den Raum spaziert wären und uns neben die Gäste gestellt hätten, ich schwöre, sie hätten uns nicht bemerkt. Ihnen standen die Münder sperrangelweit offen, sie ließen ihre Gläser fallen. Jemand stolperte und stürzte.

Das war doch der Plan gewesen, oder nicht?
Ein Blitz zuckte aus dem großen Loch in der Plattform, fegte den dichten Nebel fort und blies ihn über das Meer. Eine Sekunde später kam der Bohrer, ganze zehn Meter lang, wie eine Rakete nach oben geschossen und warf den Bohrturm um. Der klappte in sich zusammen wie ein toter Weberknecht. Ich blickte auf die Monitore. Drei von vier waren schon ausgefallen, der einzige noch funktionierende zeigte, dass das Meer zu kochen und zu brodeln begann wie ein riesiger Whirlpool. Die letzten Nebelschwaden wurden in das große schwarze Loch gesaugt.
„Es ist beinahe da", kreischte Gavin.
Die Gäste wichen zurück. Das war wohl nicht ganz das, was sie erwartet hatten. Edwin kroch unter den Büffet-Tisch. Nur Hector blieb am Fenster stehen. Er musste irgendwie hypnotisiert worden sein – wenn er da blieb, würde er die volle Gewalt dessen abgekommen, was Gavin da erspürte.
„Ich muss ihn warnen", sagte ich.
Safi packte mich beim Arm. „Ich glaube nicht." Sie starrte auf Hector.
„Bleib hier", meinte auch Nathan. „Jetzt können wir nichts machen."
Ich schob sie beide zur Seite, riss die geborstene Tür auf, schlitterte auf Glassplittern.
„Hector!", brüllte ich.
Zu spät. Die Glasfenster explodierten, als eine Feuersäule aus dem Meer hochbrach, sich über die Plattform ergoss und einen feurigen Wind über die Bohrinsel schickte, direkt in die

Steuerwarte. Seine Wucht zog mir die Füße weg. Auf Knien schlitterte ich nach hinten, bis ich mit den anderen dreien zusammenprallte. Der Geruch von versengtem Teppich erfüllte den Raum. Metall klirrte und bog sich. Ein paar Nieten sprangen aus den Halterungen und schossen wie Kugeln durch den Raum. Glas knirschte und klirrte, die Gäste schrien und versuchten, auf die Beine zu kommen, ehe sie wieder umfielen.

Vor mir war auch Hector zu Boden gegangen. Ich konnte ihn schluchzen hören.

Als sich der Wind legte, deutete Gavin mit einem zitternden Finger auf etwas.

Jenseits der zerborstenen Fenster erhob sich ein Kopf von der Größe eines Bungalows aus dem Bohrloch, umgeben von brodelndem Meerwasser. Unter schweren Lidern blinzelten zusammengekniffene Augen, die die Feuer widerspiegelten, die nun überall auf der Bohrinsel brannten. Ein langer Hals tauchte auf, zwei Vorderfüße mit Klauen, so lang wie Elefantenstoßzähne, dann ein langer, sehniger Körper, der mit Schuppen bedeckt war und an dessen Seiten Fledermausflügel klebten. Das Wesen hockte auf dem Rand der Plattform wie eine riesige Echse, schüttelte den Schlangenhals und warf dabei Gerüste um, als wären sie aus Streichhölzern. Dann senkte der Drache den Kopf.

„Duckt euch", schrie ich, als das Monster direkt in die Steuerwarte starrte.

Wir kauerten uns ganz hinten an die Wand. Als das Monster sich näherte und das Licht verdeckte, riskierte ich einen Blick durch einen Spalt in der Tür.

Dieses Gesicht kannte ich.
Ich hatte es schon einmal gesehen, aber viel kleiner, bei Hector an der Wand. Die lange Schnauze, die aufgeblähten Nüstern, die riesigen Fangzähne, die roten Augen. Die Schuppen schillerten in den Farben, die man auf einer Ölpfütze sieht, in Lila, Giftgrün und einem kränklichen Gelb.
Der Drache öffnete sein Maul und rülpste eine Lawine aus Schlick und Sand hervor. Dann schmatzte er mit den Lippen. Und mit der gleichen Stimme, die mich in Hectors Büro und in der Höhle verhöhnt hatte, nur um Tausende Dezibel lauter, sagte er: „So ist es schon viel besser."
Mordred war da.

40

Der Drachenkopf schwankte vor und zurück, während das Wesen sich in der Steuerwarte umsah.

Anstatt fortzulaufen, fiel Hector vor Mordred auf die Knie.

„Jetzt ist er geliefert“, flüsterte Gavin.

Aber Mordred flambierte ihn nicht. Seine Augen unter den schweren Lidern fixierten den Vorstand von Boomgardt und seine Gäste, die hinten im Zimmer kauerten und vor Furcht schluchzten. Um dem entsetzlichen Blick zu entkommen, kletterten sie in panischer Angst übereinander. Mordred stieß einen Seufzer aus, der die letzten Scherben in den Fenstern heraussprengte, riss das Maul auf, und ein Feuerstrom schoss heraus, der alle einhüllte. Die Schreckensschreie verhallten, als die Gäste im Nu zu Asche verbrannten. Hinter ihnen verwarf und bog sich die Metallwand und triefte dann in geschmolzenen Pfützen herab.

Wir hockten völlig reglos hinter den Pulten. Unsere Gesichter waren von der Hitze der Flammen hochrot.

Mordred hatte den Vorstand umgebracht. Die Leute, die Hector gezwungen hatten, hier zu bohren! Wenn er so mit Leuten umging, die ihm bei seiner Befreiung geholfen hatten, was würde er dann mit Hector machen?

Da wurde mir klar, dass ich zwar Hectors Stimme hörte, aber er schluchzte nicht. Er lachte.

„Das war für euch!“, schrie er dem traurigen Aschehäufchen zu, das einmal der Vorstand von Boomgardt gewesen war. Dann reckte er die Arme in die Höhe. „Willkommen, o Herr!“, rief er. „Willkommen in deinem neuen Königreich!“
Die Wahrheit traf mich wie ein Faustschlag in den Magen. Onkel Heck hatte die ganze Zeit alle Fäden in der Hand gehabt. Er war es gewesen, der Mordred zur Freiheit verholfen hatte.
„Denen hast du's gezeigt!”, erschallte Edwins Stimme. Er krabbelte unter dem Tisch hervor und klatschte in die Hände wie ein Seehund. „Die haben immer gesagt, ich wäre blöd.“ Er kickte in einen Haufen Asche. „Und wer ist jetzt blöd, hm?“
Mordred beugte seinen Schlangenhals und reckte seinen Kopf bis wenige Zentimeter vor Edwins Nase.
„Halt die Klappe!“, grummelte er verärgert.
Edwin fiel auf die Knie, als hätte man ihm mit einem unsichtbaren Hammer auf den Kopf geschlagen. „Tut mir leid, Mordred“, wimmerte er. „Ich mache alles, was Sie sagen, Sir!“
Die schwarzen Lippen des Drachen verzogen sich zu etwas, das vielleicht ein Lächeln sein sollte. Seine Fangzähne glänzten. „Ja, das wirst du.“ Er fuhr zurück. „Und jetzt gehen wir an Land!“
„Ja, Herr!“, rief Hector.
Der Drache hob eine Klaue und schloss sie um Hector, sodass nur noch dessen Kopf und Füße hervorschauten. Dann ließ er weniger vorsichtig die andere Klaue nach unten sausen, umfing damit Edwin und riss ihn in die Luft. Er hob die beiden nah vor sein Gesicht und musterte sie gründlich.

„Wir gehen Artus suchen", zischte er.
Dann hörte man ein Geräusch, als schlügen und ächzten Segel in stürmischem Wind. Mordred entfaltete seine beiden riesigen Fledermausflügel und breitete sie aus. Sie hatten Rippen wie Gerüststangen und eine Haut, die so dick wie ein Kuhfell und so schwarz wie Tinte war. Mordred stand aufrecht auf den Hinterbeinen. Mit den hinteren Klauen riss er Löcher in den Metallboden der Plattform. Dann erhob er sich mit einem Schub, der die gesamte Bohrinsel erbeben ließ, in die Lüfte. Mit wenigen lässigen Flügelschlägen, die ganze Stapel von Kisten und Fässern ins Meer fegten, erhob er sich in die Lüfte.
Wir krochen hinter der Tür hervor, liefen zum zerborstenen Fenster und schauten zu, wie er sich zu den grauen Wolken aufschwang, die nun den Himmel bedeckten. Er schlug noch einmal mit den Flügeln und schwebte dann in Richtung Strand davon.
Wir hatten versagt. Das Böse war entfesselt. Und alles, was ich einmal zu wissen geglaubt hatte, war falsch. Hector war nicht Onkel Heck, er war ein Psychopath, genau wie sein Sohn. Sie waren keine Opfer, sie wussten genau, was sie entfesselt hatten.
Ich spürte, wie mich jemand rüttelte. Nathans Gesicht tauchte vor mir auf.
„Steh nicht einfach so da rum!", drängte er. „Wir müssen zum Strand. Wir müssen ihn aufhalten. Du bist der König. Ruf Ellie oder mach sonst irgendwas."
Ich hörte ihn, konnte aber keinen klaren Gedanken fassen. Hilflos beobachtete ich, wie Mordred, halb von Wolken verdeckt, auf die Küste zuflog.

Gavin packte mich, drehte mich zu sich herum und schüttelte mich. „Er ist auf dem Weg zum Tintagel House!“, sagte er. „Deine Mum ist da!“

Das rüttelte mich wach. Meine Mum würde vom Fenster aus zuschauen. Sie würde zum Strand hinunterrennen. Und dann musste Mordred nur seinen Feueratem auf sie hauchen, und sie wäre tot.

Ich drehte mich um und rannte aus der Steuerwarte und die Treppe hinunter.

Es gab eine Möglichkeit, Mordred einzuholen, während er noch in der Luft war. Hinter dem Gebäude führte eine Metalltreppe zum Dach und zu dem darüber liegenden Hubschrauberlandeplatz hinauf.

„Los, zum Hubschrauber! Wir bringen den Piloten dazu, uns hinzufliegen.“

Die Stufen dröhnten und bebten, als wir hochrannten. Rings um uns ächzte und stöhnte die geschwächte Bohrinsel. Es würde nicht mehr lange dauern, bis sie völlig einstürzte und im Meer versank. Als wir oben ankamen, sahen wir den Hubschrauber zu einer Seite geneigt auf dem geborstenen Landeplatz stehen. Wir liefen darauf zu, und meine Hoffnung schwand.

„Es sitzt kein Pilot drin!“, stöhnte Gavin.

Ich rannte zum Rand des Landeplatzes und legte den Kopf in den Nacken. „Merlin!“, brüllte ich. „Hilf uns – jetzt!“

Es war der lauteste Schrei, den ich je ausgestoßen hatte. Ich hörte ein Wimmern und schaute nach unten. Die anderen drei kauerten am Boden und hielten sich die Ohren zu. Merlin musste mich gehört haben. Ich lief einmal rings um den Landeplatz und hatte das Gefühl, als schwankte er unter meinen Füßen. Dann sah ich in der Ferne einen dunklen Punkt, der rasch größer wurde. Er entpuppte sich als Vogel, der kurz darauf neben mir landete und sich in Merlin verwandelte.

Er musterte die Zerstörung ringsum. „Ihr habt also Mordred nicht aufhalten können."

„Nein. Noch nicht." Excalibur erschien in meiner Hand. „Es ist mir egal, ob du dadurch die Zukunft veränderst – flieg mich zu ihm."

„Äh … und wie? Ich bin Zauberer, kein Hubschrauberpilot." Er deutete mit der Hand auf den Hubschrauber. „Flieg euch doch selbst da hin."

Ich drückte Merlin die Spitze von Excalibur an die Brust. „Hör auf mit dem Blödsinn. Ich kann so ein Ding nicht fliegen."

Er betrachtete mich mit strahlenden Augen. „Du wusstest auch nicht, dass du reiten kannst, ehe du auf das Pferd gestiegen bist."

„Das ist was anderes. Ein Pferd hat zwei Zügel, einen rechts und einen links. Ein Hubschrauber ist ein bisschen komplizierter."

„Du kriegst das schon raus." Er schob Excalibur mit der Fingerspitze weg. „Dein Dad konnte Hubschrauber fliegen, oder nicht?"

„Ja, aber …"

„Dann hab Vertrauen. Wie der Vater, so der Sohn."

„Lass meinen Dad aus dem Spiel."

Merlin schüttelte den Kopf. „Das kann ich nicht. Er war ein Teil des Ganzen, bis er denen im Weg war."
Und ich hatte gedacht, heute könnte mich nichts mehr schockieren.
„Die Mächte der Finsternis kennen kein Erbarmen", fuhr Merlin fort. Ich wich vor ihm zurück, aber Merlin packte mich bei den Schultern und schaute mir in die Augen. „Chris Veryan ist gestorben, aber er kann dir immer noch helfen. Denke zurück an die Zeit, als du noch klein warst. Du hast ihm immer zugeschaut, wenn er dich zum Fliegen mitgenommen hat. Dein Gehirn wird sich erinnern."
„Und was, wenn es das nicht tut?" Aber dann blickte ich auf Mordred, einen schwarzen Fleck am Himmel, der weiter schnell auf die Klippen zuflog. In Richtung Tintagel House und Mum.
Nathan sprang die Stufen hinauf in den Hubschrauber. Zuerst dachte ich, er würde den Sitz des Piloten für sich beanspruchen. Aber er drehte sich um und hielt mir die Hand hin.
„Komm schon."
„Gib ihm eine Sekunde, er ist sich noch nicht sicher", sagte Gavin und betrachtete den Hubschrauber nervös. Ich konnte es ihm nicht verdenken. Ich würde auch nicht in einen Hubschrauber einsteigen, dessen Pilot ein Anfänger ist.
„Aber ich bin mir sicher", erwiderte Nathan, und als ich mich immer noch nicht bewegte, packte er meine Hand und zerrte mich hoch. Er rutschte auf den Nebensitz, und schon saß ich da und starrte auf die vielen Lämpchen, Knöpfe und Skalen

des Steuerpultes vor mir. Es hätte genauso gut ein außerirdisches Raumschiff sein können.
„Das ist völliger Wahnsinn."
„Ist es nicht", widersprach Nathan.
„Wieso solltet ihr mir vertrauen?"
Er nestelte an seinem Sicherheitsgurt herum. „Weil du bisher immer recht hattest." Er zog den Gurt um sich und hakte ihn mit einem Klicken ein.
Ich sah wieder auf die Steuerung.
„Du schaffst das." Dads schwache, flüsternde Stimme.
Nathan lehnte sich an seiner Seite aus dem Fenster. „Safi, Gav, steigt ein!" Ich hörte, wie die hintere Tür aufgeschoben wurde und sie sich auf die Sitze fallen ließen. Ich spürte förmlich, wie sich ihre nervösen Blicke in meinen Rücken bohrten, versuchte das aber aus meinen Gedanken zu verdrängen.
Ich dachte daran zurück, wie ich neben meinem Dad gesessen hatte. Ich malte mir aus, wie seine Hände über die Steuerung geglitten waren. Ich lehnte mich vor und drückte ein paar Knöpfe. Meine Hand streckte sich wie von allein aus und betätigte einen Hebel. Ich überprüfte die Treibstoffabsperrventile, obwohl ich keine Ahnung hatte, was das war. Ich nahm den Gashebel in die Hand. Ich checkte die Höhenanzeige. Ich schaltete die Zündung ein. Über uns sprangen die Rotorblätter mit einem *Wumm-Wumm-Wumm* an und begannen sich zu drehen. Ich beobachtete die Skalen. Ich drückte einige weitere Knöpfe.
Der Lärm der Rotorblätter wurde lauter. Nathan umklammerte die Lehnen seines Sitzes. Wir hoben uns in die Luft.

Ich wandte den Blick für wenige Sekunden von den Anzeigegeräten und sah, wie die Bohrplattform unter uns schrumpfte. So zart wie eine Libelle drehte ich den Hubschrauber in der Luft, sodass wir nun in Richtung Strand schauten. Ein gutes Stück vor uns war Mordred. Eigentlich war er zu massig, um sich in der Luft zu halten, aber er flog. Ich drückte den Gashebel, verschob meine Füße auf den Pedalen, und wir neigten uns zur Seite und schossen dann vorwärts.

„Jawoll!", rief Gavin hinter mir. Ich hörte das Brummen von Yumi, die sich materialisierte. „Flieg mich in Schussweite!"

Ich erhöhte unsere Geschwindigkeit. Das Dröhnen der Rotoren war nun ohrenbetäubend, und die dunkle Gestalt wurde größer, als wir aufholten.

Mordred flog stromlinienförmig, den Nacken und den gespaltenen Schwanz ausgestreckt, die Klauen eingefahren. Die winzigen Gestalten von Edwin und Hector waren, verglichen mit seiner Masse, nichts als kleine Pünktchen. Seine ausladenden Schwingen schlugen so langsam, als schwämme er im Wasser und müsste nicht seinen riesigen Körper in der dünnen Luft halten. Ich gab noch mehr Gas, und wir rasten auf ihn zu.

„Er ist schon beinahe an der Küste!", rief Safi über das Wummern der Rotorblätter hinweg. „Macht euch bereit."

Ich hörte, wie die hintere Tür aufgeschoben wurde, und sah mich kurz um. Gav hing aus der Tür, und Safi hielt ihn am Gürtel fest. Neben mir öffnete auch Nathan seine Tür, und ich hörte am metallischen Klirren, dass sich draußen die Lanze des Schicksals materialisierte.

Mordreds massiger Körper füllte die gesamte Windschutzscheibe aus, als wir die letzten hundert Meter in Höchstgeschwindigkeit aufholten. Meine Füße traten die Pedale für die hinteren Rotoren, und wir neigten uns nach links, umrundeten Mordreds Schwanz und begannen, uns ihm seitlich zu nähern. Eine massive Wand aus Schuppen segelte vorbei, und dann donnerte vor uns der riesige, ledrige Fledermausflügel nieder und ließ uns im Sturzflug nach unten sausen.

Wir kreischten, aber nach einigen Schrecksekunden bekam ich den Hubschrauber mit Mühe wieder unter Kontrolle.

„Das war knapp“, sagte ich, steuerte uns wieder nach oben, unter den Bauch des Drachen und an der anderen Seite wieder heraus, wie ein kleiner Fisch, der um einen Hai herumschwimmt. Diesmal tauchte ich vor dem Flügel wieder auf. „Gav, mach dich bereit.“

Mordreds massiger Kopf drehte sich zu mir herum, und seine schuppige Lippe verzog sich. Seine Augen unter den schweren Lidern hatten mich entdeckt. Sie verengten sich. Er hatte mich erkannt. Ein Schmerz zuckte durch meinen Kopf, und dann hörte ich in meinen Gedanken wieder diese Stimme, spöttisch und grausam. „Artus. Ich hatte mich schon gefragt, wann du auftauchen würdest.“ Jetzt war keine Zeit mehr für Gänsehaut, keine Zeit für eisige Schauer über den Rücken.

„Schnappt ihn euch“, brüllte ich. „Gav – Feuer!“

Im Spiegel sah ich, wie Gav Yumis Sehne bis zum Kinn zog und sich weit aus dem Hubschrauber lehnte, während Safi ihn festhielt.

Schwwwwwipp!

Der erste Feuerpfeil traf Mordred am Hals. Sogleich folgte noch einer, und jetzt ließ Gavin in einem ununterbrochenen Strom Pfeile hervorregnen. Eine gepunktete Linie flog vom Hubschrauber zum Drachen und schlug Funken aus Mordreds Schuppen. Wo die Pfeile auftrafen, quoll eine Rauchfahne hervor.

Der Drache bäumte sich auf, aber anscheinend eher vor Verärgerung als vor Schmerz.

„Näher ran!", rief Nathan, hob die Lanze des Schicksals und zielte mit der tödlich scharfen Spitze. Er starrte auf den riesigen Flügel, der gerade ganz nach oben geschwungen und jetzt wieder auf dem Weg nach unten war.

„Diesen Kurs halten!", rief er.

Dann warf er seine Tür auf und sprang auf die Kufen unter dem Hubschrauber, hielt sich mit einer Hand fest und umfasste die Lanze des Schicksals mit der anderen. Als ich noch näher heranflog, wandte sich Mordred um und riss das Maul auf.

„Gleich spuckt er Flammen!", rief Gavin.

Aber ich behielt den Kurs bei. Nathan legte sich die Lanze auf die Schulter. Als wir in Hiebweite waren, so nah, dass ich Hectors furchtsames Gesicht und seine fest zugekniffenen Augen über der Klaue des Drachen sehen konnte, schleuderte Nathan die Lanze des Schicksals wie einen Speer. Sie traf Mordreds ledrigen Flügel in der Abwärtsbewegung und durchbohrte ihn glatt, brannte ein Loch hinein, das sich nach außen ausbreitete, nach und nach die Struktur des Flügels zerstörte und ihn in Fetzen riss.

Mordred flammte in Höllenqualen auf. Ich zog den Hubschrauber hoch. Schwarzer Rauch quoll durch die geöffneten Türen herein. Safi packte Nathan und hob ihn mühelos wieder in den Hubschrauber, der bockte und schwankte, während er durch die glühend heiße Luft flog und mit der Druckwelle kämpfte, die Mordreds wildes Schlagen mit dem übrig gebliebenen Flügel auslöste. Der Drache drehte sich hilflos in der Luft, wand sich und schlug um sich. Ich zog an der Steuerung und versuchte verzweifelt, ihm aus dem Weg zu gehen.

Zu spät. Als Mordred fiel, verdrehte er sich, und eine freie Klaue raste auf uns zu. Wie eine Katze, die nach einem Schmetterling schlägt, erwischte er den Hubschrauber mit einem gewaltigen Hieb, der uns ruckelnd durch die Luft wirbelte.

Am Steuerpult begann ein Alarm zu kreischen, und rote Lämpchen blinkten. Funken sprühten aus einer Seite des Pultes und regneten mir über die Hände. Der gleichmäßige Rhythmus der Rotorblätter geriet ins Stocken und holperte. Ich zog den Steuerhebel zurück, aber der Hubschrauber reagierte nicht.

Mit dem Kreischen zerreißenden Metalls flog etwas am Fenster vorbei.

„Ein Rotorblatt ist abgerissen“, brüllte Nathan. Surrend wirbelte es von uns weg.

„Haltet euch fest“, rief ich. „Wir stürzen ab.“

Wir begannen zu trudeln wie ein Ahornsamen, immer im Kreis und genauso hilflos ausgeliefert. Ich schaute aus dem Fenster, versuchte herauszufinden, wo wir uns befanden. In einem entsetzlichen, endlosen Wirbel sah ich Tintagel House auf der Klippe, dann das Meer und die ferne Bohrinsel, die vom Rauch der Feuer eingehüllt war, die sich rasch ausbreiteten. Dann die Klippe, die Küste und, als wir weiter herumwirbelten, wieder das Haus.

Unter uns lag der Privatstrand. Wir trudelten, sanken jetzt aber schnell und geradewegs auf den Sand zu. Ich packte die Steuerung und riss den Steuerknüppel mit aller Kraft zu mir hin. Schwarzer Rauch begann aus dem Motor zu quellen und zeichnete unseren Sturz mit einer Spirale nach.

Als wir die letzten hundert Meter sanken, überholte uns Mordred, der heruntersackte wie ein Stein. Dann wirbelte der Hubschrauber noch einmal im Kreis und bohrte sich mit der Nase voraus in den Sand.

Mit einem letzten Kreischen zerreißenden Metalls wurde alles ringsum schwarz.

41

Ich grub mich nach oben auf das Licht zu. Sandkörner würgten mich im Hals und stachen mir in die Augen. Eine letzte Anstrengung, und Tageslicht flutete über mich herein. Ich stemmte mich hoch und hustete eine Ladung Sand heraus.

Rings um mich herum lagen die Wrackteile des Absturzes. Flammen leckten an dem verbeulten und verbogenen Metall des Hubschraubers. Die vordere Hälfte steckte tief im Sand. Die Luft war von Rauch und dem Gestank brennenden Öls erfüllt. Ich stand auf, meine Beine waren wie Wackelpudding. Ich holte ein paar Mal tief Luft. Ich musste die anderen finden. „Gav? Safi? Nathan …“

„Hier.“

Nathans Stimme kam von der anderen Seite des Hubschraubers. Ich rannte zu ihm. Er saß im Sand und hielt sich den Kopf. Hinter ihm hockte Safi, lebendig und aufrecht. Ich seufzte erleichtert und beugte mich zu Nathan hinunter.

„Alles in Ordnung, Kumpel?“

„Mmh.“

Außer der Beule, die ihm der Geh-Abruki verpasst hatte, hatte er nun auch noch eine blutige Nase und eine Brandwunde auf der Wange. Safi sah noch schlimmer aus. Sie lehnte an einer abgerissenen Tür. Ihre Kleidung war zerfetzt, ihr Kopftuch versengt. Sie hatte Blutrot, ihren Schild, in der Hand behalten, aber als ich zu ihr hinüberging, verschwand er, bis nur noch ein rotes Kreuz in der Luft schwebte, das dann langsam fortwehte. Safi stieß einen Schmerzensschrei aus und hielt sich ihr Handgelenk mit der anderen Hand.

„Zeig mal", sagte ich. Sie hielt mir ihre Hand hin. Sie war geschwollen.

„Ich habe versucht, uns mit meinem Schild zu beschützen", keuchte sie. „Aber dabei habe ich mich verletzt." Sie sah sich um. „Wo ist Gavin?"

„Ich glaube, ich habe ihn gefunden", sagte Nathan. Neben dem Wrack des Hubschraubers bewegte sich der Sand. Jemand versuchte sich auszugraben. Ich ging zu Nathan, und wir buddelten wie wild, bis eine Hand auftauchte. Wir zerrten daran, und Gavins Gesicht tauchte auf, mit Sand und Ruß verschmutzt. Als er herauskrabbelte, hielt er seinen Bogen noch fest umklammert. Yumi brummte wütend.

„Wo ist der Drache?", murmelte Gav sofort.

Ich stand auf und ging ein paar Schritte von der Absturzstelle weg. Der Privatstrand war klein, nur ein sandiges Halbrund, das hinten von Klippen begrenzt war. Man konnte in fünf Minuten von einem Ende zum anderen laufen. Hier konnte sich kein Drache verstecken.

Ich ging weiter. Vor mir war etwas. Kein Drache, aber eine Kuhle im Sand, als hätte jemand sie dort hineingeschaufelt. Ich trat näher. Es war eine sehr große Kuhle. Vorsichtig tastete ich mich zum Rand vor und schaute nach unten. Rauch stieg auf.

Wie ein Meteor, der auf der Erde einschlägt, hatte Mordred einen Krater in den Sand gesprengt. Er lag am Grund, und Rauch quoll aus seinem Maul.

„Ich hoffe, du bist tot“, sagte ich.

Als hätte er es gehört, schlängelte sich Mordreds riesiger schuppiger Kopf nach oben, sackte herunter, schlängelte sich wieder hoch.

Ich rannte zurück, aber die anderen kamen mir schon entgegen. „Versteckt euch!“, rief ich ihnen zu. „Er regt sich noch.“

Das musste ich ihnen nicht zweimal sagen. Wir warfen uns hinter einen mit Seeschnecken bedeckten Felsen und spähten vorsichtig um die Ecke. Mordred erhob sich mühsam aus dem Krater und stampfte in Richtung Wasser. In den Vorderpfoten hielt er noch die schlaffen Körper von Hector und Edwin. Er schleuderte sie zu Boden, wo sie reglos liegen blieben. Ich konnte nicht erkennen, ob sie tot oder bewusstlos waren.

Ich erinnerte mich daran, wie oft ich Entschuldigungen für Hector gefunden hatte oder versuchte hatte, ihn um Mums willen zu mögen. Dabei hatte er die ganze Zeit über meinen Tod geplant.

Ich rief Excalibur, trat hinter dem Felsen hervor und ging mit großen Schritten auf den Drachen zu.

„Mordred!“

Seine roten Augen richteten sich auf mich wie die zwei Läufe eines Gewehrs. „Hm. Jammerschade!“

„Du glaubst also, du kannst mich töten?“, rief ich. „Dein Pech!“

Seine Vorderpfote krachte wenige Zentimeter vor mir in den Sand. „O ja. Den Vater habe ich umgebracht, da sollte der Sohn kein Problem sein."

Ich zuckte nicht mit der Wimper. Wahrscheinlich hatte ich es immer schon gewusst. Dad war ein viel zu guter Pilot, um einen solchen Fehler zu machen. „Du und wer sonst noch? Welches Heer?", erwiderte ich.

Er wedelte mit einer Klaue in Richtung Meer. „Mein Heer." Seine Schnauze verzog sich zu einem widerlichen Grinsen. „Das Heer der Finsternis, das in der Unterwelt auf meinen Befehl wartet."

Ich blickte hinaus zur Bohrinsel. Rauch quoll aus dem Deck, und sie lag gefährlich schief.

„Die Finsternis kommt an Land", fuhr er fort. „Es wird wieder wie in der letzten Ära der Finsternis sein – ehe *du* erschienen bist und alles ruinieren musstest." Er bog stolz seinen Hals zurück. „Ich werde regieren, und alle, die mir treue Dienste geleistet haben, werden belohnt werden. Und ihr anderen werdet mir nachfolgen oder sterben."

Excalibur zuckte in meiner Hand, zerrte mich beinahe hinter sich her. Ich wusste, was es wollte.

Wie der Troll war auch der Drache durch einen Panzer geschützt. Seine Schuppen sahen aus, als wären sie nicht natürlich gewachsen, sondern aus Stahl geschmiedet worden.

„Mit deinem jämmerlichen Schwert wirst du mir nichts anhaben können", höhnte Mordred, als hätte er meine Gedanken gelesen. „Ich werde dich vorher töten. Zerquetschen wie einen Käfer."

Vielleicht, aber jeder Panzer hat seine Schwachstelle. Die musste ich nur finden. Während sich der Drache vor mir in Pose warf und sich brüstete, nahm ich die schimmernden Schuppen genauer unter die Lupe. Die Flammen des brennenden Hubschraubers spiegelten sich in ihnen und ließen sie blutrot erscheinen. Ich musste eine Stelle finden, wo eine Schuppe fehlte, einen winzigen Riss im Schutzschild. Angestrengt suchte ich nach einem Punkt, in dem sich nichts spiegelte, fand aber keinen.

„Gav, kannst du noch mal einen Strom aus Feuerpfeilen auf Mordred abschießen?", dachte ich. „Alle an die gleiche Stelle. Versuche, eine einzige Schuppe zu schwächen."

Ich hörte, wie sein Bogen hinter dem Felsen brummte. Einen Augenblick später erschien Gavin mit Yumi im Anschlag.

Mordred legte den Kopf in den Nacken und brüllte vor Lachen. „Der Ritter mit dem Bogen. Und der glaub, er wird mich umbringen." Er bäumte sich auf, sodass er aussah wie ein Drache auf einem Wappenschild. „Vielleicht zerquetsche ich ihn stattdessen."

Doch ehe er eine Bewegung machen konnte, schoss noch etwas hinter dem Felsen hervor. Es war Safi, die ihren Schild in der unverletzten Hand schwenkte.

„Erkennst du den?", rief sie. „Dieses Kreuz ist aus all denen entstanden, die mich angegriffen haben. Ein Teil davon ist Drachenblut. Vielleicht kommt deines bald hinzu."

Hinter ihr tauchte Nathan auf, die Lanze des Schicksals unter dem Arm.

Mordred ließ sich mit einem dumpfen Aufprall auf alle viere zurückfallen.
„Was für ein Spaß!“, zischte er. „Und ich dachte, ihr Ritter wärt alle tot.“
Er winkte spöttisch mit einer Klaue. „*Sir* Gawain“, verhöhnte er Gavin. Dann machte er eine übertriebene Verbeugung vor Safi. „*Sir* Galahad.“ Und eine vor Nathan. „*Sir* Lancelot.“
Safi, Nathan und Gavin schauten einander an, aber jetzt blieb keine Zeit, sich Gedanken über Namen zu machen. Safi stand vorn hinter ihrem Schild und gab auch Gavin Deckung. Gav hob Yumi hoch und begann, einen stetigen Strom zischender Feuerpfeile abzuschießen. Der Drache wich ihnen aus. Er bewegte sich wie die chinesischen Papierdrachen in den Festprozessionen, schlangengleich, mit fließenden Bewegungen hin und her, ohne je anzuhalten. Dabei sandte er Flammensalven aus, die Safi mit Blutrot, ihrem Schild, abwehrte.
Gav war gut. Er schickte all seine Pfeile auf einen Punkt an Mordreds Kopf, genau zwischen den Augen, ganz gleich, wie sehr der Drache sich auch hin und her wand.
Es funktionierte. Mordreds Schuppen reflektierten immer noch die Flammen, aber diese eine Stelle, wo Gavs Pfeile trafen, hatte zu glänzen aufgehört. Sie wurde matt. Eine dünne Rauchfahne stieg auf. Diese Stelle im Panzer war geschwächt.
Das war meine Chance. Aber wie sollte ich den Kopf erreichen? Mordred war fast zehn Meter hoch. Es war, als wollte ich versuchen, auf das Dach eines Hauses zu springen.
Aber vielleicht musste ich ja nicht nach *oben* springen.

„Nathan", zischte ich. „Lenk Mordred ab. Ich gehe oben auf die Klippe. Wenn ich dir ein Zeichen gebe, sorge dafür, dass er hochschaut."

Das musste ich Nathan nicht zweimal sagen. Er rannte direkt auf Mordred zu, der immer noch Gavs Pfeilen auswich, flitzte die Klaue des Drachen hinauf, kletterte irgendwie um den Hals des Monsters und landete auf dessen Rücken.

Mordred brüllte und versuchte, seinen Schlangenhals nach hinten zu recken, um Nathan zu verbrennen. Er war so beschäftigt, dass er nicht sah, wie ich den Klippenpfad hinaufrannte, so schnell ich konnte. Im Laufen beobachtete ich Nathan aus dem Augenwinkel. Er duckte sich immer wieder weg und stieß mit der Lanze des Schicksals zu. Mordred spuckte eine riesige Feuerzunge. Sie hätte Nathan sofort zu Asche verbrannt, wenn er stillgestanden hätte. Aber er hatte es ja mit Nathan zu tun . Der sprang hin und her wie eine Katze auf glühenden Kohlen. Er stach Mordred in die Rippen, rannte zurück, sprang auf den gespaltenen Drachenschwanz und stieß die Lanze hinein. Nicht einmal die Lanze des Schicksals konnte die Schuppenschicht durchdringen, aber Mordred spürte den Stich trotzdem. Er wand sich, als wäre er von Ameisen bedeckt, er schlug mit den Vorderbeinen um sich, er ließ die tödlichen Klauen durch die Luft sausen. Aber nie trafen sie Nathan.

Ich raste den Klippenpfad hinauf. Sand und Kiesel rutschten unter meinen Füßen, und ich schaffte es unbemerkt bis ganz oben. Dann legte ich mich flach auf den Bauch, robbte bis an den Rand der Klippe und sah hinunter. Volltreffer! Ich befand mich genau über Mordred.

Ich packte Excalibur mit beiden Händen und wartete.
Nathan stieß immer noch nach Mordred, aber er sah zu mir hoch, und ich nickte. Irgendwie schaffte es Nathan, sich wieder um Mordreds Hals zu schwingen und an exakt der richtigen Stelle zu landen – genau unter Mordreds Kinn. Er griff die Lanze des Schicksals fest und stieß sie dann mit einem lauten Brüllen und mit aller Macht nach oben. Die Spitze ließ den Kopf des Drachen nach oben zucken, und Mordred heulte auf vor Wut. Sein Gesicht war zum Himmel gereckt, zu mir. Das Maul stand offen, und schwarzer Rauch quoll aus seinem roten Hals.
Die winzige Schwachstelle in seinem Panzer lag exakt unter mir.
Ich hielt Excalibur mit der Klinge nach unten und stürzte mich kopfüber von der Klippe.

42

Ich war schon mal im Schwimmbad kopfüber vom Sprungbrett gesprungen, aber das hier war etwas völlig anderes. Der Wind pfiff mir um die Ohren, als ich hinuntersauste, Excalibur in den Händen.

Mordred sah mich kommen. Er schielte vor Anstrengung, als er versuchte, mich scharf zu sehen. Aber ehe er auch nur zucken konnte, traf ihn Excalibur genau zwischen den Augen. Ich spürte, wie die geschwächte Schuppe nachgab, und trieb die Klinge weit hinein, durch Fleisch und Knochen. Ich hatte eine Explosion von Blut und Hirn erwartet, aber da war gar nichts. Ich stand mit beiden Füßen fest auf der Nase des Drachen und verdrehte Excalibur, drückte mit meinem ganzen Gewicht auf den Griff. Mordreds glasige Augen verengten sich zu schwarzen Pupillenschlitzen, und seine Nüstern blähten sich, während er nach Atem rang.

Dann bebte sein Körper und begann, in sich zusammenzusacken wie ein chinesischer Papierdrachen vor einer Flamme. Ich riss Excalibur heraus und sprang rückwärts, als der Drache in voller Länge dumpf auf den Strand aufschlug. Innerhalb von Sekunden hatte er sich in Asche aufgelöst. Ein plötzlicher Windstoß vom Meer fegte die Asche weg wie Löwenzahnsamen.

Doch als der Drache verschwand, war etwas zurückgeblieben. Eine kleine Gestalt.

Nathan und die anderen eilten auf mich zu. Ich nahm Nathans Hand und rappelte mich hoch, und dann pirschten wir uns vor wie ein einziges Wesen.

Ein ganz in Schwarz gekleideter Junge mit weißem Haar regte sich auf dem Sand. Er setzte sich langsam auf und bürstete sich den Sand von den Kleidern. Sein Gesicht war schmal, gemein und wutverzerrt. Die Augen standen zu dicht beieinander, und darüber war eine einzige mürrische Augenbraue. Er schien etwa so alt wie wir zu sein.

Das war der wirkliche Mordred?

Er fixierte mich mit einem eisigen Blick.

„Du hast meinen Drachen zerstört", sagte er. „Dafür wirst du sterben."

„Da musst du dich erst mit uns allen anlegen", sagte Safi, die vortrat und sich neben mich stellte. Nathan und Gavin kamen auf meine andere Seite.

„Du bist doch noch ein Junge", sagte ich.

Sein Gesicht verzerrte sich noch mehr. „Du erinnerst dich nicht? Das hast *du* mir angetan. Bei unserem allerersten Kampf waren wir Jungen wie jetzt." Er stieß mit dem Finger in meine Richtung. „Du hast mich so schwer verletzt, dass meine Mutter einen Zauber über mich verhängen musste, um mich am Leben zu halten. Ich altere nie – oder sterbe."

Irgendwas klickte in meinem Kopf. Dieses weiße Haar und das grausame Grinsen kamen mir irgendwie bekannt vor. Ehe ich etwas sagen konnte, meinte Gav: „Morgana ist deine Mutter."

„Sie hat mir alles beigebracht, was sie weiß", sagte Mordred mit einem schiefen Grinsen. „Dann habe ich sie überflügelt.

Ich bin Zauberer geworden. Ich bin die Quelle aller Magie. Niemand ist mächtiger als ich."

„Schade, dass sie sich die Mühe gemacht hat, dich zu retten", meinte Safi. „Sie hätte der Welt wirklich einen Gefallen getan, wenn sie dich hätte sterben lassen."

Ehe einer von uns reagieren konnte, deutete Mordred mit einem Finger auf Safi. Irgendetwas blitzte auf sie zu. Safi zuckte zusammen und schrie auf. Sie hielt sich den Kopf, als hätte man ihn mit glühend heißen Drähten durchbohrt. Keuchend fiel sie zu Boden und schlug die Hände vors Gesicht.

Mordred lächelte, oder zumindest verzog sich sein Mund, und er zeigte seine Zähne. Ich spürte, wie mir der kalte Schweiß auf der Haut stach. Dieses Lächeln war ein furchterregendes, eiskaltes Drachenlächeln auf dem Gesicht eines Jungen.

Die Luft lud sich wieder elektrisch auf und knisterte, als Excalibur, Yumi und die Lanze des Schicksals in unseren Händen erschienen.

Mordreds einzige Reaktion war ein Lachen, und dann sandte er eine weitere Schmerzenssalve auf Safi. Sie rollte sich stöhnend zu einer Kugel zusammen.

„Eine Bewegung, und ich grille das Gehirn eurer Freundin", sagte Mordred und deutete weiter mit der Hand auf sie. „Schickt sofort die Waffen weg."

Ich gehorchte, ebenso Gav und Nathan. Wieder knisterte die Luft, und wir waren unbewaffnet. Mordred ließ die Hand sinken, und Safi setzte sich auf und biss die Zähne zusammen.

Mein kalter Schweiß war inzwischen zu einem Fluss der Panik angeschwollen. Ich war schon früher Jungen wie ihm begegnet – ob unsterblicher Zauberer oder brutaler Schläger auf dem Schulhof, sie waren alle gleich. Sie interessierten sich für niemanden, nur für sich selbst. Es ging nur darum, was sie wollten. Sie logen dir ins Gesicht, betrogen bei jedem Spiel und raubten ohne Skrupel kleinere Kinder aus. Und sie hatten immer eine Bande um sich, die ihre Befehle befolgte und die Drecksarbeit für sie machte.

Ein durchgeknallter Zauberer. Wie konnte man so jemanden bekämpfen?

Als hätte er meine Gedanken gelesen, sagte Mordred: „Mach dir gar nicht erst die Mühe, mit mir zu kämpfen. Du gewinnst sowieso nicht."

Wie zum Beweis deutete er mit einer Hand, bei der er zwei Finger wie eine Pistole gespreizt hatte, auf Gav und Nathan und tat, als würde er den Abzug betätigen. „Peng."

Die beiden keuchten auf und stöhnten. Sie krümmten sich auf dem Boden zusammen und pressten die Arme an den Kopf.

Mordred stolzierte näher. Ich hielt meinen Blick auf ihn geheftet. Ich spürte, wie Excalibur in meiner Hand kribbelte und sichtbar werden wollte. Aber wenn ich das zuließ, würde Mordred meine Freunde töten …

„Und jetzt zu König Artus."

Aus der Nähe sah ich, dass seine Augen die gleiche Form hatten wie die seiner Drachengestalt. Es waren die starren Augen eines Reptils. Er hatte keinerlei Gefühl für irgendwas und interessierte sich nur für sich und sein Überleben.

„Dein Drache hat nicht lange durchgehalten", sagte ich. „Und dir wird es genauso ergehen."

Sein Gesicht verwandelte sich, und einen Augenblick lang erschien darüber die Maske mit ihren Fangzähnen und den Schuppen. Ich spürte, wie mir die Haare zu Berge standen. Er hieb mit einer Hand nach mir. Ich wollte einen Schritt zurückmachen, aber meine Füße waren wie festgeklebt. Er hatte mich verhext.

„Du wirst noch um Gnade winseln", spuckte er.

Ich kämpfte verzweifelt gegen den Zauber, aber ich konnte mich nicht regen. Ich spannte alle Muskeln an und wartete auf die Explosion von Schmerzen.

Ein paar Meter entfernt rollte eine Welle vom Meeressaum heran bis vor Mordreds Füße. Sie erhob sich zu einer Wassersäule und verwandelte sich dann in Ellie. Sie hatte die Farbe der stürmischen arktischen See und bebte vor Wut.

„Darauf habe ich nur gewartet." Mordred lächelte. „Die Tochter der Herrin vom See." Er biss sich auf die Lippe und grinste. „Großartig. Dann kann ich dich gleich auch erledigen."

„Träum weiter."

Ellie verwandelte sich. Sie wurde wieder zur Wassersäule und hüllte ihn ein. Mordred hatte keine Zeit, sich dagegen zu wehren, es war im Bruchteil einer Sekunde geschehen. Nun war er im Inneren der Säule gefangen. Ich konnte sein Gesicht sehen, wie er die Luft anhielt und sich herauskämpfen wollte. Aber seine Hiebe landeten im Nirgendwo, im wirbelnden Wasser.

Ich nehme an, nicht mal ein Magier kann sich Luft in die Lungen zaubern. Ich taumelte vorwärts, als sein Zauber meine Füße nicht mehr festhielt. Safi, Gav und Nathan erhoben sich auf die Knie. Ich ballte die Faust, und Excalibur erschien in meiner Hand.

Zu spät. Das Schwert hatte keine Zeit, einen Hieb auszuführen. Mordred konnte zwar keine Luft herbeizaubern, aber wie seine Mutter hatte er die Befehlsgewalt über das Feuer. Die Wassersäule begann zu kochen, Dampf stieg auf. Plötzlich war nun Ellie umfangen – von Mordreds Feuer. Sie schrie auf vor Wut und verwandelte sich wieder in Ellie. Er packte sie beim Hals, damit sie ihm nicht entkam. Er holte tief Luft, drückte zu und erhöhte die Hitze. Ellie wand sich vor Schmerzen.

Ich erhob Excalibur und griff an. Ich spürte, wie die Klinge zwischen Mordreds Rippen eindrang.

Als ich sie wieder herauszog, schaute er auf die Wunde hinunter und warf mir sein schiefes Lächeln zu.

„Hast du wirklich gedacht, dass mich das umbringen würde, Artus?“, spottete er. Doch einen Augenblick lang sah ich Furcht in seinen Augen. Und Schmerz.

„Nein“, antwortete ich. „Ich wollte dich nur ablenken.“

Hinter seinem Rücken sank Ellie zu Boden, verwandelte sich wieder in Meerwasser und sickerte durch den Sand in Sicherheit.

„Ihr seid tot.“ Er zeigte mit der Hand auf mich.

Ich zuckte nicht mit der Wimper. „Nein, das sind wir nicht.“ Ich erhob Excalibur. Wieder sah ich Furcht aufflackern. Er hatte Angst vor Excalibur und vor uns. Hätte er die Kraft, uns umzubringen, er hätte es sofort gemacht.

„Du kannst uns nicht töten.“

Sein Gesicht verzerrte sich. Er spuckte ein seltsames Wort aus, und jeder Nerv in meinem Körper begann zu kribbeln und dann vor Schmerzen zu schreien. Aber ich stemmte meine Beine in den Boden und biss die Zähne zusammen. Ich würde nicht vor ihm auf die Knie fallen.

„Immer noch nicht tot", keuchte ich. Ich schaffte es, Excalibur zu bewegen. Das Licht traf auf die Klinge und blitzte über Mordred. Er zuckte zusammen, als hätte man ihm einen Kricketschläger über den Kopf gezogen. Dann richtete er sich auf. „Aber du wirst es bald sein." Er wedelte mit der Hand in Richtung der rauchenden Bohrinsel am Horizont. „Sieh nur."

Ich drehte mit großer Mühe meinen Kopf.

Eine Flotte von Booten fuhr auf die Insel zu, einige waren schon ganz in der Nähe und spritzten Wasser aus Schläuchen auf die Flammen. Hubschrauber brummten herum wie Fliegen. Aber während ich noch hinsah, schwenkten sie ab.

Der schwarze Rauch, der aus der Plattform quoll, wurde immer mehr und verdichtete sich zu einer Wolke, die in Spiralen weit in den Himmel hinaufstieg, höher und immer höher. Sie brodelte und wogte beinahe wie ein lebendiges Wesen. Dann wehte sie in nördlicher Richtung von uns fort, als wäre sie auf der Flucht.

„Was ist das?"

„Mein Gefolge."

Ich rang mir ein Lächeln ab. „Nichts als Rauch. Nichts Besonderes."

Er warf mir sein Drachenlächeln zu. „Schatten, die Wirklichkeit werden können. Sie waren deinetwegen lange eingesperrt.

Jetzt sind sie frei. Es wird ihnen große Freude machen, dich für ihre Gefangenschaft bezahlen zu lassen."

Er kam herüberstolziert, reckte mir sein Gesicht entgegen, und seine Augen glitzerten irre.

„Du kannst es versuchen, so oft du willst. Wir kommen immer wieder. Und diesmal, mit meiner Armee im Rücken, werden wir gewinnen."

Er hob beide Hände und ließ seine Blitze auf uns strömen. Wir fielen zu Boden wie Steine. Das ist das Letzte, woran ich mich erinnern kann.

43

Michael? Mike? Wach auf!"

Ich schlug die Augen auf. Der Schmerz war verschwunden. Mordred auch. Stattdessen war Mum da. Sie rang nach Atem, weil sie den Klippenpfad hinuntergerannt war. Sie schien Todesängste auszustehen.

„Alles in Ordnung mit dir?"

„Mmh. Ich glaube schon."

Ich setzte mich auf. Die anderen neben mir rührten sich ebenfalls. Zu meiner Enttäuschung auch Hector. Er saß zusammengesunken im Sand, und seine Augen huschten schuldbewusst hin und her wie Spinnen in einem Glas. Edwin lag neben ihm, rollte herum und bellte wie ein übergewichtiger Seehund. Eine Welle purer Wut schwappte über mich.

Das war der Mann, der meine Mutter geheiratet hatte. Der uns alle zum Narren gehalten hatte. Der meinen Tod wollte. Nun, dieses Schauspiel war nun vorbei. Doch ehe ich ein Wort sagen oder zu ihm hinüberlaufen und ihn und seinen rüpelhaften Sohn verprügeln konnte, rappelte er sich auf die Knie und setzte die Miene der verletzten Unschuld auf.

„Beth!", rief er und hielt Mum seine zerkratzte und gequetschte Hand hin. „Schreckliche Dinge sind passiert. Es hat eine Katastrophe gegeben. Alle vom Vorstand sind tot."

„Ich habe Krankenwagen gerufen." Mum rannte zu ihm. „Ich habe Todesängste ausgestanden. Ich habe alles vom Fenster aus gesehen, wie die Bohrplattform explodiert ist, wie euer Hubschrauber abgestürzt ist." Sie sah aus, als würde sie gleich in Tränen ausbrechen. Hector sackte erleichtert zusammen. Ich musste nicht Gavin sein, um seine Gedanken lesen zu können. Er schien zu glauben, er wäre in Sicherheit. Er dachte, niemand von uns hätte irgendwas gesehen. Er dachte, er hätte uns zum Narren gehalten.

Er hatte keine Ahnung, dass ich auf der Bohrinsel gewesen war und alles genau beobachtet hatte. Er wusste nicht, dass ich mit Mordred gekämpft hatte.

Ich rappelte mich auf. „Mum. Du musst die Wahrheit erfahren."

„Jetzt nicht, Mike", sagte sie mit fester Stimme und warf mir einen raschen Blick zu. Diesen Blick kannte ich. Er sagte: Halt den Mund, sonst passiert was. Aber sie verstand doch nicht …

„Nein, du musst mir zuhören …"

Aber sie hatte sich schon wieder Hector zugewandt und tröstete ihn. Mir wurde beinahe schlecht bei diesem Anblick. „Ich höre die Krankenwagen", sagte sie. „Mach dir keine Sorgen. Es war ja nicht deine Schuld."

Ha! Und ob es das war! Ich wollte die Wahrheit herausschreien. Ich wollte sehen, wie sich Hector wand. Ich wollte, dass Mum jetzt sofort alles erfuhr, aber sie winkte den Sanitätern zu, die oben an der Klippe erschienen waren, und ich wusste, dass ich noch warten musste. Die Sache war zu groß, ich musste mit Mum allein reden. Wenn ich jetzt vor Hector damit herausplatzte, wäre sie vielleicht auch in Gefahr.

Als die Besatzung des Krankenwagens den Klippenpfad herunterkam, half Mum Hector auf die Beine.

Was er als Nächstes tat, machte mich allerdings völlig fassungslos.

Er schwankte ein paar Augenblicke, fand dann das Gleichgewicht wieder und kam mit unsicheren Schritten zu mir herüber … und tätschelte mir die Schulter! Dieser heuchlerische, mörderische, verlogene Stiefvater aus der Hölle.

„Gott sei Dank, du bist in Sicherheit“, sagte er.

Ich spürte, wie Excalibur versuchte, sich in meiner Hand zu materialisieren, und machte einen Schritt von Hector weg. Zu seinem Glück waren inzwischen die Sanitäter am Strand angekommen, sonst hätte ich ihn auf der Stelle erstochen.

„Da kommen die Tragbahren“, verkündete Mum fröhlich. „Hector und Edwin müssen mitgehen und sich im Krankenhaus durchchecken lassen.“

„Nicht nötig“, erwiderte Hector.

„O doch! Sieh dich nur an!“

Hector und Edwin waren mit Wunden und blauen Flecken übersät, und ihre Anzüge hingen ihnen dank Mordreds Krallen in Fetzen vom Leib.

„*Ich* brauche eine Tragbahre.“ Edwin stützte sich mit Mühe auf einen Ellbogen. „Ich leide Höllenqualen. Ich kann nicht laufen“, stöhnte er.

An dem würde die Armee wirklich viel Freude haben, wenn er schon nach dem bisschen Kampf so jammerte. Mordred konnte ihn behalten, mit Handkuss. Er konnte sie beide haben, Vater und Sohn. Inzwischen standen auch Gavin, Safi und Nathan wieder auf den Beinen und klopften sich den Sand ab.

Ich ging zu ihnen hinüber. „Gebt mir ein paar Minuten. Ich muss Mum die Wahrheit erzählen."

„Viel Glück", sagte Safi. Gavin schlug mir aufmunternd auf den Rücken.

Nathan starrte meine Mum an. „Sie ist so wunderschön. Was findet sie an ihm?"

Das war auch eines von den Dingen, die ich herauskriegen wollte. Ich wartete, bis die Sanitäter die Tragbahren mit Hector und Edwin den Klippenpfad hinauf zu den Krankenwagen trugen. Dann ging ich mit pochendem Herzen zu Mum hinüber.

„Komm, gehen wir ein bisschen spazieren", sagte ich.

Sie drehte sich um, schaute mir zum ersten Mal an diesem Tag in die Augen und warf mir ein schwaches Lächeln zu. „Okay."

In einer Minute würde sie nicht mehr lächeln.

Wir gingen den Strand entlang und dann einen steilen Pfad hinauf. Oben setzten wir uns auf die Klippe und blickten hinaus auf die rauchende Ruine der Bohrinsel am Horizont.

Wie sollte ich ihr von Hector und seinen Taten erzählen?

Mum. Du hättest vor der Hochzeit Nachforschungen über deinen zukünftigen Ehemann anstellen sollen. Er ist ein Psychopath.

Oder: *Mum. Hector will, dass ich, dein einziger Sohn, sterbe.*

Oder: *Mum. Tut mir leid, dir das sagen zu müssen, aber dein Mann steht unter dem Befehl eines Drachen.*

Doch ich bekam keine Gelegenheit, überhaupt irgendwas zu sagen. Ein kleiner Punkt am Himmel flog vor der untergehenden Sonne auf uns zu. Natürlich, Merlin. Der hatte mir gerade noch gefehlt. Es würde schwer genug werden, Mum zu erklären, dass ich Artus bin und dass Hector versucht, mich umzubringen. Ich hatte keine Lust, ihr auch noch die Sache mit dem Zauberer zu erklären, der sich ständig verwandelt und durch die Zeit reist.

Merlin landete auf einem Felsen neben uns. Ich versuchte ihn wegzuscheuchen, aber er stellte sich stur. Es gab die übliche Explosion von orangerotem Haar und langen Beinen und einer Hakennase und dann, *voilà:* Da stand Merlin in seiner schäbigen Trainingshose und sah aus wie ein Obdachloser, der uns gleich um Kleingeld anbetteln würde.

Ich legte den Arm um Mum.

„Keine Angst. Ich kann alles erklären."

Sie achtete nicht auf mich. „Merlin", sagte sie. „Höchste Zeit."

44

Wir saßen zu dritt oben auf der Klippe wie Urlauber auf einem Ausflug, nur ohne Spaß und ohne Eiskrem. Mum und Merlin hockten auf einem Felsbrocken, ich auf einem anderen. Ich hatte das Gefühl, als würde mein Kopf gleich explodieren.

Meine Mum und Merlin kannten sich?

„Irgendjemand sollte mir das jetzt besser erklären", sagte ich.

Vielleicht hätte ich eine Antwort bekommen, wenn die beiden mich überhaupt bemerkt hätten.

„Ich hab's dir doch gesagt", meinte Mum zu Merlin. „Der Apfel fällt nicht weit vom Stamm."

Was immer das bedeutete.

Merlin nickte. „Er ist gar nicht übel", gab er nach einigem Zögern zu. „Er macht sich. Langsam, aber sicher."

Mum wandte sich zu mir und blickte mich stolz an, aber ich merkte, dass sie mit den Tränen kämpfte. „Ja, der passt schon. Er ist der König."

Ich wäre beinahe von meinem Felsen gekippt. „Du weißt, dass ich Artus bin?"

„Mmh."

„Der König von England", fügte ich zur Sicherheit noch hinzu. „Und Gavin und Safi und Nathan sind Ritter. *Meine* Ritter."

„Ja, natürlich“, antwortete sie, als hätte ich ihr erzählt, ich wäre zum Kapitän meiner Klassenmannschaft ernannt worden. „Ich weiß schon seit deiner Geburt, dass das dein Schicksal ist.“ Sie warf Merlin einen liebevollen, aber strengen Blick zu. „Merlin hält sich schon jahrelang in unserer Nähe auf. Er war sich nicht sicher, wann Mordred angreifen würde. Wir hatten gehofft, dass es erst geschieht, wenn du älter bist.“

Dieses Gespräch verlief gar nicht nach Plan. „Mum! Du hättest mir vielleicht mal was sagen können. Wir haben mit Monstern gekämpft und wären beinahe zu Tode geröstet worden.“

„Ich wollte ja.“ Sie schaute zu Merlin. „Aber ich konnte nicht. Er hat mich nicht gelassen.“

„Lass mich raten. Wegen der Zukunft.“

Sie kam zu mir, setzte sich neben mich und nahm meine Hand. „In der Zukunft, in nicht allzu ferner Zeit gibt es eine Schlacht. Die Entscheidungsschlacht. Du und deine Ritter gegen Mordred und seine Verbündeten. Da musst du da sein.“ Sie streichelte mir über die Wange. „Du bist mein Sohn, aber du bist auch viel mehr.“ Ihre Stimme hatte jetzt diesen aufmunternden Elternton, als wollte sie mir einen Vortrag halten, dass ich mir in Mathe mehr Mühe geben müsste. „Du musst die Welt vor den Mächten der Finsternis retten. Schlicht und einfach.“

Sie sagte das, als würde das alles erklären. Tat es aber nicht. Ich hatte doch gerade erst angefangen.

„Es war nicht schlicht und einfach, Hector zu heiraten. Wusstest du, dass er Mordreds treuer Gefolgsmann ist und dass er versucht hat, mich umzubringen?“

„Ja", sagte sie und schaute mir fest in die Augen. „Ich kenne Hector schon lange. Er war einmal ein guter Mensch. Dann habe ich mit angesehen, wie die Mächte der Finsternis ihn auf ihre Seite gezogen haben. Er wollte verhindern, dass du Artus wirst." Sie blickte jetzt grimmig und kriegerisch drein, so wie vielleicht die tapfere englische Kämpferin Boudicca, als sie gegen die Römer in den Kampf zog. „Man sagt ja: Bleibe ganz nah bei deinen Freunden und noch viel näher bei deinen Feinden. Ich konnte dich nicht jede Sekunde am Tag bewachen, aber ich konnte dafür sorgen, dass ich Hector jederzeit im Blick hatte." Sie strich mir das Haar zurück. „Und jetzt kommt die schwierige Aufgabe – wir müssen weiter die glückliche Familie spielen, verstehst du?"

Ich schob sie von mir und sprang auf. „Auf keinen Fall! Mordred hat Dad umbringen lassen, und Hector muss das gewusst haben!"

Mums Augen funkelten. „Ja. Und er wird dafür bezahlen. Aber nicht jetzt. Wir bleiben hier und wir sagen kein Wort."

„Warum?" Excalibur erschien in meiner Hand. „Lass mich Dads Tod rächen."

Mum warf Merlin einen kurzen Blick zu. „Ich muss es ihm sagen." Er nickte. „Da ist noch was."

„Was?"

„Mordred hat die Seele deines Vaters."

Ich setzte mich wieder. „Wie bitte?"

„Er hält sie gefangen, irgendwo in der Unterwelt. Wenn wir sie nicht finden und befreien, kann Chris niemals in Frieden ruhen."

„Warum sollte Mordred die Seele meines Vaters gefangen halten?", fragte ich.
Mum lächelte so, wie ich sie seit Dads Tod nicht hatte lächeln sehen. Ich glaube, sie sah in Gedanken sein Gesicht vor sich. Ich jedenfalls sah es.
„Dein Vater war ein großer Kämpfer für die Mächte des Lichts. Er hat Hector überwacht. So haben wir uns kennengelernt." Sie drückte mir die Hand und wischte sich eine Träne weg, obwohl sie immer noch lächelte. „Ich wünschte, er hätte dich hier sehen können."
Ich erinnerte mich an die flüsternde Stimme in meinem Ohr, als ich Excalibur zum ersten Mal in der Hand hielt.
„Ich glaube, er hat mich gesehen", antwortete ich.

Es war schon spät. Mum war zum Haus zurückgegangen. Ich saß allein auf der Klippe. Das Meer war mit Booten übersät, die alle auf dem Weg zum Wrack der Bohrinsel waren. Der Himmel war voller Hubschrauber, weil alle die besten Aufnahmen für die Nachrichtenkanäle machen wollten.
Ein Vogel hoch über mir rief „Kie-kie-kie". Ich blickte auf, als Strongclaws auf mich zugeschossen kam. Ich hob meine Hand, und sie landete darauf und blieb hocken. In der anderen Hand hielt ich Excalibur.
Ich schloss die Augen und stellte mir Dads Gesicht vor. „Keine Sorge, wir werden dich befreien", versprach ich ihm.
Hinter mir räusperte sich jemand. Es war Gavin, der mit Safi und Nathan dastand. Sie hatten geduscht, und die untergehende Sonne umstrahlte sie jetzt mit einem goldenen Schein.

„Alles in Ordnung mit dir, o König?“, fragte Gavin und verdarb den Effekt ein bisschen.

Ich grinste. „Lass gut sein.“

Ich rutschte zur Seite, damit sie sich zu mir auf den Felsen setzen konnten. Dann hockten wir da und schauten zu, wie die Bohrinsel langsam im Meer versank, während die Sonne unterging.

„Das ist nur der Anfang“, sagte ich. Würden sie wirklich bereit sein, an meiner Seite zu kämpfen?

Gavin verdrehte die Augen. „Was glaubst du denn?“ Safi und Nathan guckten verwirrt, aber Gavin grinste. „Michael fragt sich, ob seine Ritter noch bei ihm sind.“

„Aber natürlich“, antwortete Safi. Als Nathan schwieg, knuffte sie ihn in die Seite. „Komm schon, gib's zu. Du bist dabei.“

Nathan fuhr sich mit der Hand durchs Haar, damit es auch ja wieder perfekt lag. „Ich denke schon. Da habe ich wenigstens was zu tun“, sagte er so cool wie möglich. Dann trafen sich unsere Augen, und er grinste breit und aufrichtig.

Ich schaute mir meine Ritter an. Mordred sollte sich bloß in Acht nehmen. Wir waren bereit für ihn.

ROBOTER AN DIE MACHT!

ISBN 978-3-451-71282-1

Hier geht es
zur futuristischen Leseprobe.
Schnell QR-Code einscannen
und weiterlesen.